Jessica Potthast
Erloschene Stimmen

AF178683

Das Buch

Wo ist Luisa? Spurlos verschwindet die Fünfjährige aus dem heimischen Garten. Ein Anruf bringt ihrer verzweifelten Mutter Maja Verstaad furchtbare Gewissheit. Ihre Tochter wurde entführt. Ist es ein Racheakt? Genau vor einem Jahr sollte Maja einen Abend lang auf die Nachbarstochter Joline aufpassen, die seitdem nicht mehr auffindbar ist. Jetzt stellt der Entführer eine schreckliche Forderung: Maja bleiben fünf Tage Zeit, um herauszufinden, was damals mit Joline geschah. Gelingt es nicht, muss Luisa sterben. Wer ist der Entführer?

Maja ist verzweifelt. Durch eine Krankheit kann sie andere Menschen nicht an ihrer Stimme erkennen. Die Polizei ermittelt fieberhaft. Die Fälle hängen zusammen, aber wie? Jede Befragung endet mit noch mehr Fragen, jeder in der gediegenen Vorortsiedlung scheint ein düsteres Geheimnis zu haben. Und unerbittlich läuft Luisas Lebenszeit ab …

Die Autorin

Jessica Potthast, geboren 1978, ist freiberufliche IT-Coachin und studierte Management-Referentin. Seit ihrer Kindheit gehören Gesang und Musizieren als fester Bestandteil zu ihrem Leben, sowohl als Solokünstlerin als auch in diversen Bands.

Sie lebt in Brandenburg, wo Weite und Ruhe einen großen Raum für kreatives Schaffen bieten.

JESSICA POTTHAST

ERLOSCHENE STIMMEN

THRILLER

Deutsche Erstveröffentlichung bei
Edition M, Amazon Media EU S.à r.l.
38, avenue John F. Kennedy, L-1855 Luxembourg
Dezember 2023
Copyright © der deutschsprachigen Ausgabe 2023
By Jessica Potthast
All rights reserved.

Umschlaggestaltung: semper smile, München, www.sempersmile.de
Umschlagmotiv: © Ensuper © Here © New Anawach
© A-Star / Shutterstock
1. Lektorat: Angela Kuepper
2. Lektorat und Korrektorat: Rotkel Textwerkstatt
Gedruckt durch:
Amazon Distribution GmbH, Amazonstraße 1, 04347 Leipzig /
Canon Deutschland Business Services GmbH, Ferdinand-Jühlke-Straße 7,
99095 Erfurt /
CPI Books GmbH, Birkstraße 10, 25917 Leck

ISBN: 978-2-49671-052-6
eISBN: 978-2-49671-051-9

www.edition-m-verlag.de

»Angst haben wir alle. Der Unterschied liegt in der Frage wovor.«
Frank Thiess

*Für Nathalie L. und alle anderen von uns, die
einen Blick in die Hölle werfen mussten.
Am Ende bleibt die Liebe.*

Prolog

Die Stimme, die sie am anderen Ende der Leitung hörte, verschwamm in ihrem Kopf wie ein Gemälde aus Aquarellfarben, auf das ein Becher Wasser umgekippt war. Die Worte selbst waren bedrohlich und angsteinflößend. Sie hielt den Hörer in der Hand und versuchte, ihr Zittern in den Griff zu bekommen. Am liebsten wäre sie in das Telefon hineingekrochen, um die Stimme zu fassen zu bekommen, um sie irgendwie identifizieren zu können. Aber das war unmöglich. Es blieb ihr nichts anderes übrig, als zu verharren und auf die ungewissen Sätze zu warten, die im Mund des Anrufers auf sie lauerten. Hier ging es um Leben und Tod, das war ihr so klar, wie dass der Mond am Himmel hing, doch sie würde niemanden retten können. Sie war unvollständig, irgendwie in der eigenen Entwicklung nicht ganz fertig geworden, wie ihr Vater immer gesagt hatte. Ein Mensch, der durch andere Qualitäten bestechen musste, um von der Welt angenommen zu werden. Ein Mensch, der sich diesen Mangel nicht gleich anmerken lassen sollte, jemand, der geschickt vorgehen musste im Alltag. In diesem Moment, jetzt, war sie eine Versagerin, eine Verliererin, die nichts, aber auch rein gar nichts dagegen tun konnte.

Kapitel eins

Maja Verstaad

Freitag, 31.10., 14:00 Uhr

Die Sonne zeigte sich in dieser Woche zum ersten Mal. Der Himmel war blau und rein, keine einzige Wolke zog vorbei, kein Vogel drehte Runden über der Siedlung. *Ausgerechnet an Halloween*, dachte Maja Verstaad und wusste selbst nicht genau, was sie damit meinte. Vielleicht hatte sie eher Nebel erwartet am letzten Oktobertag oder einen Tag, der nicht aufklarte und in sich gefangen blieb, bis die Dunkelheit ihn endlich erlösen würde. Doch außer Starkregen am Vormittag hatte dieser Freitag bislang nichts Besonderes zu bieten. Jetzt schien die Sonne grell durch das große Terrassenfenster in den Essbereich. Maja hatte ihren Laptop auf dem Holztisch aufgebaut und lehnte sich in ihrem Stuhl zurück. Genüsslich schloss sie die Augen und spürte die Wärme auf ihrem Gesicht. Ein wohliger Schauer lief durch ihren Körper. *Herrlich*, dachte sie seufzend und fuhr sich mit den Händen durch die blonden Haare. An die Kurzhaarfrisur, die ihr Mario, ihr neuer Friseur, letzte Woche geschnitten hatte,

hatte sie sich mittlerweile gewöhnt. In den Jahren zuvor hatte sie ihre dünnen Haare schulterlang getragen und immer zu einem Dutt frisiert (»Versteckt, Liebes, versteckt«, wie Mario ihr mit hochgezogener Augenbraue zugeraunt hatte) und nun fühlte sie sich wie neugeboren und erleichtert. Wie im letzten Sommerurlaub, den sie mit ihrer kleinen Tochter Luisa an der Ostsee verbracht hatte. Strandspaziergänge, kreisende Möwen und das immerwährende Lied der anbrandenden Wellen. Herrlich. *I need Vitamin Sea*, stellte Maja sehnsüchtig fest und musste über diesen schalen Spruch grinsen. Hier in Holzminden, im oberen Weserbergland, schien das Meer so weit entfernt wie sie von ihrem heutigen Feierabend. Kein Strand in Sicht und auch kein Land, spöttelte sie gern. Seit neun Jahren arbeitete sie jetzt in der Kanzlei Springstein & Partner und war im Großen und Ganzen zufrieden. Bei der Tätigkeit als Anwältin für Familienrecht kam wenig Langeweile auf und seit sie Partner war, verdiente sie ein ordentliches Gehalt. Bereits nach zwei Jahren in der Kanzlei hatte die Chefin ihr die Beförderung angeboten. Bis heute erinnerte Maja sich gut an das warme Gefühl, als Elisabeth Springstein – eine ansonsten eher bissige Art Mittfünfzigerin – ihr das Angebot mit einem feierlichen Lächeln und einer Flasche Crémant unterbreitet hatte. *Vor allem kann ich im Homeoffice arbeiten*, dachte Maja dankbar. Montags war zwar immer Präsenzpflicht in der Kanzlei, damit sie gemeinsam die To-dos der Woche besprechen konnten, doch das war ihr ganz recht. Persönliche Kontakte zu erwachsenen Personen, in denen sich die Gespräche um Themen jenseits von Entwicklungsphasen, Allergien oder Verhaltensauffälligkeiten drehten, waren ihr auch sehr willkommen. Nachdem ihre Tochter Luisa vor fünf Jahren auf die Welt gekommen war, hatte sich Majas Leben ganz anders entwickelt, als sie es sich je ausgemalt hatte. Glücklicherweise. Auch wenn der Alltag so viel anstrengender war als jemals zuvor.

Im ersten Jahr war sie sich wie ein Zombie vorgekommen, immer im Halbschlaf und auf der Suche nach Zucker, um genug Energie für den Tag aufzubringen. Doch sie war überzeugt, dass es jeder Mutter so erging. Alleinerziehend und zugleich Anwältin zu sein erschien ihr an vielen Tagen wie die Quadratur des Kreises. Aber irgendwie hatte sie sich nach und nach mit Luisa eingegroovt, in den ersten beiden Jahren mit Unterstützung einer Tagesmutter und jetzt mithilfe der Kita. Sie gähnte herzhaft. Die Doppelbelastung (ein schreckliches Wort, wie sie fand) ließ sich derzeit nun mal nicht vermeiden und davon abgesehen hatte sie ihre Tochter gerne um sich. Auch wenn sie die morgendlichen Atempausen, wenn Luisa in der Kita war, nicht missen wollte. Da war sie einfach nur Maja Verstaad, eine einundvierzigjährige Anwältin mit einem geheimen Faible für kitschige Filme und klebrige Mochis mit Karamellgeschmack. Alleinerziehend, dafür aber mit einem eigenen Haus. Maja grinste. Wenn das keine gute Partie war. Den Text sollte sie sich für Tinder merken. Natürlich ging Luisa ihr manchmal auch auf die Nerven mit ihrem unentwegten Geplapper, den gelegentlichen Wutanfällen und der Trödelei, wenn sie sich morgens anziehen sollte. In erster Linie war sie aber ein witziges Kind. Derzeit war Luisas Lieblingsthema Gott. Erst heute Morgen hatte ihre Tochter ihr erklärt, dass Gott die Menschen aus Wolle strickte und deshalb auch alle unterschiedlich aussahen. Maja lachte in sich hinein. Ihr kluges, lustiges Milchbäckchen.

Diesen Kosenamen hatte sie Luisa gleich in der ersten Woche nach der Geburt gegeben. Sie hatte keine Ahnung, woher dieser zärtliche Begriff kam, aber ihre Tochter hatte offenbar eine Kiste in ihrem Herzen geöffnet, von deren Existenz sie bis dahin nichts geahnt hatte.

Dieses kleine Wesen hatte sie zutiefst verändert, was Maja nach wie vor beeindruckte. Einerseits war da so viel mehr

Freude in ihrem Leben und andererseits waren da auf einmal diese neuen panischen Ängste, die ihr auf rationaler Ebene vollkommen surreal erschienen. Aber Kindern passierten die schrecklichsten Dinge, so viel war klar.

»Beruhig dich jetzt, Maja.« Sie hatte gar nicht vorgehabt, den Satz laut auszusprechen, doch er holte sie in die Wirklichkeit zurück.

Nein, alles war hier in bester Ordnung und so würde es auch bleiben. Es wäre dennoch schön, heute früher Feierabend machen zu können. Sie seufzte und blickte auf den Laptop. Das Sonnenlicht verschluckte den Text der E-Mail. Angestrengt blinzelte sie mehrmals, aber die Buchstaben verschwammen weiterhin vor ihren Augen. Sie stand auf und zog die Vorhänge vor dem großen Terrassenfenster langsam zu, damit sie sich nicht wie beim letzten Mal in der Schiebeleiste verhedderten. Mit gerade einmal eins sechzig Körpergröße ging bei ihr praktisch nichts ohne Leiter, aber dafür hatte sie wirklich gerade keine Zeit. Heute war schließlich Halloween und auf dem Truppenübungsplatz in der Nordstadt gab es ein Fest. Der Veranstalter versprach ein Feuer, Bratwurststände, Musik und ausgeschnitzte Kürbisse. Seit sie Luisa davon erzählt hatte, lag die ihr damit in den Ohren. Die Kita hatte heute wegen eines Krankheitsausbruchs geschlossen und Luisa lief seit dem Frühstück im Fledermauskostüm durchs Haus. Sie hatte auf genau diesem Kostüm bestanden, so wie die Hälfte aller anderen Kinder aus der Kita. Auf YouTube gab es eine neue Serie mit einer heldenhaften Fledermaus als Hauptfigur und jetzt wollten viele in diese Rolle schlüpfen.

Heute Morgen hatte Maja Luisa die Augen mit Kajal umrandet und ihr die Nasenspitze schwarz geschminkt. Luisa hatte sich immer wieder im Spiegel bewundert und über ihre Verwandlung gestaunt. Später wollte Maja sie noch mal für das Fest nachschminken.

Später, später, später. Das war zu einer Art Mantra bei ihr geworden. Aber diese E-Mail musste sie noch bearbeiten, denn Fristen hießen nicht umsonst so.

Sie ging wieder an den Esstisch und sah auf die Küchenuhr. Vierzehn Uhr dreißig. Allerhöchste Zeit, die Mail zu beantworten. Sie klickte auf »Antworten« und begann zu tippen.

»Mama?« Luisa kam ins Esszimmer und schlurfte mit ihrem Kindertablet in der Hand auf sie zu. Ihre blonden Locken standen wild zu allen Seiten ab und sie sah Maja vorwurfsvoll aus ihren blauen Augen an.

Mein kleiner Engel, dachte Maja und ihr Herz zog sich voller Liebe zusammen. Dieser kleine Mensch war das größte Glück in ihrem Leben.

»Kann ich noch eine Folge ›Spirit‹ sehen?«

Maja zögerte. Spirit war ein Zeichentrickpferd aus einer Serie, die Luisa seit einem Jahr schaute.

Ihre Tochter verzog das Gesicht und sah sie flehend an. »Bitte!« Das i zog sie dabei in die Länge und ihre Stimme hatte diesen schrillen Unterton, als ob sich ein Wutanfall ankündigte.

Den wollte Maja unbedingt verhindern. Mit »Spirit« musste trotzdem für heute Schluss sein. Sie schnappte die Kleine an der Hüfte und hob sie schwungvoll hoch. Dann nahm sie ihr das Gerät aus der Hand und legte es auf den Tisch. »Weißt du was, mein Schatz?« Sie ging zur Terrassentür und zog die Vorhänge wieder zur Seite. Auf ihrem kleinen Gartengrundstück war der Plastiksandkasten zur Hälfte mit Regenwasser gefüllt. Der Sand aus dem Kasten lag fein säuberlich daneben verteilt auf dem Rasen, weil Luisa vor einigen Tagen beschlossen hatte, dass ihr Plastikpferd auch ein Außengelände zum Traben brauchte.

Maja hatte schon längst aufräumen und den Sandkasten abdecken wollen, aber diese Woche war zu vollgepackt mit anderen Terminen gewesen. Jetzt war sie froh darüber. Sie klopfte mit den Knöcheln gegen die Glasscheibe. »Magst du noch ein bisschen rausgehen? Dein Pferd könnte eine Runde im Meer schwimmen.« Sie drückte Luisa einen Kuss auf die rosafarbene, weiche Wange.

»Jaaaaa!« Luisa zappelte sofort los und Maja setzte sie auf dem Teppichboden ab. »Darf ich mein Kostüm anbehalten? Auch die Augenmaske?«

»Na klar. Aber zieh deine Winterjacke an; es ist kalt draußen.«

Aufgeregt stürmte Luisa in den Flur, um ihre Gummistiefel zu holen.

Lächelnd wandte sich Maja ihrem Laptop zu. Gefahr erkannt, Gefahr gebannt.

KAPITEL ZWEI

Carsten Mahrenholz

14:00 Uhr

»Irgendwo muss diese verdammte Tasche doch sein.« Kriminalhauptkommissar Carsten Mahrenholz kniete auf dem Dielenboden in seinem Schlafzimmer und spähte unter das Doppelbett. Nichts. Noch nicht mal eine einsame Socke hatte sich nach hier unten verirrt. Auf seine Ordnung war wie immer Verlass, umso mehr wunderte es ihn, dass er seine schwarze Ledertasche trotz einer halbstündigen intensiven Suche nicht finden konnte. Dabei musste er jetzt langsam wirklich mal packen.

Tuuli, seine Beaglehündin, war durch sein Fluchen neugierig geworden und sprang vom Bett herunter. Schwanzwedelnd stand sie neben ihm und schleckte ihm über die Wange.

»Du hast auch keine Ahnung, oder?«

Sie streckte die Vorderläufe durch, schob ihr Hinterteil in die Höhe und gähnte herzhaft.

Mahrenholz lachte. »Du und dein Yoga. Hund müsste man sein.« Er setzte sich auf. »Yoga, natürlich! Warum bin ich nicht gleich darauf gekommen?« Zielstrebig ging er in den Flur und zog die Luke zu dem Dachbodenkabuff auf, das seine Frau und er als Lagerraum genutzt hatten. Nach Corinnas Tod vor zwei Jahren hatte er all ihre Sachen dorthin geräumt. Ihre Kleidung, ihre Bücher und auch ihre Sportsachen. Und dabei hatte er wahrscheinlich auch die schwarze Tasche, die sie ihm zu Weihnachten geschenkt hatte, mit nach oben verbannt. Mahrenholz stieg die metallene Treppe hoch und sah zu Tuuli hinunter, die ihn nicht aus den Augen ließ. »Und du komm nicht auf dumme Gedanken. Warte kurz.«

Die Hündin bewegte sich nicht vom Fleck, starrte ihn aber weiterhin an.

»So, ich glaube, das muss gleich hier hinten rechts sein …« Er schob zwei Kartons auseinander, die mit allerlei Krimskrams gefüllt waren, und erblickte schließlich die Tasche. »Na, hatte ich doch den richtigen Riecher. Das wäre ja sonst auch was als Kommissar, oder, Tuuli?« Er nieste. »Staubig ist das da oben, sag ich dir. Da haben sich innerhalb von zwei Jahren ja schon Tonnen angesammelt.« Wendig kletterte er die Treppe hinunter und stellte die Tasche auf dem Boden ab.

Tuuli steckte augenblicklich die Nase hinein und klang beim Herumstöbern wie eine Turbine, die auf Hochtouren lief.

»Du und deine Supernase. Dadrin wirst du aber nichts zu essen finden.«

Wie aufs Stichwort kam die Schnauze der Hündin wieder zum Vorschein.

Mahrenholz strich ihr über den Kopf und ging zurück ins Schlafzimmer. Er war sich immer noch nicht sicher, ob es eine gute Idee war, an dem Ausflug mit den Kollegen teilzunehmen.

Bisher hatte er sich vor so etwas gedrückt und jeder hatte sich offiziell verständnisvoll gegeben, doch er wusste um die

Blicke und Gespräche hinter seinem Rücken. Wie lange er noch trauern wolle, das Leben müsse weitergehen und sie würden es ja nur gut meinen mit ihm. Und in gewisser Weise hatten die Kollegen schon recht. Einsamkeit war ein Gift, das langsam, aber stetig wirkte. Sein Team war immer eine Art Zweitfamilie für ihn gewesen.

Jetzt hieß es, nach vorne zu sehen. Das Wochenende im Sauerland konnte lustig werden. Er würde andere Leute sehen, abschalten und auch dem Haus entkommen, in dem ihn jede einzelne Diele, jedes Möbelstück an seine Zeit mit Corinna erinnerte.

»Dich kann ich ja leider nicht mitnehmen.«

Tuuli legte den Kopf schräg und sah ihn an.

»Aber die Ferien bei Niklas werden dir auch wieder gefallen. Der ist so ein Naturfreak, da kommst du mal von der Couch hoch.«

Wie zur Bestätigung sprang die Hündin wieder aufs Bett zurück.

Mahrenholz zog einige Kleidungsstücke aus dem Schrank und verstaute sie ordentlich in der Tasche. Zum Glück trug er ausschließlich Schwarz, das machte jede Überlegung zu Kombinationen überflüssig. Und er hielt seine Figur seit zwanzig Jahren. Er war knapp eins neunzig und seit jeher schlaksig. Auch seine Haare hatte er schon immer blond und raspelkurz getragen, nur den Oberlippenbart ließ er sich erst seit einiger Zeit stehen. Seine Frau hatte ihn gern damit aufgezogen, dass man nie erkennen würde, ob er grau oder sein Haar schütterer werden würde. Er lächelte. Sie fehlte ihm. Dennoch kam ihm der Schrank ohne Corinnas Sachen darin viel zu groß vor. So wie das ganze Haus.

In den vergangenen Jahren hatte er sich unzählige Male vorgenommen, neu zu streichen oder auch umzuziehen, doch es war bislang bei diesen Gedankenspielen geblieben. Es war ihm so vorgekommen, als würde er durch das Renovieren noch mehr von ihr verlieren. Aber das war natürlich Unsinn, denn Corinna war bereits fort.

Schließlich hatte seine Kollegin Julia Meißner ihm eine Maklerin empfohlen, die er nächste Woche anrufen wollte. Wohnungen waren in Holzminden keine Mangelware und er hatte die Sache schon viel zu lange aufgeschoben. »Wir brauchen nur einen Garten, Tuuli, stimmt's? Schließlich sind wir beide Sonnenanbeter.«

Die Hündin schnarchte laut.

Sein Leben brauchte eine neue Richtung, neuen Schwung. Mit vierundfünfzig Jahren hatte er vielleicht noch einmal die Chance auf einen Neustart, und so sehr ihm seine Hündin in den letzten Jahren geholfen hatte, konnte sie nicht seine einzige Gesprächspartnerin bleiben. Vorsichtig ließ er sich neben ihr aufs Bett fallen und sah sie liebevoll an. »Nimm es mir nicht übel, Tuuli.«

Die Hündin kuschelte sich an ihn.

Mahrenholz lachte und das hübsche Gesicht seiner Frau blitzte vor seinem geistigen Auge auf. »Sie hätte dich gemocht.«

KAPITEL DREI

Julia Meißner

14:00 Uhr

Kriminaloberkommissarin Julia Meißner stand mit nassen Haaren vor dem Spiegel in dem Bad, das direkt an ihr Schlafzimmer angrenzte, und cremte sich das Gesicht ein. Nola, ihre kleine Nichte, weinte nicht mehr, dafür drang die dunkle Stimme ihrer Zwillingsschwester Vanessa nach oben. Sie redete lebhaft auf ihren Freund Thilo ein. Julia verstand nur einzelne Satzfetzen, wie »Ich bin müde«, »Was meinst du, wie es mir geht« und »Soll ich mich darum auch noch kümmern«. Thilo ließ ihre Tiraden stumm über sich ergehen. So ging das bereits seit Wochen und Julia wünschte sich nichts sehnlicher als dieses Wochenende mit den Kollegen. Kein Babyweinen, kein Partnerschaftsstreit und keine übermüdete Schwester. Sie verzog das Gesicht. Das war selbstsüchtig von ihr. Am liebsten hätte sie Vanessa mitgenommen und Nola bei ihrem Vater gelassen. Aber daran war nicht zu denken. Seufzend trug sie Mascara auf. Sie freute sich auf das Feiern, ein bisschen Wellness und die Mountainbike-Tour, für die sie sich angemeldet hatte. Einfach mal entspannen. Skeptisch trat sie näher an den Spiegel. Unter ihren Augen hatten sich neuerdings erste Fältchen gebildet und ihr Teint sah noch blasser aus als sonst. Alpina-Weiß, so bezeichnete Vanessa ihre Hautfarbe wenig sensibel, dafür aber umso treffender. Im Sommer verfärbte sie sich lediglich rot, um dann wieder zur Ausgangsfarbe zurückzukehren. Julia war das egal, aber Vanessa hatte sich früher häufig mit Selbstbräuner eingesprüht. »Dann kann man uns auch besser auseinanderhalten«, hatte sie gescherzt. Da war etwas Wahres dran: Auch wenn sie heute nicht mehr die gleichen Klamotten trugen wie zu Kinderzeiten, waren die Zwillinge für Fremde schwer zu unterscheiden. Eineiig blieb eben eineiig und die dunkelblonden Haare trugen sie nach wie vor auf die gleiche Weise: schulterlang und ganz glatt. *Und unsere braunen Augen sind auch ganz schön.* Ob Vanessa auch schon diese Falten hatte? Bei Gelegenheit würde sie darauf achten, aber es auf keinen Fall ansprechen.

Ihre Schwester war seit Nolas Geburt vor drei Monaten im Dauerstress und im Hormonchaos. Julias Nichte war zauberhaft mit ihren großen Augen und dem herzförmigen Mund, doch sie schrie jede Nacht durch. Jede einzelne Nacht. Schreikind, hatte ihnen die Kinderärztin lapidar mitgeteilt und einige allgemeine Tipps mitgegeben, von denen keiner gefruchtet hatte.

Julia versuchte, ihre Schwester so oft wie möglich zu unterstützen, doch durch die Schichtarbeit war es leider nicht immer möglich. Vanessa tat ihr unglaublich leid und sie fühlte sich hilflos. Auch Thilo, der eigentlich unverwüstlich war, schlich sichtlich erschöpft durch das Haus, wiegte das Baby auf dem Arm oder schob nachts den Kinderwagen durch die Siedlung, um seine Tochter zu beruhigen.

Erst gestern hatte er sich bei Julia entschuldigt, für »alles«, wie er es kryptisch ausdrückte, doch den Zahn hatte sie ihm sofort gezogen. Erstens gab es nichts zu entschuldigen bei einem Baby und zweitens waren sie eine Familie. Sie hatten gemeinsam entschieden, das Haus in der Mozartstraße zu beziehen. Zu dritt konnten sie sich die Miete gut leisten und für Julia kam es nicht infrage, ohne ihre Schwester zu leben. Umgekehrt war es genauso. Sie hatten immer zusammengewohnt, auch während des Studiums. Thilo hatte mit der Zeit begriffen, was es bedeutete, mit einem Zwilling zusammen zu sein, und im Allgemeinen kamen sie gut miteinander aus. Sie waren alle sehr sportlich und im ersten Jahr des Zusammenlebens hatten sie eine Kanutour unternommen und Freeclimbing am Ith ausprobiert. Das war schon eine witzige Zeit gewesen.

Außerdem war Thilo schwer in Ordnung. *Wir schaffen das*, dachte Julia. Nola würde größer werden und niemand schrie für immer. Jedenfalls nicht in dieser Intensität. Beschwingt schlüpfte sie in ihre Jeans und einen weißen Sweater und stopfte ihren Kosmetikbeutel in den Trekkingrucksack. Sie musste sich beeilen, um nicht zu spät bei ihrem Chef Carsten Mahrenholz zu erscheinen. Mittlerweile verstanden sie sich gut, aber wenn sie nicht zum vereinbarten Zeitpunkt bei ihm war, regte er sich vermutlich auf. Er war absolut pedantisch, wenn es um Pünktlichkeit ging. Sonst war er gar nicht so verkrampft. Gut, er war jemand, der eine gewisse Ordnung brauchte, und er zitierte häufig Buddha. Oder Konfuzius? Egal. Sie war gespannt, wie er sich an diesem Wochenende in der lockeren Atmosphäre geben würde.

In den vergangenen zwei Jahren waren sie beim Du angekommen, das natürlich *er* ihr angeboten hatte, und sie hatte das als Sympathiebeweis gewertet. *Mühsam ernährt sich das Eichhörnchen*, schoss es ihr durch den Kopf. *Du wirst schon noch mehr auftauen, Chef.*

KAPITEL VIER

Ellen Maaßen

14:30 Uhr

Ellen Maaßen starrte wie benommen auf ihre Handflächen, die milchig und aufgequollen aussahen. Die feinen Linien in ihrer Haut waren verschwommen wie eine unscharf fotografierte Straßenkarte. Wie lange saß sie bereits in der Dusche? Fünfzehn Minuten? Zwanzig? Heute war sie mit noch mehr Hoffnungslosigkeit erwacht als gestern, obwohl sie das kaum für möglich gehalten hatte. Die Gedankenspirale kannte nur eine Richtung: abwärts. Das Wasser trommelte in gleichmäßiger Stärke auf ihren Kopf und floss über ihren Rücken, bis es ihre Füße umspülte und schlürfend im Abfluss verschwand. Sie nahm die bereitgelegte Nagelschere in die Hand und ritzte sich damit unter die Fußsohle. Sofort quoll Blut aus der kleinen Wunde. Ellen hatte gehofft, dass der Schmerz sie zerreißen oder wenigstens aufwecken würde. Aber da war nichts. Erschöpft legte sie die Stirn wieder auf ihren nassen Knien ab und wünschte sich so sehr, weinen zu können. Irgendwann hatte es

24

ein Früher gegeben, ein Leben vor der Dunkelheit, aber diese Erinnerung war fast vollständig ausgelöscht. Sie sah zu dem hitzebeschlagenen Fenster aus buntem Bleiglas hinauf und überlegte. Vielleicht sollte sie einfach aufstehen und es zerschlagen.

Aber das ist doch nicht möglich, Ellen, und das weißt du auch, antwortete die Stimme in ihrem Kopf augenblicklich. *Stell das Wasser ab, zieh dich an und richte dich her. Henning wird gleich nach Hause kommen, und wenn er dich in diesem Zustand vorfindet, wird er dich wieder anschreien. Und das willst du doch nicht, oder? Dafür hast du keine Kraft.* Langsam stand sie auf, drehte das Wasser ab und nahm sich ein Handtuch von der Kommode. Jede Bewegung strengte an, doch es war höchste Zeit für sie, in die Gänge zu kommen und mit den Vorbereitungen für das große Essen morgen zu beginnen. Schnell griff sie in die Schale, die auf der Marmorablage stand, und schob sich eine der Pillen in den Mund. Mittlerweile konnte sie die kleinen Freunde einfach trocken schlucken. Sie brauchte die Tabletten auch nicht mehr zu verstecken, wie sie es früher schamhaft getan hatte. Henning bestand sogar darauf, dass Ellen sie offen aufbewahrte, sodass er jederzeit kontrollieren konnte, ob sie das Sertralin regelmäßig nahm. Und sie war auf ihn angewiesen, denn er beschaffte ihr das Antidepressivum über einen seiner Ärztefreunde aus dem Kulturverein. Das war ihr mittlerweile alles vollkommen egal. Außerdem brauchte sie heute zusätzlich ein Beruhigungsmittel. Sie griff nach der Packung Lorazepam, die neben der Schale lag. Hoffentlich setzte die Wirkung schnell ein, bevor die Stimmen lauter wurden. Eine davon war die ihrer Mutter: *Du hast einen reichen Mann, ein traumhaftes Haus und ein gesundes Kind. Deine Sorgen möchte ich haben. Du solltest dankbar sein. Wenn ich einmal so ein Leben wie du gehabt hätte!* Yatata, yatata, yatata.

Aber was wusste ihre Mutter schon? Ellens Eheglück hatte exakt so lange gehalten, bis sie begriffen hatte, in welchem goldenen Käfig sie saß; mit einem Mann, der despotisch und rücksichtslos war, der sie niedermachte, sobald er sie nur sah. Der sie einmal in den Keller geschickt hatte, damit sie sich beruhigte. Und all die Anstrengung, die es sie kostete, in der Öffentlichkeit zu funktionieren! Als Kind hatte sie ein Poesiealbum mit Glanzbildern von fröhlichen Familien besessen. Von einem solchen Idyll hatte sie immer geträumt. Ja, sie war als junge Frau so verdammt naiv gewesen und hatte Henning jedes Wort geglaubt. Seine Ausführungen zu ihrer gemeinsamen Zukunft hatten verlockend geklungen und in der ersten Zeit hatte er sie auf Händen getragen. Was für ein Hohn.

Mit versteinerter Miene zog Ellen ihre Haarbürste aus der Kommodenschublade und schlug sie sich mit voller Wucht gegen die Schläfe. Sie taumelte und hielt sich am großen Waschtisch fest. Der Anblick ihres Spiegelbilds machte sie noch wütender. Die leeren Augen, die eingefallenen Wangen und dieser tumbe Gesichtsausdruck. *Du dumme, dumme Gans*, schimpfte die Stimme. *Wie konnte dir dein Leben nur so entgleiten?*

KAPITEL FÜNF

Henning Maaßen

13:30 Uhr

»Henning, bleibt es bei dem Essen morgen?«

Max stand in der Bürotür und lockerte seine Krawatte.

Henning Maaßen sah von seinem Laptop auf, der zusammen mit zwei Bildschirmen auf seinem auffälligen Designerschreibtisch aus Glas und Stahl stand. Als Geschäftsführer von Maaßen Industrial Design erschien ihm eine solche Ausstattung mehr als angebracht. »Chefstandard« nannte er sie halb im Spaß, halb ernsthaft guten Kunden gegenüber, die er regelmäßig in seinem Büro empfing. Und außerdem: Was hätte das Unternehmen besser repräsentieren können als dieser zeitlose Kubus, der wie aus einem Guss gemacht schien? Wenn es nach Henning gegangen wäre, hätte er sich noch ganz anders ausstaffiert, aber er wollte nicht den Eindruck erwecken, dass er kein Geld mehr verdienen müsste. Dem war schließlich ganz und gar nicht so. Das letzte Geschäftsjahr war dramatisch schlecht verlaufen und bildete den vorläufigen Tiefpunkt einer mehrjährigen Krise. *Verdammte Weltenlage*, fluchte er innerlich und musterte Max, seinen ältesten Freund aus Studienzeiten. Henning war gespannt, wie er sich als COO machen würde, doch die ersten hundert Tage waren noch nicht vorbei und es war zu früh, um Bilanz zu ziehen.

»Hast du wieder Rückenprobleme?« Er nickte Max zu, der sich mit der rechten Hand über den Nacken fuhr und dabei kreisende Halsbewegungen ausführte. Dabei schob sich sein beachtlicher Bauch nach vorne und drückte den Gürtel der blauen Anzughose einige Zentimeter nach unten.

Max verzog gequält das Gesicht. »Diese Schmerzen bringen mich eines Tages noch um. Ich muss unbedingt mehr Sport machen.«

»Meine Rede«, pflichtete Henning ihm bei. »Du bist doch sonst so ein Mann der Tat. Und deinem Bauch würde das auch ganz guttun.« Er griff nach dem Glas auf seinem Schreibtisch und trank einen großen Schluck milchiger Flüssigkeit, in der zwei Eiswürfel klirrten. Dann drehte er das halb leere Glas in der Hand und wippte im Takt seines Schreibtischstuhls. »Hochwertiges Eiweißpulver, maximal zwanzig Gramm pures Muskelgold. Ich trinke das jeden Tag seit acht Jahren. Dazu dreimal die Woche Laufen, fokussiertes Muskeltraining und du könntest so aussehen wie ich.« Henning strich sich zufrieden über den muskulösen Bauch und warf Max einen herausfordernden Blick zu.

»Ja, du hast recht. Ich muss dringend etwas tun.« Max zog sich die gelockerte Krawatte nun ganz vom Hals.

»Was ist denn los mit dir, schon in Wochenendstimmung?« Henning trommelte kurz auf die Glasplatte und grinste.

Max zuckte mit den Schultern. »Schon ist gut. Heute können wir eh nichts mehr ausrichten mit Osteuropa. Außerdem wollte Sophia, dass wir heute den Abend zusammen verbringen.

Und das würde ich ihr nur ungern abschlagen, wenn du verstehst, was ich meine.« Bedeutungsvoll zog er die Augenbrauen hoch.

Henning nickte. »Oh ja. Ellen ist auch noch so schön wie eh und je.« Er sah zu dem Foto, das auf seinem Schreibtisch stand und seine Frau am Strand von Curaçao in einem weißen Leinenkleid zeigte. Elegant hielt sie ihren Sonnenhut fest und strahlte über ihre schmale Schulter.

»Sie sieht aus wie diese Schauspielerin«, bemerkte Max.

»Penélope Cruz«, ergänzte Henning und erhob sich schwungvoll aus seinem Stuhl. Lässig ging er auf Max zu und zupfte ihm einen Fussel vom Jackett. »Du weißt doch, ich bin nur mit dem Besten zufrieden.«

Max brummte zustimmend.

Henning drehte sich um, kehrte zu seinem Schreibtisch zurück und schlug eine Unterschriftenmappe auf. »Also, wir sehen uns morgen. Ich habe uns übrigens die Kubanischen besorgt.«

Max schnalzte entschuldigend mit der Zunge. »Das wird leider nichts. Sophia hasst es, wenn ich nach Zigarrenrauch rieche. Dafür bringe ich uns ein feines Getränk mit: Don Papa Rum.«

Henning hob den Kopf und sah ihn spöttisch an. »Und das lässt du dir ernsthaft verbieten?« Er betonte das Wort »ernsthaft«. »Pass auf, dass sie dir demnächst nicht noch vorschreibt, was du essen darfst.«

Verlegen zog Max die Krawatte zwischen den Fingern glatt.

»Ein Witz, Max, ein Witz. Wir können doch froh sein, dass unsere Frauen so gut auf uns aufpassen. Wenn ich Ellen nicht hätte, würde ich bis heute noch keinen Sport machen. Vermutlich hätte ich schon längst einen Herzanfall gehabt.«

Max entspannte sich. »Fürwahr. Bis morgen dann, Henning, und mach nicht mehr so lange.«

Henning nickte und wartete, bis sein alter Freund die Bürotür geschlossen hatte. Dann lehnte er sich zurück und klackte mit seinem Füllfederhalter gegen die Schreibtischplatte. Keine Zigarren! Das würde er sich von Ellen nicht gefallen lassen. Ja, er war dreiundfünfzig, aber er hätte sich selbst maximal auf Mitte vierzig geschätzt. Der jahrzehntelange Sport war nicht umsonst gewesen und auch seine dunklen Haare waren ihm bislang erhalten geblieben. Bis auf die eine weiße Strähne zeigten sich hier keine Verschleißerscheinungen. *Zum Glück ist Ellen zehn Jahre jünger als ich*, schoss es ihm durch den Kopf. Sie war schlank, durchtrainiert und in ihren großen braunen Augen konnte er sich immer noch verlieren. Er dachte nach. Innerlich hatte sie sich zu ihrem Nachteil verändert. Siebzehn Jahre waren eine lange Zeit. Zu Beginn ihrer Ehe hatte sie noch zu ihm aufgesehen, ihn bewundert und sich auf die Familie konzentriert. Grimmig starrte er auf ihr Foto. Das waren noch Zeiten gewesen. Er strich sich energisch über den Arm, als ob er Fusseln loswerden wollte. »Vergiss es, Henning«, raunte er. Er drückte auf eine Taste seines Telefons.

»Ja? Was brauchst du, Henning?«

Die vertraute warme Stimme seiner Assistentin beruhigte ihn sofort. Bea war zuverlässig, schnell und überaus belastbar. Eine echte Seltenheit, wie er sich immer wieder bestätigte.

»Hast du schon die Statistiken für die Finanzsitzung am Montag erstellt? Ich weiß, es ist Freitag, aber du kennst ja Max …« Henning presste die Lippen zusammen.

»Die sind gerade per Mail raus. Ich habe dich in cc gesetzt.«

Das Lächeln in ihrer Stimme war unüberhörbar für ihn. »Danke, bestens.« Er drückte den Knopf erneut, um das Gespräch zu beenden.

Eine Assistentin war einfach so viel wichtiger als eine Ehefrau. Und so viel unkomplizierter.

Es klopfte kurz und energisch an seiner Tür und ehe er reagieren konnte, kam Bea mit einem Tablett herein, auf dem sie zwei Kaffeetassen platziert hatte.

»Warte, ich helfe dir.« Er sprang auf und nahm ihr das Tablett ab, um es auf dem Tisch neben den zwei Ledersesseln abzustellen. Dann drehte er sich zu ihr um und legte den Kopf schräg. »Du sollst doch nach deiner OP nichts tragen.«

»Henning, jetzt ist es aber mal gut. Ich habe schon ganz andere Sachen überstanden. Das war nur eine kleine Hüft-OP. Ich bin zwar alt, aber unterschätz mich nicht. So, und jetzt lass uns den Kaffee trinken, sonst ist er gleich kalt.«

Henning stimmte in ihr Lachen ein und machte eine einladende Handbewegung in Richtung eines Sessels. Er sah, wie sie kurz den Mund verzog, als sie sich setzte. Beatrix »Bea« Rustenbach war sechsundsechzig Jahre alt und kannte das Unternehmen noch aus Zeiten, in denen sein Vater, der Gründer von Maaßen Industrial Design, ihr Vorgesetzter gewesen war. Viel wichtiger noch: Henning selbst hatte sie schon gekannt, als sie in ihren Zwanzigern gewesen war und er als Heranwachsender in seinen Ferien jeden Tag in der Firma verbracht hatte. Bea hatte immer versucht, zwischen ihm und seinem aufbrausenden Vater zu vermitteln, der ihm bis zu seinem Tod fremd geblieben war. Eine Mutterfigur hatte er nie in ihr gesehen und doch schätzte er sie unermesslich. Sie war über die Jahrzehnte eine feste Größe in der Maaßen'schen Familie geworden und natürlich auch auf Hennings Hochzeit gewesen.

Vor ein paar Wochen hatte Max gewitzelt, ob er sich nicht endlich eine jüngere Sekretärin an die Seite holen wollte, doch das hatte Henning vehement abgelehnt.

Auf Bea ließ er nichts kommen.

KAPITEL SECHS

Nicole Behrendt

14:00 Uhr

Der Parkplatz vor dem Edeka war fast voll belegt. »So ein Mist!« Zornig schlug Nicole Behrendt auf das Lenkrad ihres Mini Cooper. Ihr Schrei war so laut, dass eine Frau im Jogginganzug, die ihren Einkaufswagen langsam an Nicoles Auto vorbeischob, erst erschrocken aufsah und dann ärgerlich mit dem Kopf schüttelte. »Ich mein dich doch gar nicht, du blöde Kuh!« Nicole war außer sich. Erst hatte sie sich heute Morgen mit ihrem Mann Jens gestritten und jetzt war es kaum möglich, in Ruhe einkaufen zu gehen. Sie wollte, nein, sie *musste* hier einkaufen. Gestern war sie im Netto gewesen, davor im Kaufland, und wann war sie noch mal in den kleinen Getränkeladen an der Ecke Papiermühle gegangen? Vielleicht musste sie doch variieren. Sie wollte nicht jeden Tag im selben Laden Wein oder anderen Alkohol kaufen. Was sollten bloß die Verkäuferinnen denken? Hektisch nestelte sie am Handschuhfach, während sie darauf wartete, dass ein älterer Herr seinen SUV aus einer Parklücke fuhr. Anfänger! So ein Auto und dann nicht fahren können. Das Handschuhfach klemmte und sie zog fester daran, doch das Zittern ihrer Hände war heute Morgen immens und zu Hause waren alle Vorräte aufgebraucht. Endlich ploppte das Fach geräuschvoll auf und ihr quollen Handschuhe, Taschentücher und eine Kindersonnenbrille entgegen. Beim Anblick der Brille zuckte sie zusammen. Die hatten sie damals in Andalusien gekauft.

Der ältere Herr hatte es mittlerweile geschafft, sein Auto aus der Lücke zu bugsieren, und Nicole preschte auf den frei gewordenen Platz. Schnell schaltete sie den Motor aus und durchsuchte jetzt mit beiden Händen das Fach. Irgendwo musste doch noch diese kleine Schnapsflasche von neulich sein, die mit dem Sauerkirschgeschmack, sie wusste es ganz genau. Im Auto gab es noch einige Verstecke, die viel raffinierter waren, aber diese Vorräte hatte sie bereits verbraucht. Ja, jetzt war sie fündig geworden. Das Glas der kleinen Flasche fühlte sich beruhigend kühl und glatt an. Nicole war auf der Stelle erleichtert. Glück musste man haben. Der Schraubverschluss war allerdings schwer zu öffnen; sie musste einige Male ansetzen. Dieses Scheißzittern, dachte sie kurz, bis ihr Kirscharoma entgegenströmte und sie das Fläschchen an die Lippen setzte. Kurz sah sie sich nach links und rechts um, doch da war niemand, der sie beobachten konnte. Sie leerte die Flasche mit einem Zug, wischte sich mit dem Handrücken über den Mund und kontrollierte ihr Gesicht im Rückspiegel. In ihrem Augenweiß erkannte sie geplatzte Äderchen und ihre Wangen brannten rot. »Passt ja zu deinen Haaren«, raunte sie sich voller Abscheu zu. Die »Rote Zora« hatte sie Martin, ihr erster Mann, früher immer scherzhaft genannt.

Ihre Haare schimmerten immer noch hübsch rötlich, aber sie wirkten ungepflegt. *Du musst sie echt mal wieder waschen, Nicole*, tadelte sie sich in Gedanken. *Niemand wird etwas bemerken, solange du dich konzentrierst.* Sie fasste in die Ablage, fischte eine Kaugummipackung heraus und wickelte gleich zwei Streifen aus, die sie sich gleichzeitig in den Mund steckte. Kaugummi musste sie auch neu kaufen. Sie kaute einige Male, zog ihre Tasche vom Beifahrersitz und stieg aus.

Im Edeka war es genauso voll, wie sie befürchtet hatte. Herrgott, musste denn halb Holzminden Freitag um vierzehn Uhr einkaufen? Sie verfluchte ihren Streit mit Jens aufs Neue. Wenn der nicht dazwischengekommen wäre, hätte sie die Besorgungen schon längst erledigt. Ihr Alltag war viel einfacher, wenn ihr Mann nicht da war. *Alltag, welcher Alltag denn, Nicole. Logo, du kannst dann ungestört trinken, darum geht es dir doch*, zischte die Stimme in ihrem Kopf. *Du arbeitest nicht, sondern sitzt den ganzen Tag zu Hause rum. Jeden verdammten Tag.* Doch für die nächste Zeit würden Jens und sie täglich zusammen sein. Er arbeitete als Kriegsreporter und war oft monatelang im Ausland, um dann ähnlich lang jeden einzelnen Tag bei ihr zu sein.

Als sie noch nicht getrunken hatte, hatte sie seine Anwesenheit als eine Bereicherung empfunden. Heute war ihr Leben dadurch um einiges komplizierter und sie musste erfinderischer werden, wenn sie nicht jeden Tag Diskussionen über das Trinken führen wollte.

Ihr Streit heute Morgen hatte sich natürlich genau darum gedreht. Jens hatte ihr vorgeworfen, gestern noch eine weitere Flasche Wein ausgetrunken zu haben, einen süffigen Barolo von 2018, den er extra für ihr Wiedersehen bestellt hatte. Die Kiste zu dreihundert Euro, und sie schwammen nicht gerade im Geld. Nicole hatte sich ja auch fest vorgenommen, es bei einer Flasche zu belassen, aber nachdem sie die erste geleert hatten, hatte Jens sich ins Bett verabschiedet. Er hatte etwas von einem anstrengenden Flug gemurmelt und sie ihre Chance gewittert, einfach weiterzutrinken. Der Grappa, den sie letzte Woche im

Rewe gekauft hatte, war schließlich ihre perfekte Einschlafhilfe gewesen. Zumindest von dem hatte Jens nichts mitbekommen. Zum Glück.

Hinter ihr ertönte eine weibliche Stimme. »Nicole?«

Mittlerweile stand Nicole am Kühlregal und suchte fahrig nach der Sahne. Sie drehte sich nicht um, sondern tat so, als ob sie die Zutatenliste eines Joghurts gründlich studierte. *Geh doch einfach weiter*, flehte sie innerlich.

»Nicole? Nicole, bist du es?«

Die Stimme kam näher und hörte sich sicherer an. Es gab kein Entkommen zwischen Joghurt und Butter. Lächelnd drehte Nicole sich um. *Reiß dich jetzt bloß zusammen.*

Sie sah in ein bekanntes Gesicht. »Ach, du bist es, Kerstin! Ich habe dich erst gar nicht gehört. Es ist so laut hier.« Sie lächelte ihre alte Schulfreundin an. Jetzt bloß die Fassung bewahren!

Vor einiger Zeit hatte Kerstin sie angerufen und ihr erzählt, dass sie von München wieder zurück nach Holzminden ziehen wollte. Bald danach hatte Kerstin eine Nachricht geschrieben und sie zum Essen eingeladen, doch Nicole hatte ihr unter einem Vorwand abgesagt. Sie wollte nicht, dass Kerstin mitbekam, wie sehr sie die Kontrolle über sich verloren hatte. Vor allem über den Alkohol.

»Ja, ganz schön viel los.« Kerstin sah sie freundlich an und kam noch etwas näher. Jetzt trennte sie nur noch ein halber Meter, denn sie stand direkt neben Nicoles Einkaufswagen. Nicole wollte einen Schritt zurücktreten, doch hinter ihr war das Kühlregal. Inständig betete sie, dass Kerstin nicht den Alkohol in ihrem Atem bemerken würde.

Ihre alte Freundin legte den Kopf schräg und zog besorgt die Augenbrauen zusammen. »Wie geht es dir denn?«

Nicole blieb stumm.

»Ich will nicht neugierig sein, aber gibt es neue, wie soll ich sagen, Entwicklungen?« Nicole blickte in Kerstins besorgte

Augen und ihr Herz zog sich zusammen. Kerstin spielte auf das spurlose Verschwinden ihrer Tochter Joline an. Seit einem Jahr wurde sie vermisst. *Vermisst*, dachte Nicole bitter. Als ob irgendjemand verstehen konnte, was dieses Wort wirklich bedeutete, der nicht selbst sein geliebtes Kind von einem Tag auf den anderen einfach nicht bei sich hatte und nicht wusste, was ihm zugestoßen war. Genauso gut hätte man ihr das Herz herausreißen können. Schlagartig sah sie vor ihrem inneren Auge alle möglichen Bilder ihrer Tochter: Joline als Baby in die bunte Decke gewickelt, die ihre Uroma ihr zur Geburt gestrickt hatte; Joline beim Ballettunterricht, feingliedrig wie eine Fee und stolz in die Kamera strahlend; Joline bei einem Picknick im Wald mit einem Apfel in der Hand; Joline auf einem Pony; Joline an Halloween verkleidet als Eisprinzessin. Ein süßes zehnjähriges Mädchen mit riesigem Talent …

Augenblicklich wurde ihr schlecht. Das Kirschwasser machte ihrem nüchternen Magen zu schaffen.

»Nicole? Ist alles in Ordnung, Nicole? Willst du vielleicht einen Schluck Cola?« Kerstin fischte eine Dose aus ihrem Einkaufswagen, öffnete sie und hielt sie Nicole unter die Nase. »Hier, trink ein bisschen.«

Nicole sah Kerstin zögerlich an und griff dann doch zu. Diese kleine Geste der Fürsorglichkeit tat so unendlich gut. Am liebsten hätte sie ihre Freundin umarmt und ihr von ihrem großen Kummer erzählt.

Kerstin musterte sie besorgt. »Wie unsensibel von mir, tut mir leid. Ich hätte wissen müssen, dass dir das …«

Nicole schüttelte etwas zu heftig den Kopf und Kerstin zog erschrocken den Arm zurück. »Ist ja nicht deine Schuld. Es gibt nichts Neues.« Sie schluckte schwer. »Du, ich muss mich leider beeilen. Jens ist zu Hause und wartet aufs Mittagessen. Und danke für die Cola.«

Sie sah, wie ihre Freundin verdattert nickte, und schob ihren Einkaufswagen zur Seite.

Kerstin lächelte ihr noch einmal kurz zu. »Alles Liebe für dich. Ich bete jeden Tag für Joline, wirklich. Wir könnten uns ja mal treffen. Melde dich doch einfach, wenn du Lust hast.«

Nicole nickte ihr rasch zu und steuerte mit ihrem Wagen in Richtung Kasse. Bloß raus hier. Sie wollte nicht in Tränen ausbrechen. Nicht hier. Sie wollte nicht weinen, unter gar keinen Umständen. Vielleicht würde sie Kerstin doch demnächst anrufen, um mit ihr einen Kaffee zu trinken. Sie war eine der wenigen, die sich nach Jolines Verschwinden noch mit ihr unterhielten. Alle anderen tuschelten hinter ihrem Rücken oder wechselten die Straßenseite, wenn sie sie erkannten. Einmal war sie so sauer darüber geworden, dass sie einer ehemaligen Freundin auf dem Marktplatz zugerufen hatte, dass Kinderverschwinden keine ansteckende Krankheit sei. Zu diesem Zeitpunkt hätte sie noch über Joline gesprochen und über ihre Verzweiflung. Doch niemand war da gewesen. Außer Maja, ihre beste Freundin aus Kindertagen und ihre Nachbarin, solange sie denken konnte. Alle anderen, die sie in den ersten Monaten noch besucht hatten, waren irgendwann weggeblieben, als sie bemerkten, dass Nicole klang wie eine gesprungene Platte, und vor allem, dass sie fast immer nach Alkohol roch. Sie war vielen Menschen sehr dankbar, die bei der Suche nach Joline geholfen und sie in den ersten Wochen getröstet und versorgt hatten, und doch konnte niemand erahnen, wie sie sich fühlte. Kein bisschen. Nicht selten hörte sie, das Leben müsse weitergehen, und alle möglichen Kalendersprüche, mit denen sie nichts anfangen konnte. Wie sollte ihr Leben ohne ihr Kind weitergehen? Wie? Und warum drehte die Welt sich überhaupt weiter, als sei gar nichts passiert? Die Sonne schien, Feiertage kamen und gingen, und Gott hatte ihr auch nicht weitergeholfen. Und hatten sich die anderen auch nur einmal gefragt, wie es ihnen gehen würde, wenn ihr Kind einfach so verschwände? Dann würde sie ihnen auch raten, dass sie einfach weiterleben, es einfach »gut« sein lassen sollten.

Ihre Trauer hatte sich in einen unglaublichen Zorn auf die Welt verwandelt. Aber auch der bewirkte nichts. Mit Jens hatte es nur wenige Gespräche über ihre Gefühle gegeben. Er hatte sie getröstet, so gut es ging, sich aber gleichzeitig noch mehr als ohnehin schon zurückgezogen. Es war, als hätte jemand eine unsichtbare Mauer zwischen ihnen hochgezogen. Nach einigen Wochen war er wieder zu einem Auslandsjob aufgebrochen und sie hatte ihn nicht vermisst, sondern dafür gehasst, dass er nicht Tag und Nacht nach seiner Tochter suchte.

An der Kasse war es überraschend leer, auch hinter ihr war kein Kunde in Sicht. Jetzt musste es schnell gehen. Routiniert griff sie in das Fach mit dem Kirschwasser und legte vier Fläschchen auf das Kassenband. Dann packte sie einen Tortenboden, ein Glas Sauerkirschen, Sahne und drei Flaschen Wodka dazu. Sie musterte die Verkäuferin. Die junge Frau trug ein Namensschild, auf dem »Leni« und der Zusatz »Ich lerne noch« stand. Leni zog die Waren ausdruckslos über das Band und kaute lautstark und mit geöffnetem Mund Kaugummi. Nicole war froh, hier kein vertrautes Gesicht zu sehen, und lauschte dem Piepen des Scanners, das plötzlich stoppte.

Leni sah prüfend auf den Kassenmonitor. »Hm, jetzt ist hier was falsch, glaube ich.«

Nicole begann ungeduldig mit den Füßen zu wippen und sah Kerstin auf die Kasse zukommen. Auch das noch. »Was ist denn falsch? Sie haben doch alles rübergezogen.« Nicole gelang es nicht, ihre Stimme freundlich klingen zu lassen. Ihre Ungeduld war unüberhörbar. Kerstin lud mittlerweile Tiefkühlpizza und Orangen auf das Kassenband.

»Nein, ich habe zu viele von diesen Kirschschnapsfläschchen abgezogen. Wie viele haben Sie davon gekauft? Vier? Oder waren das fünf?« Lenis Stimme war laut und schrill.

Beschämt sah Nicole zur Seite und wurde rot. »Vier.« Ihre Antwort war mehr ein Flüstern.

Hektisch tippte Leni auf dem Kassenmonitor herum. Ihre langen Acrylnägel klackerten dabei unangenehm.

»Was ist denn jetzt? Hören Sie, ich habe wirklich wenig Zeit.« Nicole wusste, dass Kerstin sie und – viel schlimmer noch – ihre Einkäufe taxierte.

»Einen Moment bitte, geht auch ganz schnell.« Sie lächelte Nicole zu. Dann drehte sie sich um und rief: »Martina, ich hab 'n Storno!«

Eine ältere Verkäuferin mit strohgelben Haaren und sichtbarem Hüftschaden kam so schnell es ging auf sie zu. Mit Schrecken erkannte Nicole, dass es sich um eine Bekannte ihrer Schwiegermutter handelte. Martina soundso, ihr fiel der Name nicht genau ein, aber sie wusste, dass das eine riesige Tratschtante war.

Martina zog einen Schlüssel aus ihrer Tasche und nestelte an dem Gerät, bis es piepte. »So, jetzt kannst du korrigieren.« Erst jetzt bemerkte sie Nicole. »Grüß dich. Na?«

Nicole nickte nur.

Martina warf einen prüfenden Blick in ihren Einkaufswagen. »Oh, habt ihr was zu feiern am Wochenende?« Spöttisch verzog sie den Mund.

Na klar, wir haben seit einem Jahr jede Menge zu feiern, du blöde Kuh, dachte Nicole wütend. Sie räusperte sich, um ihrer Stimme einen festen Klang zu verleihen. »Ich will Schwarzwälder Kirschtorte backen. Jens ist doch wieder da. Es ist seine Lieblingstorte.« Das war noch nicht einmal gelogen, aber sie hatte keineswegs vor, irgendjemandem einen Kuchen zu backen. Im Edeka kaufte sie immer Tortenboden und Kirschen dazu, damit die Verkäuferinnen keine falschen Rückschlüsse zogen, aber natürlich wusste sie nicht, was sie dachten. Vermutlich nichts. In jedem Fall gab es ihr ein besseres Gefühl.

»Wusste gar nicht, dass man die mit Wodka backt.« Martinas abschätziger Tonfall traf sie wie ein Pfeil in die Mitte einer Dartscheibe. »Na ja, so ein Fossil wie ich lernt wohl nie aus. Schönes Wochenende.« Humpelnd machte sie sich auf den Weg zurück zum Pfandautomaten.

»Macht 44 Euro und 81 Cent.« Leni blieb von alledem unbeeindruckt. »Ich trinke auch total gern Wodka. Am liebsten mit Energy.« Sie lachte wieder schrill auf.

Wortlos zog Nicole einen Fünfzigeuroschein aus ihrer Tasche und bemerkte aus den Augenwinkeln Kerstins immer noch mitfühlenden Blick. Hektisch stopfte sie das Wechselgeld in ihre Hosentasche und verließ den Laden. *Ihr könnt mich alle mal,* dachte sie und ließ eins der Kirschfläschchen in ihre Jackentasche gleiten.

Kapitel sieben

Jens Behrendt

13:30 Uhr

Jens Behrendt drehte sich im Bett auf den Bauch und legte den Kopf auf den Armen ab. Das Piepen seines Handys hatte ihn geweckt und das war ihm gar nicht so unrecht, denn es war bereits Mittag. Er hatte heute früh schon einmal aufstehen müssen, weil sich seine Blase gemeldet hatte, und da hatte das ganze Theater mit Nicole schon wieder angefangen. Er war kaum einen Tag zu Hause und es gab schon wieder nur Streit.

Er hatte im Bad eine leere Weinflasche gefunden und war zornig geworden. Wütend hatte er nach Nicole gerufen, doch sie hatte nicht reagiert. Also war er in Jolines Kinderzimmer gestürmt und hatte sie ungeduldig geweckt. Er kam nicht umhin, Ekel darüber zu empfinden, wie sie dagelegen hatte auf der Gästematratze, mit halb offenem Mund, schnarchend und mit Chipskrümeln auf der Bettdecke. Der ganze Raum hatte wie eine Kneipe gestunken. Und das ausgerechnet im Zimmer seiner wunderschönen Tochter, die vor einem Jahr aus seinem Leben, aus ihrem Leben verschwunden war. Wo war sie nur? Ihn überkam eine heftige Verzweiflung bei der Vorstellung, dass er sie womöglich niemals wiedersehen würde. Wie war es möglich, dass ein Kind einfach so verschwand, dass die Polizei es nirgendwo finden konnte oder auch nur den Ansatz eines Verdachts hatte? Er selbst hatte zwei Monate lang jeden Stein in der Gegend umgedreht, über Instagram und Facebook die Hashtags #woistjoline und #findjoline ins Leben gerufen, aber alles war vergebens gewesen. Das Schicksal hatte Nicole und ihn heimgesucht und es gab nichts, was er dagegen tun konnte. Konnte er Nicole dann ernsthaft vorwerfen, dass sie trank? Er hatte sich schließlich auch wieder in die Arbeit gestürzt. Beides war eine Flucht. Alkoholismus war eine Sucht, eine Krankheit und nichts, was man mit Selleriesaft oder Heilsteinen in den Griff bekam. Er liebte seine Frau noch immer und doch konnte er so nicht länger mit ihr zusammenleben. Sie war in einem furchtbaren Zustand.

Er griff nach dem Handy, das auf dem Boden neben dem Bett lag, und sah, dass er eine Nachricht von Nicole bekommen hatte. »Brauchst du noch was vom Einkaufen? Ich bin gerade los.« Das war vor zwei Stunden gewesen. Er wischte ihre Nachricht zur Seite. Er war noch immer sauer auf sie. So hatte er sich den ersten Tag zu Hause nicht vorgestellt. Schon bei ihrem vorletzten Wiedersehen, als sie ihn vom Flughafen abgeholt hatte, war ihr Gesicht ungewöhnlich stark aufgedunsen gewesen, irgendwie teigig, und er hatte Mühe gehabt, sich nichts anmerken zu lassen. Er hatte sich auf sie gefreut, doch als sie ihn küssen wollte, hatte er sich zwingen müssen, nicht vor ihr zurückzuweichen. Ihr Atem hatte verdächtig nach einem Mix aus Menthol und Wodka gerochen und augenblicklich waren seine romantischen Gefühle abgekühlt. Der

Glaube daran, dass sie die Tragödie in ihrem Leben gemeinsam bewältigen könnten, mit Liebe, Zeit und vielleicht auch einem Ziel, das sie beide verfolgen konnten, hatte sich an jenem Abend nahezu vollständig verflüchtigt. Auf der Heimfahrt hatte er im wahrsten Sinn des Wortes das Steuer übernommen und versucht, sich nichts anmerken zu lassen. Nicole hatte ihn zu seiner Reise ausgefragt und allerlei Belanglosigkeiten von sich gegeben. Zähneknirschend hatte er mitgespielt und nichts zu ihrem offensichtlichen Problem gesagt.

Natürlich hatte er schon vor seinem Auslandseinsatz mitbekommen, dass sie nach Jolines Verschwinden allabendlich Wein trank, aber das war ihm nahezu logisch erschienen. Zwangsläufig. Ihr Kind, ihre talentierte, hübsche Joline war aus ihrem eigenen Haus verschwunden und auch ein Jahr später nicht wieder aufgetaucht. Schon für ihn war die Situation kaum auszuhalten. Wie mochte sich da erst Nicole fühlen?

Viele Leute tranken täglich nur zum Spaß oder weil sie vielleicht Streit mit Kollegen hinter sich lassen wollten. Aber sie beide waren in einer vollkommenen Ausnahmesituation. Bei seiner Frau hatte das Trinken überhandgenommen. Sie war in einen Strudel geraten, der sie in einem rasanten Tempo nach unten zog. Und damit auch Jens und ihre Ehe. Und wenn er unterwegs war, konnte und wollte er nicht in ständiger Sorge um sie leben müssen. Genau das hatte er Nicole heute Morgen klipp und klar gesagt. Er hatte ihr die Adresse einer Therapeutin herausgesucht und die einer Entzugsklinik, aber sie hatte erwartungsgemäß nur getobt und alles abgestritten. Sie sei keine Alkoholikerin, sondern eine trauernde Mutter. Danach waren die üblichen Vorwürfe gefolgt. Warum war er nach so kurzer Zeit wieder nach Afghanistan gegangen? Wieso war er nicht bei ihr geblieben? Und so weiter und so fort. Am liebsten hätte er ihr entgegengeschleudert, dass er keine Lust hatte, ihr beim

Saufen zuzusehen, denn als Trinken konnte man ihr Verhalten nicht mehr bezeichnen. Dass er rausgemusst hatte aus diesem Haus, aus dieser Stadt; dass sogar das schlimmste Kriegsgebiet weniger schrecklich war als dieser Ort. Aber es war sinnlos, mit ihr zu diskutieren, das hatte er im Laufe ihrer Beziehung gelernt. Wenn Nicole etwas nicht wahrhaben wollte, konnte man nicht zu ihr durchdringen.

Mit einem lauten Seufzer stand Jens auf und streckte seinen Rücken durch. »Wenn alles bleibt, wie es schon immer war, wird sich nichts ändern.« Er murmelte den Satz vor sich hin. Und hier musste sich gewaltig etwas verändern.

Früher, als sie sich gerade kennengelernt hatten, hatte er diesen Charakterzug noch an ihr bewundert und gedacht, dass sie einfach über einen starken Willen verfügte: ein bisschen dickköpfig. Damals waren sie sich bei einer Ausstellung begegnet und er war fasziniert gewesen von ihrer Ausstrahlung, ihren roten Locken, ihren süßen Sommersprossen. Stolz hatte sie ihm erzählt, dass sie sich gerade mit ihrem eigenen Fotostudio selbstständig gemacht hatte. Nicole war ehrgeizig und das hatte ihm imponiert: eine Frau, die ein Ziel verfolgte und in jeder Hinsicht unabhängig war.

Ihre Leben hatten sich für einige Jahre zusammengefügt wie perfekt passende Puzzleteile, doch dann hatte Nicole Insolvenz mit dem Fotostudio anmelden müssen. Seiner Meinung nach war das der Anfang vom Ende ihrer Ehe gewesen. »Alles Mist«, murmelte er und fuhr sich durch die rotblonden Haare. *Die werden auch immer weniger*, dachte er frustriert. Mitte vierzig zu sein war kein Geschenk. Sein Bauchansatz hatte sich verdoppelt und einige T-Shirts hatte er bereits aussortiert, um nicht verzweifelt wie ein Berufsjugendlicher auszusehen. Allerdings hätte er ganz und gar nichts dagegen gehabt, die Zeit zurückdrehen zu können, sich wieder unbeschwert und frei zu fühlen.

Komm, hör auf zu jammern, Junge, befahl er sich. *Du nimmst ein bisschen ab und drehst ein paar Runden mit der Maschine.* Außerdem gab es so viel Bedeutenderes auf der Welt. Die Tätigkeit als Kriegsreporter, der seit mehr als zehn Jahren in allen möglichen Krisengebieten dieses Planeten alles mögliche Elend beobachtete und dokumentierte, hatte seine eigene Eitelkeit in den Hintergrund treten lassen.

Jens hatte sich für heute fest vorgenommen, das Motorrad zu reparieren. Die Saison war zwar offiziell schon vorbei, aber er wollte seine Maschine dennoch startklar haben. Vielleicht konnte er demnächst noch eine Tour durch die Rühler Schweiz unternehmen oder auf den Köterberg, denn aller Wahrscheinlichkeit nach würde der November wie in den letzten Jahren noch einige sonnige oder zumindest trockene Tage haben. Die Gelegenheit wollte er auf jeden Fall nutzen. Einfach mal wieder ein bisschen durchatmen und Gas geben. Frei sein. Er starrte aus dem bodentiefen Fenster. Was für ein Luxusleben. Die letzten drei Monate hatte er in Kabul verbracht, wo er den politischen Umsturz miterlebt hatte.

Fließend Wasser, Heizung, ein Bett und Strom – all das erschien ihm jetzt wie der pure Luxus. Bis vor einem Jahr war dieses Haus für ihn, Nicole und Joline auch ein Ort der Sicherheit gewesen. Das war der größte Unterschied zu seinen Aufenthalten in Kriegsgebieten. Krieg war in erster Linie das Fehlen von Sicherheiten. Geschosse und Drohnen, die Gefahr, von Milizen entführt zu werden, korrupte Regierungsmitglieder und Mörder, die sich aus Gefängnissen freikaufen konnten. Die Liste war lang, doch mittlerweile hatte er sich an die Gefahren gewöhnt. Er konnte die Angst vor dem eigenen Tod meistens beiseiteschieben, indem er sich auf das Geschehen um sich herum konzentrierte und auf die erschreckenden Schicksale der Menschen, die er in den Krisengebieten traf. Das überbordende Elend, die Armut, der Hunger und die Resignation. Hoffnung erlaubten sich in jenen Gegenden nur die Kinder – wenn überhaupt.

Furchtbar, dachte er, fuhr sich mit den Händen übers Gesicht und atmete schwer ein und aus. Ja, Angst war nichts, was er sich bei seiner Arbeit leisten konnte.

Kapitel acht

Maja Verstaad

15:20 Uhr

Maja sah auf die kleine Uhr unten rechts auf ihrem Monitor und stöhnte innerlich auf. Sie befand sich seit fünfzehn Minuten in einem Videocall mit ihrem Mandanten, der sich in endlosen Erklärungen verlor. Immer wenn sie glaubte, sie hätte einen Sachverhalt geklärt, begann er wieder von vorne. Sie nahm einen Schluck aus ihrer großen Kaffeetasse. *Anstrengend*, dachte sie ärgerlich, *und auch sinnlos*. Ihr fiel ein Spruch ein: Hätte diese Besprechung auch eine E-Mail sein können? In diesem Fall konnte sie das nur bestätigen. Jetzt war es aber zu spät und sie blieb professionell höflich. Ihr Mandant legte eine seltene Redepause ein und sie grätschte geistesgegenwärtig dazwischen: »Herr Dr. Gravis, wir sollten jetzt am besten zu einem ...«

Mit einer ausladenden Handbewegung traf sie den Kaffeebecher, der noch zur Hälfte gefüllt war. Die dampfende Flüssigkeit ergoss sich über ihre Tastatur.

»Oh nein! Ach, herrje!«

Dr. Gravis war weiterhin auf dem Monitor zu sehen. »Frau Verstaad, ist alles in Ordnung bei Ihnen?«

»Ja, das heißt nein, mir ist die Tasse umgefallen. Ich befürchte, ich muss diese Unordnung zuerst beseitigen und hoffen, dass an der Elektronik alles ...« Der Monitor wurde plötzlich schwarz und Dr. Gravis verstummte.

»So ein Mist!« Maja griff hektisch nach der Küchenrolle, die neben ihr auf einem Regal stand, und wischte über das Gerät. Nein, jetzt musste sie erst mal Dr. Gravis zurückrufen. Sie griff nach ihrem Handy, das am Ladegerät hing. Schnell öffnete sie die Kontaktdaten ihres Mandanten und rief ihn an. Dr. Gravis meldete sich sofort und mit wenigen Sätzen erklärte sie ihm die Situation. Er gab sich verständnisvoll. Noch während sie mit ihm sprach, wischte sie mit einem Küchentuch auf dem Laptop herum, doch ihr war im Grunde klar, dass das sinnlos war. Nach dem Gespräch überlegte sie trotzdem, ob sie den Laptop wieder starten könnte, sobald er etwas getrocknet war. Das Gerät war hinüber und das bedeutete, dass sie noch heute in die Kanzlei fahren musste, um ihren alten Laptop zu holen – den bewahrte sie dort für den Notfall auf. Mit so einem wie diesem hier hatte sie allerdings nicht gerechnet. Aber sie brauchte ein Arbeitsgerät, weil sie am Wochenende noch einige wichtige Fälle bearbeiten musste. Sie stöhnte auf. Wie lange das jetzt wieder alles dauern würde! Allein Luisa zu überzeugen, mit ihr ins Büro zu fahren, konnte in einen Kampf ausarten. Sie hatte jetzt schon die helle Kinderstimme im Ohr: »Langweilig, Mama! Ich will auf das Halloween-Fest!« Maja konnte es ihrer Tochter nicht verübeln. Vielleicht genügte es auch, wenn sie erst morgen in die Kanzlei fuhr. Wo steckte Luisa überhaupt? Zu Beginn der Videokonferenz hatte Maja einige Male über ihren Monitor geschaut und Luisa in ihr Spiel vertieft am Sandkasten gesehen. Doch weil die Sonne ungünstig auf ihren Bildschirm gefallen war, hatte Maja sich kurz bei ihrem Mandanten entschuldigt und die Vorhänge vor den Terrassenfenstern zugezogen. Dabei hatte sie Luisa zugewunken und die Tür zur Hälfte offen gelassen, damit ihre Tochter jederzeit hereinkommen konnte. Sie zog die Vorhänge auseinander und spähte in die anbrechende Dämmerung. Das Licht war seltsam diffus und sie musste blinzeln. Sie brauchte dringend einen Termin beim Augenarzt. Die ewige Bildschirmarbeit machte ihr zunehmend zu schaffen. Aber jetzt würde sie sich erst mal Luisa schnappen. Maja blinzelte erneut. Der Garten war verlassen. Keine Luisa.

»Lulu?« Maja lief das nahezu viereckige Grundstück ab, das zur Straße hin von einem Zaun und Büschen abgegrenzt war. »Luisa? Wo bist du denn? Komm raus, falls du dich versteckt hast. Ich finde dich sowieso.« Maja versuchte, ihrer Stimme ein Lächeln mitzuschicken, aber sie wusste, dass sie Unsinn redete. In dem kleinen Garten hinter ihrem Bungalow gab es keinen Ort, an dem sich ein Kind verstecken konnte. Nur eine Sandkiste und einige Sitzmöbel. Vielleicht war Luisa schon längst wieder reingekommen und hatte sich mit dem Tablet auf ihr Zimmer verdrückt. Die Gelegenheit wäre zumindest günstig gewesen, dachte Maja liebevoll. Fröstelnd zog sie ihren Blazer zusammen und ging zurück ins Haus. »Lulu, wo bist du denn? Mäuschen, mach mal piep.« Sie eilte durch das Wohnzimmer und den Flur. Die zweite Tür links, gleich nach der Haustür und dem Gäste-WC, führte zu Luisas Kinderzimmer. Maja sah einen Lichtschein auf den dunklen Fliesenboden fallen und atmete auf. War die kleine Maus tatsächlich heimlich reingeschlüpft! Das Telefonat hatte auch einfach zu lange gedauert, tadelte sich Maja in Gedanken und steckte den Kopf in das Zimmer. Der Boden sah chaotisch aus, denn Luisa hatte ihre Legokiste umgekippt, um einen Stall für ihre Pferde zu bauen. Auf ihrem Bett lagen ihr kleiner Stoffotter und die mintfarbene Wolldecke, die Maja ihr zu ihrem letzten Geburtstag genäht hatte. Die bunte Lichterkette in der Kuschelecke, die sie vor einem Jahr für Luisa eingerichtet hatte, leuchtete nach wie vor, aber Luisa saß nicht zwischen all ihren Kissen. Das Zimmer war leer. Maja fasste sich an den Hals. Ihr Mund war trocken und ihr Herz raste. Wo war ihr Kind? Sie riss die Kleiderschranktüren auf. Manchmal versteckte Luisa sich hier, obwohl sie es ihr verboten hatte, aus Angst, sie würde ersticken.

»Luisa?« Ihre Stimme klang zittrig, als sie weiter durchs Haus eilte. Sie riss die Badezimmertür auf, nichts. Sie durchsuchte ihr Schlafzimmer, die Gästetoilette, das Ankleidezimmer und lief wieder in den Garten.

»Luisa!« Majas Rufe waren jetzt Schreie, sie konnte ihre Stimme nicht mehr kontrollieren. Draußen wurde es mittlerweile dunkler. Bald würden die Straßenlaternen angehen. »Luisa!« Ihre Schreie hallten durch die ruhige Wohnsiedlung, aber es kam keine Antwort. Das konnte doch nicht wahr sein. Irgendwo musste sie doch sein! Maja stürmte zur Vordertür, riss sie auf und lief durch den kleinen Vorgarten zur Straße. Ihr Kind war nirgendwo zu sehen. In ihrem Kopf drehte sich alles, doch sie rannte unbeirrt und in Hausschuhen den Brombeerweg hinunter. Am Ende der Sackgasse lag ein Spielplatz, vielleicht war Luisa dorthin gelaufen. Eine Gruppe von verkleideten Kindern kam ihr entgegen. Eine Frau begleitete sie.

Atemlos lief Maja auf sie zu. »Ich suche meine Tochter! Sie ist fünf und trägt ein Fledermauskostüm! Blonde Locken. Wir wohnen gleich da oben, sie muss ganz in der Nähe sein!«

Die Frau sah sie mit großen Augen an. »Ihre Tochter? Nein, wir haben noch niemanden getroffen, wahrscheinlich sind wir mit die Ersten heute. Vielleicht ist sie in die andere Richtung gelaufen? Oder zu einem Ihrer Nachbarn? Wir kommen von der Hasenrecke und kennen hier keinen.« Hilflos hob sie die Hände. »Wo kann sie denn noch sein?«

Maja schüttelte den Kopf wieder und wieder. »Ich weiß es einfach nicht, ich weiß es einfach nicht!« Den letzten Teil des Satzes schrie sie halb. »Aber danke, ich muss jetzt schnell weiter.« Maja eilte in die andere Richtung, den Himbeerbusch entlang.

Die Frau mit den Kindern rief ihr hinterher: »Wir suchen mit! Und vielleicht sollten Sie lieber die Polizei anrufen?«

Maja hielt inne. Sie konnte die Worte kaum greifen, ihre Augen suchten unablässig nach Luisa, aber sie drehte sich zu der Frau um. »Ich sehe erst noch bei den Nachbarn nach! Vielleicht hat sie doch dort geklingelt oder …« Maja versuchte verzweifelt, einen klaren Gedanken zu fassen, aber ihr Gehirn fühlte sich so zermatscht an wie die regennassen Rasenflächen in der Siedlung. Luisa war noch nie allein zu den Nachbarn gegangen, auch wenn sie nicht sonderlich schüchtern war. Aber eine Fünfjährige ging nicht einfach allein aus dem Haus! Majas Gedanken rasten. Nein, sie musste jetzt sofort die Polizei rufen. Alles würde sich wahrscheinlich als Fehlalarm rausstellen. Ganz bestimmt. Maja wurde schlecht und sie würgte. Das musste ein Albtraum sein.

KAPITEL NEUN

Carsten Mahrenholz

15:45 Uhr

»Was lässt du dir denn vorlesen?« Kommissar Carsten Mahrenholz spähte durch das heruntergelassene Fenster in Julia Meißners Wagen und runzelte amüsiert die Stirn. Zwei männliche Stimmen dröhnten aus den Lautsprechern des Autos – eine erzählte gerade überschwänglich von dem einzigartig nussigen Geschmack von Schweinefilet, woraufhin die andere lachend zustimmte.

Julia grinste ihn an und biss in ein Croissant. »Das ist die neue Folge von ›Einfach. Gut. Essen.‹« Schmatzend nahm sie einen Schluck aus ihrem Thermobecher und nickte. »Der Podcast von diesen beiden Sterneköchen aus Berlin. Mann, ich wünschte, ich würde da leben. Ich sag's dir, ich wäre jeden Monat in dem Restaurant.«

»Hahaha, du musst viel Geld verdienen.« Carsten zwinkerte ihr belustigt zu. »Habe ich irgendwas verpasst und muss dich jetzt wieder mit Sie ansprechen?«

Julia zwinkerte zurück. »Du weißt doch, Essen ist Liebe.«

Lachend ließ er sich in den Beifahrersitz fallen und stieß dabei an die geöffnete Coladose im Getränkehalter, die jetzt umkippte. Ein Schwall dunkelbrauner Flüssigkeit ergoss sich auf seine Jeans.

»Ach, nein!« Er starrte auf seine Hose und kramte eilig in seiner Manteltasche, förderte aber nur einen Fünfeuroschein zutage, den er sofort wieder wegsteckte. Hilfe suchend sah er zu Julia hinüber, die sich gerade das letzte Stück ihres Croissants in den Mund steckte und ihn überrascht musterte.

»Oh, oh. Warte, ich habe Taschentücher dabei.« Sie nestelte an dem Trekkingrucksack auf der Rückbank. »Hier.« Rasch zog sie ein Tuch aus der Packung und drückte es ihm in die Hand. Er tupfte auf dem nassen Fleck herum, der sich auf seiner Hose ausgebreitet hatte.

»Ich glaube, man muss reiben und nicht tupfen.« Er bemerkte ihren skeptischen Blick, als sie ihm ein weiteres Taschentuch reichte. »Aber du hast doch Glück. Deine Jeans ist ja wie immer schwarz.«

Carsten brummelte. »Und das nur wegen deiner Cola-Sucht. Dabei trinkst du die Dosen nie aus. Das muss ich nicht verstehen, oder?« Er stopfte die dreckigen Tücher in die leere Brötchentüte, die Julia ihm hinhielt.

»Ich weiß auch nicht. Seit ich nicht mehr rauche, muss ich die einfach immer am Start haben.« Entschuldigend zog sie die Schultern hoch.

»Meinst du, das ist gut, die eine Sucht gegen die andere ein-zutauschen?« Carsten sah sie prüfend an. Mit Süchten kannte er sich aus.

Julia zog die Augenbrauen hoch. »Sagen wir es mal so: Mir fällt kein besserer Weg ein. Aber falls du Ideen hast, immer her damit. Und bis dahin versuche ich, die Dosen von dir fernzuhalten.« Sie wirkte ehrlich betroffen. »Tut mir leid mit deiner Hose, Carsten.«

»Komm, vergiss es.« Er winkte ab. »Aber bitte tu mir einen Gefallen und lass uns auf der Fahrt was anderes hören. Ich hasse Schweinefleisch und da können anderthalb Stunden Fahrt zäh werden.«

Seine junge Kollegin lachte laut auf und griff nach ihrem Handy, das auf der Ablage lag. Der Podcast stoppte und Carsten seufzte erleichtert auf. An Hörbüchern, Podcasts oder dergleichen konnte er einfach nichts finden. Langweilig. Immer dasselbe Blabla. Am liebsten hätte er jetzt etwas Klassisches gehört oder eines seiner Lieblingslieder von Tori Amos. Vielleicht würde er mitsingen. Das war zwar nicht schön, Corinna hatte ihm das innerhalb ihrer Ehe mehrfach bestätigt, aber äußerst entspannend. Allerdings würde Julia dann wohl streiken und außerdem sollte es in den nächsten Tagen reichlich Musik geben. Mit gemischten Gefühlen dachte er an das bevorstehende Wochenende im Upland. Die Fahrten mit den Kollegen, die sie ein paarmal pro Jahr unternahmen, waren einerseits immer ganz nett, um mal den Kopf freizubekommen, andererseits konnte man danach auch gut noch einige Tage Urlaub gebrauchen, wenn man nicht mehr der Jüngste war. Drei Tage all-inclusive im größten Bettenbunker Mitteldeutschlands, zwanglos, wie es eindeutig zweideutig in der Beschreibung auf der Webseite formuliert war, bedeutete freitags Sauna, Schwimmen, Trinken, samstags Tanzen und Trinken und am Sonntag den Kater auskurieren. Und das war bei einigen nicht alles. An Flirts mangelte es in der lockeren Atmosphäre jedenfalls nicht. *What happens in Willingen, stays in Willingen*, dachte er. So ein Wochenende war nichts, was er privat jemals unternommen hätte. Ziemlich anstrengend. Aber die Kollegen waren seine Zweitfamilie und Familien waren nun mal genau das: anstrengend.

»Wollen wir dann mal los?«

Julias dunkle Stimme holte ihn aus seinen Überlegungen zurück. Er sah, wie sie sich anschnallte und einen prüfenden Blick in den Rückspiegel warf. Noch immer standen sie in einer Parklücke vor seinem Haus in der Bahnhofstraße.

»Auf geht's!« Er schlug ein wenig zu motiviert auf die Ablage und seine Sonnenbrille, die er dort abgelegt hatte, fiel vor ihm in den Fußraum.

»Pass gut auf deine Brille auf. Die kann am Sonntag noch wichtig werden. Augenringe und so.« Julia nestelte wieder an ihrem Handy. »Ich mach unsere Playlist an, okay?«

Sie legte den Rückwärtsgang ein und er erinnerte sich an eine zähe Nachtschicht, in der sie gemeinsam Musik ausgesucht hatten. Seine Kollegin hatte die Playlist zu seinem Bedauern unter »Bullenfunk« gespeichert.

Manchmal ist sie wirklich ein bisschen deftig, überlegte er. Gerade ertönten die ersten Takte von »Sympathy for the Devil«, als die Musik abrupt durch ein Klingeln unterbrochen wurde.

»Das ist die Dienststelle.« Mahrenholz erkannte die aufblinkende Nummer auf dem Display sofort. Das war Julias Privatwagen, aber sie hatte ihr Diensthandy dabei.

Sofort unterbrach sie das Ausparkmanöver und nahm den Anruf entgegen. Am anderen Ende der Leitung meldete sich ihr Kollege Rainer. Seine Stimme dröhnte über die Anlage. »Wir haben ein vermisstes Mädchen in der Südstadt. Fünf Jahre, Luisa Verstaad. Sie ist von zu Hause verschwunden, zwischen vierzehn Uhr dreißig und fünfzehn Uhr. Ihr müsst sofort hin. Tut mir leid, dass ich euch das Wochenende versaue.« Er klang geknickt.

Mahrenholz bejahte nur knapp. Er hasste diesen Sarkasmus in der Behörde. Ein Kind war verschwunden. Was interessierte ihn da das Wochenende?

»Straße?«

»Himbeerbusch Ecke Brombeerweg. Dieser Wendehammer und da die Hausnummer 11. Die Mutter des Kindes heißt Maja Verstaad.«

»Danke, Rainer.« Er nickte Julia zu, die bereits losgefahren war, und sah die tiefe Falte, die sich auf ihrer Stirn gebildet hatte. Der Wagen beschleunigte, als sie die Bahnhofstraße verließ und die Baurat-Liebold-Straße hochjagte. Ab jetzt zählte jede Minute.

KAPITEL ZEHN

Julia Meißner

16:00 Uhr

Der Brombeerweg war eine Sackgasse und es faszinierte Julia, dass in der Straße fast jedes Haus und jeder Vorgarten im Halloween-Stil dekoriert waren. Überall gab es ausgeschnitzte Kürbisse mit grässlichen Fratzen, in denen ein Teelicht angezündet war, und Spinnweben aus Polyester, die über Haustüren und Fenster gespannt waren. Sie seufzte. Konnte das Szenario eines verschwundenen Kindes noch grauenhafter untermalt werden?

Auf der Straße kam ihnen eine Gruppe von verkleideten Kindern entgegen, angeführt von einem Mann, der sich in ein Michael-Myers-Kostüm gesteckt hatte. Julia wusste nicht, wie sie das finden sollte, aber sie fuhr automatisch langsamer und sah ihn prüfend an.

»Julia«, meldete Mahrenholz sich tadelnd vom Beifahrersitz. »Das bringt uns jetzt nicht weiter.«

Sie brummte zustimmend und bog in den Brombeerweg ein. Der Bungalow der Hausnummer 11 war hell erleuchtet und in der kleinen Sackgasse hatte sich eine Gruppe von älteren Menschen zusammengerottet, die vermutlich mitbekommen hatten, dass eine Mutter nach ihrem Kind suchte. »Nachbarn«, stöhnte sie auf.

Sie hatte einige Mühe, vor der Nummer 11 zu parken, da die Gruppe nicht einen Schritt zur Seite wich. Sie hupte zweimal.

»Was sind denn das für Idioten hier, Mensch!«

»Komm, jetzt bleib mal ruhig.« Ihr Chef sah nach draußen. »Spar dir die Kraft lieber für später auf. Das könnte eine lange Nacht werden.«

Grummelnd parkte sie und riss die Fahrertür auf. Sie wollte so schnell wie möglich aussteigen, doch Mahrenholz hielt sie sanft am Arm fest. »Julia. Ich will dich nicht belehren, aber das ist dein erster Einsatz mit einem vermissten Kind. Wir müssen jetzt versuchen, so viele Informationen wie möglich von den Eltern zu bekommen, in Ordnung? Und dafür müssen wir ganz ruhig bleiben.«

Julia sah ihn ernst an und versuchte, sich ihre Verärgerung über seine Art nicht anmerken zu lassen. »Ich weiß. Ich geb mein Bestes und ich hab auch eine Ausbildung. Also, auf geht's.«

Hinter ihnen leuchteten die Scheinwerfer eines Transporters auf.

»Die Spusi kommt. Dann haben wir auch gleich ausreichend Licht. Vielleicht hat sich das Mädchen auch einfach in einem Nachbarsgarten versteckt. Könnte doch sein, oder?« Julia versuchte, etwas Zuversicht in ihre Frage zu legen.

Mahrenholz schüttelte den Kopf. »Glaube ich eher nicht. Aber wir sind ja keine Polizisten, um zu glauben, sondern um zu beweisen.«

Das stimmt, dachte Julia. »Erst mal muss hier alles abgeriegelt werden. Die ganze Sackgasse. Hier dürfen nur Anwohner rein. Und die Nummer 11 wird separat gesperrt. Ich habe keine Lust, dass uns jeder über den Rasen oder ins Haus latscht.«

»Wohl wahr.« Ihr Chef ging zu den Kollegen der Spurensicherung, um sie zu instruieren, und Julia wandte sich der Gruppe zu, in der einige Leute unbeirrt filmten.

»Hat jemand von Ihnen ein kleines Mädchen gesehen? Fünf Jahre, blonde Locken, Fledermauskostüm.« Sie versuchte, konstruktiv an die Sache heranzugehen, doch niemand reagierte. Stattdessen hielten einige weiter die Handys hoch. Eine ältere Dame mit blauer Steppjacke und Stirnband rief: »Haha, die sehen doch heute alle so aus. Da müssen Sie wohl mal selbst arbeiten. Wir zahlen doch genug Steuern dafür!«

Julia schüttelte verständnislos den Kopf und sah sich nach Carsten um. Der verabschiedete sich gerade von den Kollegen der Spusi, die dabei waren, die Straße abzusperren. *Die passen heute auch großartig ins Bild*, dachte Julia zynisch. Die weißen Anzüge konnten glatt als Halloween-Verkleidung durchgehen.

Carsten erreichte sie und sie eilten die Einfahrt hinauf. »Ich habe das THW und die Feuerwehr informiert. Die dürften gleich hier sein. Wenn wir sie dann noch nicht gefunden haben, müssen wir weitersehen.« Ihr Chef kaute auf seiner Unterlippe und wirkte angespannt.

»Ja, mein Gott, jetzt steht die Haustür auch noch auf, damit gleich jeder reinlatschen kann!«

Julia brummte zustimmend. Es war höchste Zeit, hier Ordnung und Struktur zu schaffen. »Frau Verstaad?« Ihre Stimme dröhnte durch den geräumigen Flur. »Wir sind Julia Meißner, Kriminaloberkommissarin, und Kriminalhauptkommissar Carsten Mahrenholz.« Sie wartete einen Augenblick und lauschte, doch im Haus blieb alles ruhig. »Frau Verstaad?« Sie sah sich um. »Alle ausgeflogen, oder wie?«

Mahrenholz warf ihr einen tadelnden Blick zu.

»Ich komme, warten Sie.« Eine atemlose Frauenstimme drang von der Kellertreppe nach oben. Eine zierliche, kleine Frau mit kurzen blonden Haaren kam zum Vorschein. Ihr Gesicht war farblos, selbst aus ihren Lippen war alles Rot verschwunden. *Wie ein Gespenst*, durchfuhr es Julia.

»Ich habe nur gerade noch einmal den Keller abgesucht, früher hat sie sich manchmal in dem kleinen Verschlag versteckt, aber da ist sie auch nicht.« Maja Verstaad kam auf die Kommissare zugeeilt.

Julia streckte ihr die Hand entgegen. »Guten Abend, Frau Verstaad, Julia Meißner und das ist mein Partner Carsten Mahrenholz. Frau Verstaad, wo haben Sie ...«

»Ist das das Elternhaus?« Julia wurde von zwei Kollegen der Spusi unterbrochen.

»Richtig. Sucht das Haus ab, auch den Garten.«

»Alles klar.« Einer der Kollegen sah sie ernst an. »Der Rest von uns ist draußen unterwegs und überprüft das Gelände. Gartenteiche, den alten Güterbahnhof, Gehwege und ...«

»Ist gut jetzt!« Ärgerlich unterbrach Julia ihn, als sie bemerkte, dass Maja Verstaad nicht nur wie ein Gespenst aussah, sondern auch ihre Zähne lautstark aufeinanderschlug. Die Frau zitterte wie ein Blatt im Herbstwind. »Das können wir doch später besprechen!«

Der Kollege bemerkte seinen Fehler offenbar und sah sie beschämt an. Dann fing er an, die Kellertreppe zu untersuchen.

»Frau Verstaad, wo haben Sie Ihre Tochter zuletzt gesehen?«, fragte Julia so ruhig wie möglich.

»Im Garten. Direkt hinter unserem Haus. Sie wollte dort mit Wasser und ihrem kleinen Pferd spielen.« Maja Verstaads Stimme war jetzt fast tonlos.

Julia drehte sich zu den Kollegen der Spusi um. »Also, sucht bitte nach möglichen Grasspuren, Halmen, Erde, allem, was damit zusammenhängt.« Mit einem Nicken zogen die Kollegen ab.

Sie wandte sich wieder Maja Verstaad zu. »Können wir uns irgendwo in Ruhe unterhalten?« Julia sah, dass Carsten seine Hand beruhigend auf Maja Verstaads schmalen Rücken legte und die Frau von der Haustür wegführte.

Verärgert bemerkte sie außerdem, dass draußen einige Personen neugierig ihrem Gespräch lauschten. Die mussten eiskalt die Absperrung ignoriert haben. »Das darf doch nicht wahr sein! Schämen Sie sich eigentlich gar nicht? Handy aus, ansonsten gibt es eine Anzeige für jeden! Und jetzt weg hier!«

Ein Kollege in Uniform bog um die Ecke und schnauzte die Passanten an, die sich daraufhin endlich in Bewegung setzten. Grimmig schlug Julia die Tür zu, bevor sie sich wieder an Carstens Worte erinnerte: ruhig bleiben.

»Wir können in die Küche gehen.« Maja Verstaad führte sie in den offenen Küchenbereich. Die Terrassentür stand nach wie vor offen und Julia zog den Reißverschluss ihrer Daunenjacke zu.

»Das ist der Garten, in dem sie gespielt hat?« Julia trat auf die Terrasse und beobachtete die Kollegen der Spusi, die in ihren weißen Anzügen wie Fremdkörper auf dem Grundstück wirkten. Julia schätzte den Außenbereich auf nicht mehr als dreißig Quadratmeter. Das Grundstück war umgeben von einer Ligusterhecke und grenzte an zwei Nachbargärten an. Zur Straße hin gab es hinter der Hecke einen zusätzlichen Stahlzaun.

»Ist Luisa schon mal weggelaufen, vielleicht zu den Nachbarn, als sie im Garten spielte?«

Maja Verstaad sah sie irritiert an. »Weglaufen, nein, wohin soll denn eine Fünfjährige laufen? Und wieso? Sie kommt ja nirgendwo raus.«

Julia räusperte sich. »Frau Verstaad, wir fragen das nur, um gewisse Dinge auszuschließen. Wir wollen unbedingt und ganz schnell Ihre Luisa wiederfinden.«

Maja Verstaad nickte eilig. »Natürlich, entschuldigen Sie bitte. Ich bin nur so verzweifelt! Wer sucht sie denn jetzt?«

»Julia?« Ein Kollege im Schutzanzug kam auf sie zu und nickte in Richtung der Ligusterhecke. »In der Hecke gibt es ein Loch. Es ist nicht auf den ersten Blick zu erkennen. Vielleicht ist die Kleine da durchgeschlüpft?«

Julia runzelte die Stirn. »Wart ihr schon drüben bei den Nachbarn? Ansonsten bitte jetzt sofort. Es muss doch irgendwelche Spuren geben.«

»Wir eilen, wir eilen!« Zügig ging er zu seinen Kollegen zurück.

Julia sah in das bleiche Gesicht von Maja Verstaad.

»Das Loch in der Hecke, natürlich, das hatte ich ganz vergessen.«

Julia bemerkte, dass sie sich unentwegt die Knöchel rieb. Sie schob die zarte Frau sanft zurück ins Haus. »Sie sollten sich kurz setzen und sich aufwärmen.«

Maja Verstaad nickte und ließ sich in einen Sessel fallen. Sie schien in dem monströsen Möbel zu versinken. »Bitte, setzen Sie sich doch auch.« Sie machte eine Handbewegung, die eher mechanisch als einladend wirkte.

Julia nahm auf der Wohnzimmercouch Platz und Mahrenholz blieb an der Terrassentür stehen.

»Frau Verstaad, wir werden alles tun, um Luisa wiederzufinden. Die meisten Kinder werden innerhalb der ersten zwei Stunden wieder aufgefunden. Meistens gibt es ganz einfache Erklärungen. Ein Suchtrupp von THW und Feuerwehr ist bereits unterwegs und durchkämmt die Siedlung. Sie fragen bei den Nachbarn nach und werden ganz sicher jeden Stein umdrehen.« Julias Chef hielt kurz inne und schien Maja Verstaads

Gesichtsausdruck zu deuten. Sie hatte ihn während seiner Ausführungen nicht angesehen, sondern ins Leere gestarrt. Unablässig knetete sie ihre Hände.

»Wann haben Sie Ihre Tochter das letzte Mal gesehen?« Julia war auf dem tiefen Sofa nach vorne gerutscht.

»Um kurz nach halb drei. Da hat sie wie gesagt draußen mit ihrem Pferd gespielt, beim Sandkasten. Dann habe ich die Vorhänge zugezogen. Die dummen, dummen Vorhänge.« Ihre Stimme war weiterhin nahezu tonlos.

»Darf ich dieses Pferd einmal sehen?« Julia tauschte einen kurzen Blick mit ihrem Kollegen.

Maja sah sie irritiert an. »Was wollen Sie jetzt mit dem Pferd?«

Julia räusperte sich. »Mir geht es darum, ob es überhaupt noch da ist. Könnten Sie draußen einmal nachsehen, bitte?«

»Natürlich.« Maja ging in den Garten und Julia folgte ihr, um ihr mit der Handykamera zu leuchten. Hektisch hob sie die Sandkastenbedeckung hoch und legte sie zur Seite. Hektisch suchte sie mit den Händen durch den groben Sand. Immer wieder pflügte sie durch die weiße Masse, bis Julia sie sanft am Arm berührte.

»Es ist weg! Das kann doch nicht sein! Das müsste doch hier sein.« Maja sah sie verzweifelt an. »Ich finde es einfach nicht!«

»Sie hat es also mitgenommen.« Julia atmete laut aus.

»Was soll das bedeuten?«, fragte Maja verwirrt.

Mahrenholz stand auf und legte ihr beruhigend eine Hand auf den Arm. »Erst einmal gar nichts. Wie gesagt, wir suchen die Umgebung ab und dann ist Luisa vielleicht schon heute Nacht wieder bei Ihnen.«

Julia sah, dass Maja Verstaad jetzt lautlos weinte.

»Haben Sie jemanden, der Ihnen heute Abend Gesellschaft leisten kann? Ihr Mann vielleicht? Eltern, Freunde? Irgendjemand, der sich um Sie kümmern kann?«

Die Frau schüttelte den Kopf. »Ich habe keinen Mann und auch sonst niemanden. Ich bin allein.« Ihre Worte waren so hauchfein wie Seidenpapier. Selten war Julia eine Frau so zerbrechlich vorgekommen. Gern hätte sie ihr selbst versichert, bei ihr zu bleiben, aber das ließ das Maß an Arbeit, das auf sie zukam, leider nicht zu.

Aus dem Flur drangen laute Geräusche. Die Kollegen durchsuchten weiterhin Raum für Raum. *Was für ein Horrorszenario*, dachte Julia. Wenn Nola so von einer Minute auf die nächste verschwinden würde, würde sie nie wieder Ruhe finden. Es würde sie zerreißen, da war sie sich ganz sicher.

Sie räusperte sich. »Was ist denn mit dem Vater von Luisa? Kann es sein, dass er sie abgeholt hat, oder gibt es Streit um das Sorgerecht oder um den Unterhalt?«

»Nein. Luisa kennt ihren Vater gar nicht.« Julia sah, wie die Frau das Gesicht verzog, so als ob sie in eine saure Zitrone gebissen hätte. »Und um es gleich vorwegzunehmen: Ich kenne ihn auch nicht. Das war ein One-Night-Stand. Ich kenne weder seinen Namen, noch habe ich ihn jemals wiedergesehen. Er hat sicher nichts damit zu tun.«

»Kann das Ganze in einem beruflichen Zusammenhang stehen, Frau Verstaad? Als was arbeiten Sie?« Drängend sah Julia zu Maja.

»Ich bin Anwältin für Familienrecht. Da gibt es natürlich auch mal schwierige Situationen, aber ich wüsste wirklich nicht, wer …« Sie stockte und schüttelte ungläubig den Kopf. »Es gibt niemanden.«

Julia war sich nicht sicher, ob sie Scham in Majas Gesicht erkennen konnte. So ein Verhalten, ein One-Night-Stand, passte vermutlich nicht in ihr Selbstbild als anständige Anwältin.

»Gibt es ansonsten Schwierigkeiten mit Mandanten oder gegnerischen Parteien?« Julia beschloss, das Thema Vaterschaft vorerst nicht weiter zu kommentieren. Das würde Maja Verstaad im Moment wohl eher abschrecken, als Vertrauen zu schaffen.

»Keine Ahnung. Natürlich könnte es Personen geben, die mich nicht mögen. Umgangsrecht, Aufenthaltsbestimmungsrecht, das sind alles Nahtstellen des Lebens. Da geht es doch auch um was. Nämlich um Kinder! Niemand will seine Kinder verlieren!« Wieder liefen ihr Tränen über die Wangen. »Wer macht so etwas nur? Was tun sie nur meiner kleinen Luisa an? Bitte, bitte finden Sie Luisa. Bitte.«

Julia zog es das Herz zusammen.

Die beiden Kollegen der Spurensicherung kamen mit betretenen Mienen ins Wohnzimmer. »Negativ, Julia. Hier im Haus ist sie nicht. Auch nicht im Garten.«

Julia warf Maja Verstaad einen Seitenblick zu, die wie versteinert in ihrem Sessel saß, nickte stumm und die beiden Männer verließen den Raum wieder.

Schluchzend rutschte Maja Verstaad vom Sessel auf den Teppichboden. Ihre Schockstarre hatte sich gelöst und der Schmerz bahnte sich seinen Weg. Ihr Schluchzen klang wie das Jaulen eines verwundeten Tieres. »Luisa!«

Immer wieder wiederholte sie ihren Ruf und Julia sah ein, dass sie das Gespräch so nicht fortsetzen konnten. Sie alarmierte den Rettungsdienst. Mit Maja würden sie erst wieder sprechen können, wenn sie ein Beruhigungsmittel bekommen hatte.

Julia sah auf ihr Handy. Neunzehn Uhr. Die Stunden vergingen wie im Flug. Nervös trommelte sie mit den Fingern gegen das Treppengeländer des Bungalows. Die Sanitäterin war gegen siebzehn Uhr gekommen, hatte Maja eine Spritze verabreicht und sie auf das Sofa gelegt, damit sie sich etwas ausruhen konnte. Nun stand Julia mit Carsten wieder im Flur des Hauses.

Mahrenholz strich sich mit den Händen übers Gesicht. »Ich hoffe, sie finden die Kleine innerhalb der nächsten Stunden.«

»Das hoffe ich auch.« Insgeheim fehlte ihr allerdings jeder Glaube daran, auch wenn sie nicht genau sagen konnte, wieso. Ihr Blick fiel auf ein Foto, das auf einem kleinen Tisch im Flur stand. Es zeigte das hübsche Mädchen mit den blonden Korkenzieherlocken und den blauen Augen. Sie stand auf einer Wiese neben einem Pony und lächelte. »Ein süßes Mädchen.«

Carsten nickte. »Hm. Hoffentlich ist es nicht irgendeiner kranken Gestalt zum Opfer gefallen. Auf jeden Fall werden wir jetzt weitere Maßnahmen einleiten, am besten, wir …«

Julias Handy klingelte. »Moment.« Während sie zuhörte, sah sie ihren Chef an. »Und ihr habt nichts gefunden? Habt ihr die Nachbarn gefragt? Und bei den Gleisen? Nichts, verstehe.«

Die entmutigenden Worte ihrer Kollegin hatte sie fast schon erwartet. Wo war das Kind nur abgeblieben? Sie legte auf, kratzte sich nachdenklich am Hals und warf Carsten einen fragenden Blick zu.

»Wir fahren jetzt zurück und dann bilden wir eine Soko. Das volle Programm.« Carsten kaute auf seiner Unterlippe.

Julia hatte ihn selten so entschlossen gesehen. »Die ersten drei Stunden nach dem Verschwinden eines Kindes sind entscheidend. Wir brauchen jetzt unbedingt …« Sie bremste sich, als sich Carstens Blick verfinsterte.

»Ja, Julia, drei Stunden. Die haben wir aber bereits ausgereizt – ohne Ergebnis. Heute Abend bekomme ich mit viel Glück noch einen Mantrailer. Wir kriegen aber aller Erfahrung nach weder so schnell eine Hundertschaft noch einen Polizeihubschrauber, der per Wärmebildkamera den Wald untersucht. Das hier ist das richtige Leben und nichts aus dem Lehrbuch. Aber falls du Kontakte zur Landesregierung hast, nur zu, ruf sie an.«

Julia stieß verärgert die Luft aus, was ein verächtliches Geräusch erzeugte. »Wow, danke für den Vortrag! Entschuldige, dass ich versuche, eine Lösung zu finden, um ein verschwundenes fünfjähriges Kind zu orten.« Sie spürte, dass sich auf ihrem Hals und auf ihren Wangen vor Ärger rote Flecken gebildet hatten.

Carsten schüttelte den Kopf. »Komm, lass gut sein. Es geht hier nicht um uns oder Eitelkeiten.«

Julia nickte ergeben. »Lass uns jetzt losfahren.«

Als sie die Haustür öffnete, stieß sie mit Rainer zusammen, ihrem Assistenten aus dem Innendienst. Er trug eine Daunenjacke und seine rote Nase leuchtete förmlich in der Dunkelheit. Gerade zog er ein Taschentuch aus der Hosentasche. »Gut, dass ihr noch da seid.« Er schnäuzte sich lautstark. »Ist das kalt heute, meine Güte noch eins.«

Julia musste an das kleine Mädchen denken, das vielleicht viel zu dünn bekleidet irgendwo im Freien war. »Du schaffst es, Rainer.« Das kam ihr schärfer als beabsichtigt über die Lippen, aber ihr Kollege gab sich unbeeindruckt.

»Also, ihr seid ja noch nicht so lange in der Dienststelle und könnt das nicht wissen. Deshalb hab ich mich gleich mal auf den Weg gemacht. Ist ja auch kein Problem.« Er lächelte.

Julia spürte, wie sich Ungeduld in ihr breitmachte. »Rainer, um was geht's denn? Wir sind hier echt im Stress!«

Sein Lächeln verschwand. »Nun, vor genau einem Jahr ist hier schon mal ein Mädchen verschwunden. Joline Behrendt, zehn Jahre alt. Die Eltern wohnen in der Hausnummer 12. Mensch, das steht doch bestimmt in einem Zusammenhang, oder?«

Julia warf Mahrenholz einen überraschten Blick zu. »Das ist ja mal eine Neuigkeit.«

Ihr Chef nickte. »Allerdings. Danke, Rainer. Was haben denn damals die Ermittlungen unserer Vorgänger ergeben?«

Rainer trat von einem Fuß auf den anderen und Julia wusste nicht, ob er das wegen der Kälte oder aus Unwohlsein tat. »Das ist es ja eben. Eure beiden Vorgänger mussten deswegen gehen. Der eine, Brückner, der ist in Pension gegangen.

Und der andere, wie hieß der noch mal, ich glaube, Wittke, der hat den Polizeidienst verlassen. Hat Depressionen bekommen oder so was.«

Julia sah ihn erwartungsvoll an. »Ja, mag alles sein, aber warum?«

Rainer fuhr fort: »An dem Abend rief die Mutter von Joline bei der Leitstelle an, um ihre Tochter als vermisst zu melden. Dann hat sie alle Nachbarn zusammengetrommelt, die alle durch ihr Haus getrampelt sind. Die Kollegen hatten nichts abgesperrt und waren wohl auch ansonsten recht unbeholfen.« Er verzog das Gesicht.

»Gelinde ausgedrückt«, warf Mahrenholz ein.

»Jedenfalls wohl auch etwas unfähig«, stimmte Rainer zu. »Es gab also tausend Spuren und somit gar keine. Und jetzt kommt es.« Er machte wieder eine Kunstpause und Julia musste ihre Hände zu Fäusten ballen, um ihn nicht anzuschreien. »Eine Nachbarin hat an dem Abend auf Joline aufgepasst, weil Frau Behrendt wohl einen Termin hatte und der Mann, also der Vater von Joline, im Ausland unterwegs war. Und diese Nachbarin ist ans Telefon gegangen, als ein angeblicher Entführer anrief. Der wollte Geld erpressen, ich glaub, so um die hunderttausend, aber ich weiß es nicht mehr genau. Müssen wir nachlesen. Jedenfalls, um auf den Punkt zu kommen: Die Nachbarin war Maja Verstaad.«

Kapitel elf

Maja Verstaad

23:30 Uhr

Maja erwachte mit trockener Kehle. Sie brauchte einen Moment, um sich zu orientieren. Warum lag sie auf der Wohnzimmercouch und wo war Luisa? Dann brachen die Erinnerungen wie ein Tsunami über sie herein. Sie wollte aufspringen, doch ihr Kreislauf machte ihr einen Strich durch die Rechnung. Ihre Beine sackten zusammen und sie fiel auf das Sofa zurück. Maja griff nach der Wasserflasche vor sich auf dem Tisch und atmete tief durch. *Einatmen, ausatmen*, dachte sie. Dann versuchte sie ein zweites Mal aufzustehen, und diesmal spürte sie ihre Füße wieder. Sie musste Luisa suchen, ihr kleines süßes Milchbäckchen, das vielleicht draußen in der Kälte war, verängstigt und eiskalt. Ein Schauer überlief sie bei der Vorstellung daran, dass ihre Tochter hilflos umherirrte, ganz allein. *Vielleicht ist sie auch nicht so allein, wie du denkst.* Maja zuckte zusammen. Eine unheimliche Stimme in ihrem Inneren hatte sich zu Wort gemeldet. Eine Stimme, die sie in ihrem

Leben erst ein einziges Mal gehört hatte, vor sehr langer Zeit, und die ihr vorausgesagt hatte, dass ihre Eltern verunglückt waren.

»Sei still!«, schrie Maja in das dunkle Wohnzimmer. *Du darfst jetzt nicht verrückt werden, Maja, du musst dich jetzt zusammenreißen. Zieh dir die Schuhe an und such dein Kind.* Eine Mutter musste doch ihr Kind finden! Ihr Handy musste sie mitnehmen und alle Lichter im Haus mussten eingeschaltet bleiben, damit Luisa sich daran orientieren konnte.

Du hörst dich an wie eine Irre, sagte die Stimme.

Maja pfefferte die Wasserflasche in die Ecke und wollte gerade ihre Jacke anziehen, als ihr Handyklingelton in voller Lautstärke durch das Wohnzimmer dröhnte. Sie zuckte zusammen und stürzte zu ihrem Telefon, das in der Dunkelheit auf dem Küchenregal pulsierend aufleuchtete. »Unbekannter Anrufer«, las sie flüsternd vor. Ihr Herz raste. Zitternd wischte sie auf dem Display nach rechts. »Ja? Sind Sie es, Frau Meißner?«

Maja war sich nicht sicher, ob sie auf der anderen Seite das Atmen des Anrufers hörte oder ob es das Rauschen des Blutes in ihren Ohren war.

»Fünf Tage. Du hast fünf Tage, um mir zu sagen, wo Jolines Leiche ist. Heute vor einem Jahr hast du sie getötet. Und in fünf Tagen wird Luisa tot sein, wenn du keine Antwort für mich hast.«

Maja stand mit aufgerissenen Augen vor dem Regal und starrte auf den Lautsprecher. Sie versuchte zu antworten, doch bevor es ihr gelang, sich aus ihrer Schockstarre zu lösen, hatte der Anrufer bereits aufgelegt. Das Display erlosch und im Raum war es wieder still und rabenschwarz. Sie klammerte sich am Regal fest und versuchte, einen klaren Gedanken zu fassen. Dieser Albtraum, in den sie katapultiert worden war, würde länger als eine Nacht andauern.

KAPITEL ZWÖLF

Carsten Mahrenholz

Samstag, 01.11., 00:30 Uhr

Mahrenholz sah auf die Uhr und rieb sich die überanstrengten Augen. Es war kurz nach Mitternacht und die Kollegen suchten unablässig nach dem Kind. Es war ihnen gelungen, eine Hundertschaft aus dem benachbarten Bundesland Nordrhein-Westfalen zu aktivieren. Den Mantrailer erwarteten sie noch – der Hund musste aus Hannover angefordert werden. Darüber hatte Carsten sich unfassbar geärgert. Hannover war gut neunzig Kilometer entfernt und die Strecke führte durch jedes kleine Dorf im Weserbergland. Aber immerhin würden sie einen Hund bekommen. *Immerhin*, dachte er bitter. Luisa hatte sich leider nirgendwo bei den Nachbarn versteckt, um ihrer Mutter einen Streich zu spielen oder weil sie einer kleinen Katze hinterhergesprungen war. Die Suchtrupps hatten alle Spielplätze abgesucht und den nahe gelegenen Stadtpark durchkämmt. Doch alle Bemühungen waren bislang vergebens. Seine Bürotür wurde aufgerissen und Rainer sah herein.

»Du, diese Frau Verstaad ist da.«

Mahrenholz sah ihn verblüfft an. »Maja Verstaad, okay. Soll einfach reinkommen, danke. Kannst du uns einen Kaffee bringen, Rainer? Das wäre großartig!«

Der Assistent lächelte und nickte. »Klar doch, Chef.« Er drehte sich um und winkte Maja Verstaad ins Büro. Mahrenholz hatte geplant, sie morgen zu besuchen, um mit ihr über Jolines Verschwinden zu reden. Julia war gerade dabei, die Akte genau zu studieren. Die Lage erschien ihm zunehmend verworrener. Die Frage war, warum Maja Verstaad jetzt hier war.

Die zierliche Frau trat ein und sah noch schlechter aus als vorhin. Ihre Augen lagen tief in den Höhlen und sie nestelte ununterbrochen an einem Armband, das um ihr schmales Handgelenk baumelte. In einer Hand hielt sie ihr Handy umklammert und starrte ihn fassungslos an. »Sie haben Luisa entführt! Gerade hat mich jemand angerufen!«

Mahrenholz sprang von der Couch auf. »Wer hat Sie angerufen? Ein Mann, eine Frau, haben Sie die Stimme der Person wiedererkannt?«

Maja zuckte zusammen. »Das ist es ja eben. Das kann ich nicht.«

»Was können Sie nicht?« Mahrenholz wurde ungeduldig. »Sie müssen doch wissen, ob der Anrufer ein Mann oder eine Frau war?«

Maja schüttelte den Kopf. »Leider nicht. Ich leide an Phonagnosie.«

»An was leiden Sie?« Julia Meißner kam zur Tür herein, doch Mahrenholz unterbrach seine Kollegin sofort.

»Welche Forderung wurde gestellt?« Er war jetzt hoch konzentriert.

»Ich habe fünf Tage Zeit, um den Ort von Jolines Leiche zu verraten und um endlich zuzugeben, dass ich sie getötet habe.« Wankend ließ sie sich auf den Stuhl fallen, der vor Mahrenholz'

Schreibtisch stand. Er nahm ihr das Handy aus der Hand und öffnete die Anrufliste. Der letzte Anruf war als anonym ausgewiesen. Davor war ein Telefonat mit einem Dr. Gravis aufgeführt und eines mit der Uniklinik Hannover. Die Kriminaltechnik musste sofort versuchen, den Anrufer ausfindig zu machen. Mahrenholz zog sein Telefon aus der Hosentasche und rief die KTU an.

KAPITEL DREIZEHN

Julia Meißner

02:00 Uhr

Die KTU hatte versucht, den Anrufer zurückzuverfolgen, aber ohne Ergebnis. »Wegwerf-Handynummer«, hatte ihr der Kollege erklärt und Julia hatte ihre Enttäuschung kaum verbergen können. »Da haben wir keine Chance.«

Julia hatte frustriert aufgelegt. Sollte der Täter wieder anrufen, würde er die nächste Nummer verwenden. In den Ermittlungen würde sie das wahrscheinlich keinen Schritt weiterbringen. Besorgt sah sie zu Maja Verstaad, die auf ihrer Besuchercouch lag. Vor einer Stunde war sie endlich eingeschlafen, nachdem ihr der Notarzt ein weiteres Beruhigungsmittel gespritzt hatte. Unruhig wälzte sie sich hin und her. *Egal, wie schlimm ihre Träume gerade sind, die Realität ist noch zehnmal furchtbarer,* dachte Julia mitfühlend.

Carsten kam mit zwei dampfenden Tassen Kaffee an den Küchentisch zurück.

»Danke schön.« Julia nippte an der heißen Flüssigkeit.

Ihr Chef sah sie aufmerksam an. »Weißt du jetzt, was Phonagnosie bedeutet?«

Julia schlürfte lautstark. »Theoretisch ja. Aber so richtig verstehe ich es nicht. Hör mal.« Sie scrollte auf ihrem Handy und begann zu lesen: »Phonagnosie bezeichnet die Unfähigkeit, die Identität von Menschen anhand ihrer Stimme zu erkennen, wobei man die Phonagnosie als Folge einer Hirnschädigung und die angeborene Phonagnosie unterscheidet. Einigen Menschen ist es nicht einmal möglich, selbst enge Familienmitglieder und Freunde an ihrer Stimme zu erkennen.« Sie trank einen großen Schluck Kaffee. »Ist das nicht total irre?«

Mahrenholz sah sie ungläubig an. »Davon habe ich noch nie gehört. Gesichter nicht erkennen zu können, das ist mir bekannt, aber Stimmen? Schwer vorstellbar.«

»Es gibt nur eine Handvoll Fälle weltweit. Zumindest gemäß meinen Recherchen. Das stelle ich mir ziemlich kompliziert vor, wenn ich näher darüber nachdenke.« Sie zog ihr iPad heraus, öffnete ihre Notizen und senkte die Stimme. »Glaubst du, dass sie lügt?«

Mahrenholz sah sie ruhig an. »Warum sollte sie? Das ergibt doch keinen Sinn. Erst verschwindet das Nachbarskind, dann ihre Tochter und jetzt meldet sich der vermeintliche Entführer bei ihr. Der offenbar überzeugt davon ist, dass Joline tot ist.« Schulterzuckend fuhr er fort: »Morgen reden wir noch mal mit ihr. Und mit allen anderen. Die Kollegen waren zwar schon in den Häusern, aber ich will sie selbst unter die Lupe nehmen.«

»Gute Idee. Du meinst Familie Behrendt?« Julia gähnte herzhaft.

»Und auch die anderen Nachbarn. Zwei kleine Mädchen sind wie vom Erdboden verschluckt. Da muss doch jemand etwas dazu sagen können.« Er leerte den Kaffeebecher und stellte ihn leise auf den Tisch zurück.

»Oder gesehen haben«, ergänzte Julia. »Ist wahrscheinlich wieder wie bei den drei Affen hier: nichts sehen, nichts hören, nichts sagen. Und das, obwohl es um ein Kind geht. Das macht mich so was von wütend!« Sie knallte ihre Tasse auf den Tisch.

»Pst. Nicht so laut. Denk an Frau Verstaad.« Mahrenholz packte seine Notizen und sein Handy zusammen. »Wir brauchen Antworten und die werden wir auch bekommen.« Er riss eine Seite aus seinem Block und notierte etwas. Julia gähnte erneut. »So ist das mit den lieben Nachbarn. Die meisten reden nur, wenn für sie etwas dabei rausspringt oder sie jemandem etwas reinwürgen können.« Er unterdrückte selbst ein Gähnen. »Komm. Wir sollten wenigstens einige Stunden schlafen.«

Kapitel vierzehn

Maja Verstaad

09:00 Uhr

In ihrem Traum rannte sie Luisa hinterher. Sie waren auf einer Insel und ihre Tochter lief zielstrebig auf eine Klippe zu. Ihr Fledermauskostüm flatterte im Wind und Luisa drehte sich alle paar Meter lächelnd zu ihr um. Doch egal, wie schnell Maja lief, es war unmöglich, Luisa zu erreichen. Der Abgrund kam immer näher und sie wollte ihre Tochter warnen und brüllte, doch ihre Stimme blieb lautlos. Nur noch wenige Schritte trennten sie von der steilen Klippe. Luisa wandte sich ein letztes Mal um und lächelte. Dann fiel sie und schrie und schrie und schrie.

Irgendetwas schrillte. Maja wurde aus ihrem Albtraum gerissen und brauchte einen Moment, um sich zu orientieren. Sie blinzelte. Das war ihr Wohnzimmer und gestern war die Polizei hier gewesen. Die Kommissare hatten sie nach Hause gefahren und anscheinend hatte sie darauf bestanden, auf der Couch zu schlafen. Ein Schmerz fuhr ihr ins Herz wie ein Messer. Luisa war verschwunden. Maja griff nach ihrem Handy und stellte den Wecker aus. Dabei fiel ihr eine Notiz des Kommissars auf. »Frau Verstaad, bitte kommen Sie morgen ins Kommissariat.« Ja, es gab sicher viele Fragen. Sie musste Luisa finden und sie würde alles tun, damit die Polizei diesem Wahnsinn so schnell wie möglich ein Ende setzte.

Eine Dreiviertelstunde später saß sie im Büro von Mahrenholz und Meißner.

»Danke, dass Sie so schnell gekommen sind, Frau Verstaad.« Die Stimme der jungen Frau klang heute sanfter.

»Haben Sie Luisa gefunden?«

»Letzte Nacht hat sich noch nichts ergeben, aber die Suche wird natürlich fortgesetzt.« Mahrenholz sah sie mitfühlend an. »Ich wünschte, wir könnten Ihnen etwas Hoffnungsvolleres mitteilen.«

Julia Meißner nickte. »Frau Verstaad, es ist wirklich sehr wichtig, dass Sie uns noch einmal genau schildern, was der Anrufer gestern zu Ihnen gesagt hat.«

Maja räusperte sich. »Ja, natürlich! Er sagte, dass Luisa nur noch fünf beziehungsweise vier Tage zu leben hat«, sie holte tief Luft, »wenn ich nicht den Ort von Jolines Leiche preisgebe und endlich zugebe, dass ich sie getötet habe. Und ich habe Joline nicht getötet!« Verzweifelt legte sie den Kopf in die Hände und verharrte einen Moment lang in dieser Pose. »Aber es könnte auch eine Sie gewesen sein. Ich weiß es einfach nicht. Ich wünschte so sehr, dass ich es wüsste.«

»Verstehe. Machen Sie sich keine Vorwürfe, Frau Verstaad. Und bedenken Sie bitte, dass der Anrufer durch Sie auch ansonsten vielleicht nicht zu identifizieren wäre. Es kann doch genauso gut auch eine fremde Person sein.« Mahrenholz warf ihr einen aufmunternden Blick zu. Dann notierte er sich etwas auf dem kleinen Block, der vor ihm auf dem Schreibtisch lag. »Haben Sie Joline gut gekannt?«

»Sehr gut sogar. Sie ist ja die Tochter meiner Freundin Nicole. Nicole Behrendt. Hatte ich Ihnen das nicht schon gestern erzählt?«

Julia Meißner ignorierte ihre Frage und schenkte sich Wasser nach. »Ist sie nicht auch Ihre direkte Nachbarin?«

»Ja, sie wohnt in der 12. Dieses verklinkerte Haus mit den braunen Gittern vor den Fenstern.«

Sie wusste nicht, warum sie dieses unwichtige Detail erwähnte. Ihr Gehirn fühlte sich an wie ein Schwamm, den man gerade ausgewrungen hatte. »Wir haben uns früher oft besucht. Die Kinder konnten nicht allzu viel miteinander anfangen, dafür war der Altersunterschied zu groß. Joline war zehn, als sie verschwand, da war Luisa gerade vier geworden. Meine kleine Lulu.« Sie schluchzte auf.

Julia zog eine Schreibtischschublade auf und reichte Maja ein Taschentuch. »Wen würden Sie denn hinter dem Anrufer vermuten, Frau Verstaad?«

Maja schnäuzte sich. »Ich weiß es einfach nicht. Ich bin vollkommen ratlos. Und dann kann ich noch nicht mal sagen, ob es sich um einen Mann oder eine Frau handelt. Genauso wie damals. Warum wiederholt sich das alles, warum nur? Wo ist meine Lulu?«

KAPITEL FÜNFZEHN

Carsten Mahrenholz

10:00 Uhr

»Was ist damals passiert?« Mahrenholz sah sie durchdringend an.

»Das war schlimm, es ist eine schlimme Geschichte. Ich war an diesem Abend bei Nicole zu Hause und habe den Erpresseranruf angenommen. Nicole suchte währenddessen das Haus und das Grundstück nach Joline ab. Und auch da konnte ich natürlich nichts zur Aufklärung beitragen, da ich nicht weiß, ob es sich um eine Frau oder einen Mann gehandelt hat, und genauso wenig könnte ich die Stimme einer bestimmten Person zuordnen. Das funktioniert einfach nicht. Ich verfluche mich so sehr dafür!« Sie stieß ein verächtliches Geräusch aus.

Mahrenholz tauschte einen kurzen Blick mit Julia Meißner. »Und das haben Ihnen Nicole oder ihr Mann nie vorgeworfen?«

»Sie hat es nicht ausgesprochen. Aber es wird doch so sein. Kann ich ihr das verdenken?« Sie stockte kurz. »Nein, das kann ich natürlich nicht! Jens, ihr Mann, wollte mich immer in Schutz nehmen, aber ich wollte das nicht. Ich war es, die den Anrufer nicht identifizieren konnte, verstehen Sie das? Und wer weiß, vielleicht wäre Joline schon längst wieder zu Hause. Das ist alles meine Schuld.« Verzweifelt zog sie die Augenbrauen zusammen. »Und jetzt geht es um meine eigene Tochter und ich kann die Stimme nicht zuordnen. Wahnsinn. Totaler Wahnsinn.« Sie schlug die Hände vor das Gesicht. »Und mir läuft die Zeit davon!«

Mahrenholz seufzte. Die Frau, diese bemitleidenswerte Mutter, die wie ein Häufchen Elend vor ihnen saß, hatte recht. Luisa hatte sich nirgendwo verlaufen oder war einem Zufallstäter in die Arme gefallen, sie war entführt worden. Die Drohung nahm er überaus ernst. Es gab leider einige Fälle in der deutschen Geschichte, in denen Kindesentführungen grauenhaft ausgegangen waren. Diesen Gedanken schob er augenblicklich zur Seite. Noch gab es eine Chance. Ein kleines Zeitfenster. »Haben Sie und Frau Behrendt noch Kontakt? Also, ich meine, sind Sie noch befreundet seit Jolines Verschwinden?«

Majas Miene verfinsterte sich weiter. »Wir *waren* die besten Freundinnen. Und das faktisch ein Leben lang. Wir haben unsere Kindheit, unsere Jugend, einfach alles zusammen erlebt. Nicole hat damals das Haus ihrer Eltern übernommen, nachdem die sich entschlossen hatten, in eine Wohnung umzuziehen. Für mich war es sowieso klar, im Haus meiner Eltern wohnen zu bleiben. Erst recht, nachdem Luisa auf die Welt gekommen war.« Sie schien mit den Tränen zu kämpfen. »Ich dachte, das wäre die richtige Entscheidung. Stabilität. Ein sicheres Heim.« Ihre Stimme war jetzt nur noch ein Flüstern. Sie sammelte sich kurz und fuhr fort: »Nächste Woche Dienstag sollte ich operiert werden. Luisa sollte dann bei Nicole und Jens bleiben. Er ist ja gerade wiedergekommen.«

»Moment«, ergriff Julia das Wort und Mahrenholz sah zu ihr. »Was für eine Operation meinen Sie?«

Mahrenholz ergänzte: »Eine Operation in der Uniklinik Hannover, nicht wahr?«

»Richtig.« Maja Verstaad nickte. »Woher wissen Sie das?«

»Aus Ihrer Anrufliste.« Er zuckte mit den Schultern und bemerkte aus den Augenwinkeln den unwirschen Gesichtsausdruck seiner Kollegin. »Bitte, fahren Sie fort.«

»Meine Ärztin hat es im letzten Jahr geschafft, mich in einer internationalen Studie unterzubringen. Es gibt weltweit nur drei bekannte Fälle von angeborener Phonagnosie und ein britischer Neurochirurg sollte mich am Mittwoch operieren. Durch eine Nervenstimulation wollte man herausfinden, ob die Erkrankung damit heilbar wäre. Angeblich könnte ich mich dann auch an vergangene Hörerlebnisse erinnern.« Sie stöhnte. »Und das wäre natürlich fantastisch gewesen. Vielleicht hätte ich mich an das Telefonat mit Jolines Entführer erinnern können.«

»Beziehungsweise hätten Sie die Stimme vielleicht erkennen können?« Mahrenholz sah sie eindringlich an.

»Ja, ganz genau.« Ihr Blick verdunkelte sich wieder. »Aber jetzt sitze ich hier und es geht um mein eigenes Kind. Meine eigene Tochter!« Den letzten Satz schrie sie.

Mahrenholz strich sich durch den Bart. »Bitte verstehen Sie mich jetzt nicht falsch, Frau Verstaad, aber warum wollten Sie Luisa ausgerechnet zu Nicole Behrendt geben? Ihr Verhältnis ist laut Ihren Ausführungen nicht mehr das beste. Warum konnten nicht zum Beispiel die Großeltern Luisa nehmen?« Er versuchte, seinen letzten Worten ein aufmunterndes Lächeln mitzuschicken.

»Meine Eltern sind lange tot. Sie haben ihr Enkelkind nie kennengelernt.« Maja schluckte schwer. »Wie Sie wissen, kenne ich den Vater nicht und ich arbeite viel. Da bleibt nicht viel Zeit für Freunde oder ein soziales Netz.« Unsicher sah sie ihn und Julia an und er nickte ihr bestätigend zu. »Also habe ich Nicole vor einigen Wochen angerufen und gefragt, ob sie sich zwei Tage um Luisa kümmern könnte. Sie arbeitet nur noch selten und außerdem geht sie sehr liebevoll mit ihr um. Ja, die beiden kennen sich nicht besonders gut, aber es gibt einfach keine andere Lösung.« Sie seufzte. »In den letzten Wochen war Nicole öfter bei uns, damit sie sich aneinander gewöhnen können. Und das lief auch ganz gut. Luisa ist sowieso ein sehr zugängliches Kind. Sie fasst schnell Vertrauen.« Maja Verstaads Stimme brach und Tränen liefen ihr über die roten Wangen. Sie schniefte und sammelte sich wieder. »Aber vorhin erhielt ich eine E-Mail von meiner Ärztin mit der Info, dass die Operation verschoben wird. Der Operateur ist selbst erkrankt.« Flehend sah sie Carsten und Julia an. »Finden Sie mein Kind. Bitte finden Sie mein Kind.«

KAPITEL SECHZEHN

Carsten Mahrenholz

11:00 Uhr

Die Kaffeemaschine mahlte lautstark Bohnen. Das dröhnende Geräusch zog vom Flur bis in das kleine Büro der Kommissare.

»Tür zu, bitte.« Mahrenholz saß über Akten gebeugt an seinem Schreibtisch, als seine Kollegin hereinkam. Julia Meißner tat einen beherzten Tritt und die Tür fiel krachend in das Schloss. Er sah kopfschüttelnd auf. »Türen haben Klinken, Julia.«

»Sorry, Carsten. Entweder habe ich zu viel Kraft oder das sind meine Aggressionen.« Sie zuckte die Schultern und ließ sich auf einen Drehstuhl fallen.

»Ich habe die Hoffnung noch nicht aufgegeben, dass wir das hinbekommen, bevor du dreißig bist.« Er sah wieder in die Akten. »Was macht dich denn so wütend?«

»Ach, was heißt wütend. Eher frustriert. Ein Mädchen, besser gesagt zwei, sind wie vom Erdboden verschwunden. Das gibt es doch einfach nicht. Und dann habe ich versucht, den Operateur in der Uniklinik ausfindig zu machen, zumindest seinen Namen. Ich habe doch noch ziemlich viele Fragen zum Thema Phonagnosie.« Sie biss in einen Apfel und kaute schnell. »Aber keine Chance. Der Mitarbeiter von der Telefonzentrale konnte mit dem Begriff Phonagnosie nichts anfangen und hat mich in die Neurologie durchgestellt. Wo aber niemand abgenommen hat. Sei's drum, ich versuche es später noch mal.«

Mahrenholz nickte. »Gut, mach das. Und ja, ich stimme dir zu, dass zwei kleine Mädchen nicht einfach vom Erdboden verschwinden. Also gehen wir jetzt unserem Job nach, und zwar zu zweihundert Prozent.« Entschlossen stand er auf und zog seinen Mantel vom Stuhl hinter ihm. »Auf geht's in die Siedlung. Wir befragen zuerst die Behrendts.«

»Ja, auf geht's.« Julia verschlang das letzte Stück Apfel und beförderte den Rest mit einem gekonnten Wurf in den Mülleimer neben der Garderobe. »Ha!«

Mahrenholz bedachte sie mit einem milden Blick. »Du bist voller versteckter Talente.«

Sie fuhren langsam den Sparenberg hinauf. Das gesamte Wohngebiet in der Südstadt war vor einigen Jahren zur Dreißigerzone erklärt worden. Zu oft hatten sich Anwohner über vorbeirasende Autos und Motorräder beschwert. Hier lebten viele Familien mit Kindern und man war in ständiger Angst vor Unfällen. Die Gegend war ruhig und grenzte an den Stadtpark. Davor hatte sich eine Kleingartenkolonie gegründet, die bis auf die letzte Parzelle verpachtet war. Ein gepflegtes Haus stand neben dem anderen und die Vorgärten waren mit Schotter und in geometrische Formen geschnittenen Buchsbäumchen gestaltet. Mahrenholz blinkte rechts, um in den Brombeerweg einzubiegen. Eine Anwohnerin fegte mit Hingabe den Gehweg und warf ihm einen missmutigen Blick zu.

»Ganz schön bieder hier.« Julia Meißner rümpfte die Nase. »Meine Tante hat hier früher gelebt. Die Nachbarn haben regelmäßig kontrolliert, ob ihr Hund deren Mauer anpinkelt. Das fand ich immer komisch.«

»Na ja, angenehm ist es ja nun auch nicht.« Er fuhr jetzt noch langsamer in den Himbeerbusch. Maja Verstaads Bungalow lag in einem Winkel, rechts daneben stand das verklinkerte Haus der Behrendts und linker Hand ein zweistöckiges Haus, das mit seiner weißen Fassade und der Gaube sehr vornehm wirkte. Fast ein wenig zu vornehm für diese Gegend, überlegte Mahrenholz. Diese Häuser standen sonst eher in der Gegend des Landschulheims am anderen Ende der Stadt. Dort hatten sich viele gut betuchte Familien angesiedelt.

»Ich dachte, als Hundebesitzer fändest du das auch ein wenig übertrieben.« Julia Meißner klang genervt.

»Sagen wir es mal so: Als Hundebesitzer weiß ich vielleicht zu genau, wie so was auf Dauer riecht. Und das lässt sich auch leicht vermeiden. Mit Nachbarn muss man auskommen. Das kann sonst ein schweres Leben werden.«

Julia schüttelte den Kopf und ließ seine Antwort unkommentiert.

Er parkte das Auto vor der Hausnummer 11. Noch war es kein Problem, hier einen freien Platz zu finden, doch in einigen Stunden würde das Spektakel beginnen. Sie würden ein Bild des Mädchens an die Presse geben, mit den wichtigsten Informationen zu ihr und den Umständen ihres Verschwindens. Es würde erfahrungsgemäß eine Menge Anrufe geben, in denen Menschen behaupten würden, das Mädchen an der und der Straßenecke gesehen zu haben, vielleicht an der Hand eines Mannes oder vielleicht an einer Tankstelle in Eschershausen. Außerdem würden sich Esoteriker melden, Hellseher, Astrologen und leider war es auch wie in jedem schlechten Sonntagabend-Krimi: Sie würden das Kind an einem dunklen, feuchten Ort vermuten. Und das Schlimme daran war, dass allen diesen Hinweisen nachzugehen war, denn sie könnten genauso gut wahr sein. Oder ein Zufallstreffer und das spielte keine Rolle, wenn es darum ging, ein kleines Mädchen wiederzufinden. Nur musste ordentliche und engagierte Ermittlungsarbeit ein anderes Ergebnis haben als einen zufälligen Treffer.

Julia Meißner starrte durch die Frontscheibe und legte den Kopf schief. Sie zog den Reißverschluss ihres Parkas hoch. »Mal sehen, was das so für Menschen sind, die hier wohnen.«

Mahrenholz putzte sich die Nase und griff zum Desinfektionsgel in der Ablage. Er verrieb es eilig in seinen Händen. »Von Natur aus sind die Menschen fast gleich; erst die Gewohnheiten entfernen sie voneinander.«

Meißner stöhnte und stieß die Autotür auf. »Du und deine Zitate. Ich will jetzt wissen, was hier los ist.« Mit einem Satz stand sie draußen und atmete tief ein und aus. Ihr Atem hinterließ weiße Wölkchen. Dann steckte sie den Kopf wieder in den Wagen. »Kommst du jetzt oder willst du deine Hände noch ein drittes Mal desinfizieren?«

Er nickte einsichtig, dabei fiel sein Blick auf die Temperaturanzeige. Zwei Grad. Der erste Novembermorgen war bitterkalt und in der letzten Nacht hatte die Temperatur bei minus fünf Grad gelegen. Wo auch immer Luisa war, er hoffte, dass sie zumindest nicht im Freien ausharren musste. Er zog den Kragen seines Mantels hoch, strich sich durch den Schnurrbart und stieg aus.

Das Haus der Behrendts war ein klassischer Klinkerbau aus den späten Achtzigerjahren. Die Außenfassade wirkte dunkel, es gab kleine Fenster, die durch verzierte Gitter gesichert waren, und eine Garage gleich neben dem Eingangsbereich. Auf der anderen Seite gab es ein Carport, in dem ein cremefarbener Mini Cooper parkte. Der kleine Vorgarten wirkte auffällig ungepflegt. Irgendwann hatte es hier ein Rosenbeet gegeben, aber die Pflanzen waren verkümmert und alles wirkte verwildert. Auf der Rasenfläche lag eine Packung Schokolade. *Kinder*

Schokolade, schoss es Mahrenholz durch den Kopf. *Ausgerechnet.* Die Fußmatte zeigte einen Regenbogen und sollte vermutlich freundlich wirken, doch bei näherem Hinsehen erkannte er, wie alt und abgenutzt sie war.

Seine Kollegin schaute ihn an. »Das wirkt ganz schön abgewohnt hier. So, als ob man lange nicht mehr sauber gemacht oder sich überhaupt um irgendetwas gekümmert hätte. Schau mal.« Sie zeigte auf die vermoosten Dachrinnen. »Seit ich Hausbesitzerin bin, weiß ich, was das für Folgen haben kann, wenn du den Dreck nicht beseitigst. Mein Vater hat mir mal gesagt, wenn du im Haus etwas renovierst, hörst du oben auf und fängst unten wieder an. Es ist ein ewiger Kreislauf.« Julia drückte auf die Klingel, die unangenehm hoch und laut schrillte.

»Du hörst dich manchmal sehr viel älter an, als du bist. Und ja, so ist das mit einem Haus.«

Noch öffnete niemand die Tür. Es waren auch keine Schritte oder Stimmen zu vernehmen.

Meißner klingelte weitere zwei Male und wippte ungeduldig und mit den Händen in den Taschen hin und her. »Es ist doch bestimmt jemand da. Ich gehe mal ums Haus und sehe durch die Terrassentür. Mann, ist das kalt heute.« Sie drehte sich um und pirschte in den Garten hinter dem Haus.

»Mach das. Ich sehe mich hier vorne um.« Mahrenholz klopfte gegen die braune Garagentür, aus der jetzt laute Musik drang. Es gab viele Männer, die eine Menge Zeit in der Garage verbrachten. »Hallo, Herr Behrendt? Hören Sie mich? Kommissar Mahrenholz. Ich will kurz mit Ihnen sprechen.«

Er hämmerte gegen die Tür. Auf diese Spiele hatte er weder Lust noch war dafür Zeit. »Herr Behrendt!« Lauschend presste er das Ohr an den Kunststoff. Dann schreckte er zusammen, als sich jemand von innen am Tor zu schaffen machte. Schnell trat er einige Schritte zurück und spähte nach links, um zu sehen, ob Julia schon wieder aus dem Garten zurück war, doch sie war nirgendwo zu entdecken. Das Tor fuhr automatisch nach oben und noch bevor Mahrenholz mehr als die Schuhe und Beine des Mannes erkennen konnte, begann dieser zu zetern.

»Wer sind Sie? Und warum zur Hölle hämmern Sie wie verrückt gegen mein Tor?«

Der schlanke Mann mit den rotblonden Haaren stand in verschmutzten Jeans und mit einer Kapuzenjacke bekleidet vor ihm. Er hielt eine Nuss in der Hand und war ölverschmiert. Hinter ihm war ein Motorrad aufgebockt und die Musik dröhnte weiterhin auf voller Lautstärke. *Das muss Death-Metal sein*, dachte Mahrenholz voller Grauen. *Furchtbar.*

»Herr Behrendt, können Sie bitte die Musik abstellen? Es spricht sich so schlecht.«

Genervt machte der Mann kehrt und zog ein Kabel mit seinem Handy daran aus der transportablen Box. Mahrenholz atmete auf. Diese kurze Ruhe war göttlich. Der Mann kam wieder zum Tor. »Also, wer sind Sie und was wollen Sie?«

Er zog seinen Ausweis aus der Manteltasche und hielt ihn dem Mann entgegen. »Mahrenholz, Kripo Holzminden. Ich nehme an, Sie wissen, warum ich hier bin, Herr Behrendt?«

Jens Behrendt schnaubte verächtlich und ging zu seinem Motorrad zurück. Er machte sich an dem Hinterrad zu schaffen. »Vermutlich nicht wegen Joline. Oder haben Sie sie endlich gefunden?«

Mahrenholz sah sich in der großen Garage um. An den Wänden waren Regale und Haken angebracht, an denen Werkzeuge ordentlich aufgehängt waren. Über der Werkbank, die sich komplett über die rechte Seite erstreckte, fiel ihm ein Bild auf, das ein blondes Mädchen zeigte. »Es tut mir leid, dass Ihnen dieses Schicksal widerfahren ist, Herr Behrendt.«

Der Mann zeigte keinerlei Reaktion, sondern mühte sich weiterhin mit dem Reifen ab.

»Und Sie haben recht. Leider gibt es nichts Neues zu Jolines Verbleib.« Er trat direkt neben Behrendt. »Wir suchen Luisa Verstaad. Aber das wissen Sie ja sicherlich.«

»Die suchen wir auch. Wir waren mit einer Gruppe von Anwohnern bis heute früh unterwegs. Haben die ganze Gegend abgesucht, aber nichts. Und Sie? Was ist denn mit der Polizei?« Beim letzten Wort betonte er spöttisch jede Silbe einzeln. »Hier in Deutschland verfügen wir doch über unendliche Möglichkeiten und Budgets. Wie kann es denn da sein, dass ein fünfjähriges Mädchen einfach so verschwindet? Und vor einem Jahr ein zehnjähriges?« Seine Stimme wurde lauter und lauter. Er hatte sich in Rage geredet und wandte sich jetzt Mahrenholz zu. Die Nuss hielt er noch immer fest umklammert. »Ja, gibt es denn hier eine Erdspalte, die sich nachts auftut und Kinder verschluckt? Oder kommt ein Schreckgespenst aus dem Schrank, das sie mitnimmt?«

Jens Behrendt war rot vor Zorn und an seinem Hals hatte sich eine Ader gebildet. Sein Gesicht war jetzt ganz nah vor dem von Mahrenholz.

»Finden Sie einen angemessenen Tonfall, Herr Behrendt. Bei allem Respekt für Ihre Situation.« Mahrenholz' Stimme war ruhig, aber schneidend kalt.

Behrendt grinste ihn verächtlich an und trat einen Schritt zurück. »Angemessener Tonfall. Oh Gott, wo sind wir in diesem Land nur angekommen.« Er lachte verächtlich auf und steckte sein Handy wieder an die Box. Die Musik ging von Neuem los.

»Alles in Ordnung, Chef?« Julia kam in die Garage und betrachtete die Szenerie mit einiger Verwunderung.

Er zog seine Kollegin nach draußen. Die Musik war einfach zu laut. »Was ist mit der Frau? Du warst ja eine Ewigkeit weg.« Er ignorierte ihre Frage.

»Die hat sich erst mal unter die Dusche gestellt. Ich habe sie auf dem Sofa liegen sehen und geklopft. Nachdem sie den ersten Schreck verdaut hatte, bat sie mich, ihr zehn Minuten zu geben. Sie war ziemlich hinüber.«

»Was heißt das, ›hinüber‹?«

»Die hat gestern Abend ganz schön getrunken. Das ganze Wohnzimmer roch nach Wein. Auf dem Teppich vor dem Sofa standen zwei Weinflaschen. Aber ich glaube, Whiskey war auch dabei. Den Geruch erkenne ich. Ganz schön unangenehm.« Sie verzog das Gesicht.

Mahrenholz rieb sich die Stirn. »Vielleicht hat sie angefangen zu trinken, nachdem ihre Tochter verschwand. Oder vielleicht hatte sie vorher auch schon ein Problemchen mit Alkohol. Wir werden mal sehen, wie anstrengend das wird.«

Die Haustür wurde mit einem energischen Schwung geöffnet und Nicole Behrendt stand lächelnd vor ihnen. Sie trug ein grünes Kleid, das zerknittert und etwas zu eng war, doch ihre noch feuchten roten Locken lenkten davon ab. Das Haar leuchtete wie Gold im trüben Novemberlicht.

Mahrenholz streckte ihr die Hand entgegen. »Carsten Mahrenholz. Meine Kollegin kennen Sie ja bereits, Frau Behrendt.« Sie nickte eilig. Mahrenholz erkannte in ihrem Gesicht und auf ihrem Dekolleté kleine rote Äderchen, die sternförmig angeordnet waren. Diese Hautbeschaffenheit kannte er. Um ihre Leber stand es nicht zum Besten. »Können wir reinkommen? Wir möchten mit Ihnen über Luisa sprechen.«

Er war nicht sonderlich zuversichtlich. Mit einem Alkoholiker zu sprechen, war anstrengend, das wusste er nur zu genau. Er war gespannt, an was Frau Behrendt sich noch erinnern konnte und über was sie überhaupt reden wollte. Wenn sie allerdings wirklich Alkoholikerin war, stand eine Sache fest: Zum Reden würde sie Getränke brauchen, ihre Getränke, oder zumindest einen kräftigen Schuss Rum in ihren Kaffee. Erstens, damit sie ihr Gesicht nicht vor ihnen verlor, und zweitens, um überhaupt reden zu *können*.

»Ja, natürlich, kommen Sie rein.« Sie machte eine einladende Handbewegung. Der Flur war dunkel, denn das verwinkelte Fenster neben der Haustür war zu klein, um genug Licht ins Innere zu lassen. Das Zimmer, das gegenüberlag, war geschlossen. *Ein ganz schöner Käfig*, dachte Mahrenholz. *Beklemmend*, korrigierte er sich, *genau, diese Häuser hatten etwas Beklemmendes. Als sei man lebendig begraben.* Nicole Behrendt führte sie in das Wohnzimmer an einen großen Esstisch. Von den Weinflaschen, die Julia erwähnt hatte, war nichts mehr zu sehen. Auf einem Regal war eine Kerze angezündet und es roch nach Orange. *Die üblichen Täuschungsversuche*, dachte er. Die Betonung lag auf »Versuche«.

Auf demselben Regal stand eine ganze Batterie an gerahmten Fotos, die alle das gleiche Motiv zeigten: ein außergewöhnlich hübsches Kind in unterschiedlichen Altersstufen, meist mit einem Ballettkostüm bekleidet. Ihr Lächeln war strahlend und auf jedem Bild nahm sie eine andere Pose ein.

Nicole Behrendt bemerkte seinen Blick. »Das ist Joline, meine Tochter.« Ihre Augen glitzerten und sie presste ein Lächeln hervor.

»Sie ist bezaubernd. Und sehr fotogen. Darf ich?«

Nicole Behrendt nickte. Er nahm ein Foto vom Regal und legte es vor sich auf den Esszimmertisch. Joline zeigte einen Spagat und hatte die Hände elegant über den Kopf gelegt.

»Das waren nur Schnappschüsse.«

Mahrenholz sah sie zweifelnd an. »Das sind alles andere als Schnappschüsse.«

»Ich bin Fotografin. Vielleicht habe ich sie unbewusst doch immer zu den Posen ermuntert.« Entschuldigend zuckte sie mit den Schultern. »Das war vermutlich auch ein Fehler.«

Julia Meißner warf Mahrenholz einen Blick zu. »Was war denn noch ein Fehler?«

»Was?« Die Frau wirkte gedankenverloren. »Entschuldigung, ich habe heute Migräne.« Wie zur Bestätigung fasste sie sich an den Kopf.

»Wie wäre es, wenn Sie uns allen einen Kaffee machen? Unsere Nacht war auch schlecht.« Mahrenholz sah sie aufmunternd an und sie warf ihm einen dankbaren Blick zu.

»Das ist eine gute Idee. Ich komme gleich wieder.« Sie verschwand in der Küche und Mahrenholz hörte, wie sie die Tür hinter sich schloss.

Meißner schaute ihn fragend an.

»Vertrau mir, es wird gleich besser gehen.«

»Wenn du das sagst«, brummte seine Kollegin. »Ich habe auch nichts gegen Kaffee.«

Nach einigen Minuten kam Frau Behrendt mit einem Tablett dampfender Tassen zurück. Mahrenholz bemerkte das Zittern ihrer Hände. Er nahm ihr das Tablett ab. »Lassen Sie nur, ich stelle es ab. Mit Migräne ist das ja alles schwierig.«

Er bemerkte ihren irritierten Blick, der sich dann aber wieder in Gleichmut wandelte. *Sei vorsichtig, Carsten, wenn du dich zu hilfsbereit zeigst, dann durchschaut sie dich. Sie wird dir Manipulation unterstellen und dann nicht mehr mit dir reden, wenn sie nicht unbedingt muss. Lass ihr ihre Fassade.*

»Ich weiß nicht, wo Luisa sein könnte«, begann sie nach den ersten Schlucken wie selbstverständlich zu reden, »ich weiß nur, dass Maja gestern aufgelöst vor meiner Tür stand und mir gesagt hat, dass sie weg ist. Das alles kam mir vor wie ein Déjà-vu. Und dann haben wir gemeinsam gesucht. Auf dem Spielplatz, auf dem Grundstück, im Turm, der im Stadtpark steht, auf dem Grillplatz, aber sie ist weg. Ist und bleibt verschwunden.« Zärtlich strich sie über das Konterfei ihrer Tochter.

Mahrenholz war sich nicht sicher, ob sie noch über Luisa oder ihre eigene Tochter sprach, aber er glaubte ihr, dass sie alle diese Orte bereits unzählige Male abgesucht hatte. Sowohl gestern als auch in den vergangenen zwölf Monaten und sicherlich würde sie es auch in Zukunft weiterhin tun.

Als ob sie seine Gedanken lesen konnte, fuhr sie fort: »Du suchst immer nach deinem verlorenen Kind. Jeden Tag. An jeder Straßenecke, in jedem Auto, das neben dir an der Ampel steht. Ich habe in Geschäften und in der Fußgängerzone schon viele Male Joline vermutet. Aber wenn ich sie anspreche, haben sie Angst vor mir. Vor mir! Warum sollte man sich vor mir nur fürchten. Die Eltern ziehen sie dann immer ganz schnell weg und ich weiß doch eh, dass es nicht Joline war. Aber ich muss es doch prüfen, oder nicht? Ich muss doch ausschließen, dass es mein Mädchen ist, nicht wahr? Das leuchtet Ihnen doch ein, oder?«

Die Kommissare tauschten Blicke aus.

»Und seitdem bin ich die verrückte Frau. Die, bei der man nicht genau weiß, ob sie ihrem Kind nicht selbst etwas angetan hat. Weil es ja nicht sein kann, dass ein Kind aus dem eigenen Haus verschwindet. Nein, Mitgefühl gibt es nur selten. Aber ich brauche das auch nicht mehr.« Bitter lachend nahm sie ihre Tasse und leerte sie in einem Zug. Mahrenholz fiel auf, dass es die einzige war, die nicht dampfte. »Haben Sie sonst noch Fragen an mich? Ansonsten würde ich mich jetzt gerne hinlegen, mein Kopf …«

Julia Meißner schnitt ihr das Wort ab. »Sind Sie denn gestern Nachmittag zu Hause gewesen?«

»Ich war beim Einkaufen, im Edeka. Und dann bin ich noch ein bisschen durch die Gegend gefahren, das mache ich immer, um mich zu beruhigen. Das muss so zwischen vierzehn und sechzehn Uhr gewesen sein. Kurz nachdem ich wiedergekommen bin, hat Maja geklingelt.«

»Danke, Frau Behrendt. Wir überprüfen das.« Mahrenholz stand auf und schob den Stuhl unter den Tisch. »Und gute Besserung.«

Nicole fasste den Kommissar an den Arm. »Sie müssen diesmal den Täter finden, versprechen Sie mir das? Es geht nicht nur um Luisa. Vielleicht hat er auch Joline.«

Sanft nahm er ihre Hand von seinem Arm. »Wir werden mit aller Kraft daran arbeiten. Aber versprechen konnten wir noch nie etwas.«

Kapitel siebzehn

Carsten Mahrenholz

12:10 Uhr

»Ihm gehört Maaßen Industrial Design. Unten in der Rehwiese. Das ist dieser große Glaskomplex, der neu gebaut wurde. Letztes Jahr fertig geworden, meine ich. Alles ganz schick.« Julia malte eine Wolke auf das beschlagene Fenster. Mahrenholz und sie hatten sich kurz in den Dienstwagen zurückgezogen. Es war gleich Viertel nach zwölf und es galt jede Minute zu nutzen.

»Ja, das Unternehmen gibt es, seit ich denken kann. Ihn habe ich mal erlebt, als er ein klassisches Konzert eröffnet hat. Auf den ersten Blick recht sympathisch.«

»Du hörst Klassik?«, fragte Julia ihn verblüfft. »Das wusste ich gar nicht. Ich dachte, so alternative Musik wäre eher deine Sache.«

»Dann und wann ein bisschen Klassik ist gut für die Nerven. Jedenfalls wenn man so alt ist wie ich.« Er schlug sich auf die Knie. »So, los, auf in die Prachtvilla.«

Ellen Maaßen öffnete ihnen unmittelbar die Tür, nachdem sich die Kommissare über die Gegensprechanlage inklusive Kamera zu erkennen gegeben hatten. Die hochgewachsene Frau mit den dunklen langen Haaren stand ihnen mit zusammengekniffenen Lippen gegenüber. Ein eleganter Duft stieg Mahrenholz in die Nase und er erkannte Jasminbouquets, die in der Eingangshalle in weißen Vasen auf Tischen standen. Ja, Eingangshalle – einen Flur konnte man das ganz gewiss nicht nennen.

Seine Kollegin ergriff das Wort. »Frau Maaßen, wie Sie wissen, ist gestern die kleine Luisa Verstaad verschwunden. Wir möchten uns gerne mit Ihnen darüber unterhalten.«

Die große Frau schien in sich zusammenzuschrumpfen, sie drückte ihr Kinn gegen den Hals und zog die Schultern hoch. Spontan erinnerte sie ihn an eine Schildkröte, die den Kopf in ihrem Panzer verschwinden lassen wollte.

»Zu dieser schrecklichen Sache kann ich gar nichts sagen. Ich wünschte, ich könnte, glauben Sie mir.« Ellen Maaßen machte keine Anstalten, sie hineinzubitten. Sie hielt weiterhin den Türgriff umklammert, als ob sie sich abstützen müsste. »Gestern Nacht habe ich Kaffee und Brote für die Helfer zubereitet und ich werde natürlich auch bei allen anderen Dingen unterstützen, die nötig sind.«

»Was für andere Dinge, die nötig sind? Was meinen Sie damit, Frau Maaßen?« Mahrenholz kniff die Augen zusammen.

»Na, also, ich meine …« Suchend blickte sie sich in der Eingangshalle um, als könne sie hier die Antwort auf seine Frage finden. Sie zwinkerte jetzt wild. »Zum Beispiel die Nachbarschaftsinitiative. Heute Nachmittag wollen wir mit einigen Leuten noch mal die Gegend absuchen. Damit kennen wir uns hier aus, wenn ich das einmal so formulieren darf. Und ich werde mich um Frau Verstaad kümmern. Sie muss ja etwas essen und jemand muss nach dem Rechten sehen.« Sie hustete nervös. »Die arme Frau. Nach Nicole, ich meine Frau

Behrendt, schon die zweite Mutter, die ihr Kind verliert. Was für ein Albtraum.« Betroffen strich sie sich mit der Hand über ihr Dekolleté, auf dem sich rote Flecken gebildet hatten.

»Haben Sie Kinder, Frau Maaßen?« Tatsächlich wusste Mahrenholz zumindest von einem Sohn. Henning Maaßen hatte ihn am Abend des Konzerts in seiner Ansprache erwähnt und für seine Klavierkünste gelobt.

»Unser Sohn Jacob, ja.« Sie presste die Lippen zusammen und zog ihre weiße Strickjacke über dem zierlichen Oberkörper zusammen. Nervös wandte sie den Kopf, als hielte sie nach ihrem Sohn Ausschau. »Vielleicht ist er noch bei Frau Behrendt. Er wollte sie heute besuchen und ihr mit dem neuen Laptop behilflich sein.«

»Hm, hm.« Mahrenholz wippte auf den Füßen. »Frau Maaßen, Sie verstehen sicher, dass wir mit allen Nachbarn genau sprechen wollen. Eine Fünfjährige ist verschwunden.« Er ließ sie nicht aus den Augen, während er eine kurze Sprechpause einlegte.

Die Frau nestelte weiter unruhig an den goldfarbenen Knöpfen ihrer Strickjacke und strich sich mit der Hand am Hals entlang. »Gestern Nachmittag war ich zu Hause. Ich habe mich nicht sonderlich gut gefühlt und einige Stunden geschlafen.«

Mahrenholz warf Julia einen kurzen, überraschten Blick zu. Er hatte nicht damit gerechnet, dass sie so bereitwillig Auskunft geben würde.

Ellen Maaßen schien seine Verblüffung zu bemerken. »Wir hatten für heute Abend ein großes Essen geplant und ich hatte einiges vorzubereiten. Das Kalbstatar, die Meringata ...« Sie seufzte. »Aber dann ... Migräne. Sie verstehen.« Sie schien auf eine Bestätigung zu warten, doch Julia Meißner gab sich unbeeindruckt. »Dann waren Sie also allein zu Hause zwischen vierzehn und sechzehn Uhr?«

Im Haus klappte eine Tür geräuschvoll auf und jemand näherte sich mit schnellen, festen Schritten. Eine tiefe Stimme ertönte. »Unser Sohn war auch hier.« Ein großer, sportlicher Mann mit schwarzem Haar und Polohemd näherte sich. Ihm folgte ein Jugendlicher, der seine Locken unter einem Basecap versteckt hatte und ähnlich unsicher wie seine Mutter kurz in die Runde blickte, um sofort wieder seinen Blick abzuwenden.

»Du hast doch hoffentlich für die Physik-Klausur am Montag gelernt, nicht wahr?« Der Mann fasste ihm an die Schulter und der Junge verzog kurz den Mund, bevor er nickte. »Oder hast du doch wieder vor der Playstation gehangen?« Maaßens Lachen dröhnte durch die Halle und er begrüßte Mahrenholz und Meißner mit einem Händedruck. »Jugendliche.« Er schüttelte lächelnd den Kopf. »Da muss man immer ein Auge drauf haben, nicht wahr? Das kennen Sie doch bestimmt auch.« Henning Maaßen sah jetzt nur Mahrenholz an, der abwinkte.

»Nur noch dunkel aus der Sicht eines Jugendlichen, Herr Maaßen.«

Maaßen legte einen Arm um seine Frau und zog sie fest an sich. Er wirkte betrübt. »Sie kommen wegen des verschwundenen Mädchens. Es ist furchtbar. Haben Sie denn schon irgendwelche Anhaltspunkte? Hat die Suche mit den Hunden nichts ergeben?« Er atmete angestrengt ein und aus.

»Bislang nicht. Deswegen sind Ihre möglichen Beobachtungen besonders wichtig. In was für einer Beziehung stehen Sie denn zu Frau Verstaad, Herr Maaßen?« Julia Meißner hielt ihr Tablet in der Hand und tippte auf das Display.

»Wir sind Nachbarn.« Schulterzuckend sah er erst Ellen und dann die Kommissarin an. »Unser Grundstück grenzt an ihres. Wir verabreden uns nicht oder dergleichen.«

»Nicht mal zum Grillen?« Die Kommissarin musterte Henning Maaßen.

»Frau Verstaad lebt eher zurückgezogen. Es liegt nicht an uns. Wir haben sie einige Male eingeladen, aber sie war beruflich oft verhindert oder auch mit ihrem Kind sehr eingespannt. Sie wissen ja sicher, dass sie keinen Partner hat.« Er löste die Umarmung mit seiner Frau, beugte sich kumpelhaft zu Mahrenholz vor und senkte seine Stimme etwas. »Bei allem Respekt: Da fehlt ein Mann im Haus, wenn Sie verstehen, was ich meine. Dann könnte sie sich besser auf eine Sache konzentrieren, nicht wahr?«

Unbeeindruckt ignorierte Mahrenholz seine Bemerkung und sprach Ellen Maaßen an. »Und Sie, Frau Maaßen? Gab es da nicht mal das eine oder andere Gespräch über den Gartenzaun? Oder bei der gemeinsamen Suche nach Joline? Es fällt mir schwer zu glauben, dass die Nachbarstochter verschwindet, es gibt ein riesiges Spektakel, und Sie kommen nicht so richtig in Kontakt? Das hörte sich vorhin anders an. Immerhin nennen Sie Ihre Nachbarin Nicole.« Er versuchte, seine Stimme sanft klingen zu lassen.

»Es tut mir leid, Herr Kommissar. Ich kann Ihnen nicht weiterhelfen. Wir beten dafür, dass Luisa bald wieder zu Hause ist.« Sie nestelte an ihren Ohrringen und sah zu der Tür rechts neben ihr. »Und jetzt muss ich mich leider auch sputen. Ich habe Muffins im Ofen, für die Helfer.« Mit einem angedeuteten Lächeln schritt sie durch die Halle und verschwand durch eine weiße Tür mit Metallbeschlag.

»Sie müssen meine Frau entschuldigen.« Henning Maaßens Stimme nahm einen geheimnisvollen Tonfall an. »Seit einigen Jahren leidet sie an, nun ja, wie soll ich es sagen, schweren Gedanken. Da fallen ihr solche Situationen doppelt schwer.«

»Sie meinen Depressionen?« Mahrenholz horchte interessiert auf.

»Ja. Aber das ist ja nichts, womit man hausieren geht. Wenn Sie verstehen, was ich meine.«

»Nicht so richtig«, mischte sich Julia Meißner ein. »Nimmt Ihre Frau Medikamente oder hat sie ärztliche Betreuung?«

Henning Maaßen reckte das Kinn. »Selbstverständlich. Sie bekommt erstklassige Behandlungen und wir sind auf einem guten Weg. Nicht wahr, Jacob?« Wohlwollend knuffte er seinen Sohn in die Seite.

Jacob nahm sein Basecap ab und fuhr sich durch die rotblonden Locken. Mahrenholz sah verblüfft auf diese Haarpracht, die er sich eher dunkel vorgestellt hatte. *Immer wieder faszinierend, welche Wege die Natur geht,* dachte er.

»Doch, ja. Sie ist nur noch selten traurig.« Jacob wandte sich wieder an seinen Vater. »Ich bin noch verabredet, Papa.«

»Geh nur, geh nur, mein Sohn.« Lächelnd sah Maaßen ihm nach und wandte sich dann wieder an die Kommissare. »Einmal wieder vierzehn sein. Mein Gott, das waren Zeiten, nicht wahr?«

Mahrenholz ging die joviale Art und Weise seines Gegenübers langsam, aber sicher gegen den Strich. Er ließ sich nichts anmerken. »Herr Maaßen, es ist mir unangenehm, aber wir müssen Sie das fragen. Wo waren Sie gestern Nachmittag zwischen vierzehn und sechzehn Uhr?«

Der schlanke Mann trat einen Schritt zurück und fand zu seiner aufrechten Körperhaltung zurück. »Ist das eine sogenannte Alibifrage?«

»Nein«, entgegnete Mahrenholz, »nur eine sogenannte Ausschlussfrage. Falls wir Sie als Verdächtigen ausschließen können, haben wir die Möglichkeit, den wirklichen Täter zu finden. Und das muss doch in unser aller Interesse sein, nicht wahr? Das verstehen Sie doch sicherlich, nicht wahr?« Er imitierte Maaßens Satzendung und bemerkte den arroganten Zug, der sich um Maaßens Mundpartie gebildet hatte.

»Es dürfte für Sie wenig überraschend sein, dass ich auch Freitagnachmittage in meinem Unternehmen verbringe.« Er sprach die Worte *Freitagnachmittage* und *meinem Unternehmen*

101

lauter als die restlichen aus und zog eine Visitenkarte aus seiner Brusttasche. Dann lehnte er sich lässig gegen den Türrahmen. »Rufen Sie einfach in meinem Sekretariat an. Meine Assistentin kann Ihnen das bestätigen. Und sicherlich auch noch einige Leute mehr.«

»Oh, Sie können sich sicher sein, dass wir das überprüfen werden.« Mahrenholz lächelte. »Bitte informieren Sie uns, sobald Ihnen noch etwas Wichtiges einfällt.« Er nickte seiner Kollegin zu und gab ihr ein Zeichen zum Gehen.

Julia Meißners Gesichtsausdruck schwankte zwischen Zorn und Ungeduld. »Herr Maaßen.«

Mahrenholz sah, wie sich seine Kollegin langsam umdrehte und dabei aufmerksam durch das große Fenster neben der Eingangstür spähte. Er tat es ihr nach und meinte, die Silhouette von Ellen Maaßen dort zu erkennen, doch falls sie das war, hatte sie sich schnell zurückgezogen. *Was für eine seltsame Familie,* schoss es ihm durch den Kopf.

Seine Kollegin ließ sich auf den Beifahrersitz des Dienstwagens fallen und schlug die Tür mit voller Wucht zu. Der Ärger war ihr vom Gesicht abzulesen.

»Mensch, Julia, das ist doch kein Panzer. Jetzt komm mal wieder auf den Boden zurück. Ja, der Typ ist arrogant und unangenehm, aber es bringt nichts, wenn du bei der kleinsten Kleinigkeit aus der Haut fährst.« Mahrenholz warf einen Blick in den Rückspiegel und wendete das Auto.

»Der Typ ist ein Arschloch. Das kann man auch mal ganz klar so sagen. Hast du gesehen, wie seine Frau zusammengeschreckt ist, als er den Arm um sie gelegt hat?«

»Durchaus.« Er setzte den Blinker und sie ließen den Himbeerbusch hinter sich. »Aber deswegen ist er lange nicht verdächtig, ein kleines Mädchen entführt zu haben.«

»Das ist mir auch klar«, empörte sie sich und wollte weiterreden, doch er fiel ihr ins Wort.

»Julia, ich verstehe ja deinen Frust. Der Mann ist kein Sympath. Ich meine nur, dass es nützlich ist, wenn wir erst mal ein Verhältnis zu ihm aufbauen, einfach etwas freundlicher zu ihm sind. Falls er doch etwas mit Luisas Verschwinden zu tun hat, ist es wichtig, dass wir mit ihm im Gespräch bleiben.«

Auf dem Beifahrersitz blieb es stumm. Julia starrte demonstrativ aus dem Fenster, dann drehte sie sich zu ihm. »Carsten, ich weiß, ich bin sehr viel jünger als du und du bist mein Chef. Ausgebildet bin ich aber. Nur zur Info.« Schnaufend sah sie wieder nach draußen.

»Herrgott ja, Julia, ich will dich auch nicht belehren. Aber dieser Job hat auch einfach was mit Erfahrung zu tun und …«

»Ist jetzt gut, okay?« Sie beugte sich nach vorne und schnürte ihre Turnschuhe fester. Mahrenholz gab es auf und beschloss, sich die Energie lieber aufzusparen.

Kapitel achtzehn

Julia Meißner

12:50 Uhr

Auf der Dienststelle war zur Mittagszeit die Hölle los. Rainer kam ihnen auf dem langen, kargen Flur entgegen. Seine Haare wirkten zerzaust und sein kariertes Hemd trug er bereits seit zwei Tagen.

»Und, Rainer, gibt es was Neues? Irgendwelche brauchbaren Spuren oder Hinweise?« Julia hatte keine Lust, sich wieder seine stundenlangen Ausführungen anzuhören.

Der untersetzte Mann schüttelte so heftig den Kopf, dass ihm seine runde Brille fast von der Nase fiel. »Eine Frau, die behauptet, Joline und Luisa gestern Abend auf einem Campingplatz in Lauenförde gesehen zu haben. Die Kollegen sind bereits unterwegs. Dabei wird aber nichts rauskommen, schätze ich.«

Julia stöhnte auf. »Und was noch?«

»Eine zweite Frau, die ein kleines Mädchen mit blonden Haaren gerade eben am Marktplatz gesehen haben will.

Zusammen mit einem türkischen Mann. Das Kind habe geheult und versucht, sich von dem Mann wegzureißen. Eingegriffen habe sie aber nicht, weil ›solche‹ Personen aus diesen besonders ›schlimmen‹ Ländern ja häufig bewaffnet seien.« Er verdrehte die Augen und Julia Meißner deutete an, sich den Finger in den Hals zu stecken. »Allerdings hielt sie es für ihre Bürgerpflicht, uns darüber zu informieren. Immerhin.« Er holte kurz Luft. »Auch das überprüfen wir. Dann bekommen wir noch eine Menge Nachrichten über Social Media, in denen Frau Verstaad als schlechte Mutter beschimpft wird, weil sie nicht genug auf ihre Tochter aufgepasst hat, und in denen es heißt, dass es ihr recht geschehe.«

Julia sah zu Mahrenholz, der den Kopf schüttelte. »Diese Internetmenschen, unglaublich. Das hilft uns nicht weiter, aber danke, Rainer.«

Ihr Kollege nickte ihnen freundlich zu. »Ich halte euch auf dem Laufenden.«

Die Coladose zischte laut beim Öffnen. Es war inzwischen dreiundzwanzig Uhr, aber Julia fühlte sich trotz allen Adrenalins hundemüde. Sie nahm einen großen Schluck und unterdrückte mit vorgehaltener Hand ein Aufstoßen. Mahrenholz stierte gemeinsam mit ihr auf eine Magnetwand, an der sie alle Namen der Nachbarn und Fotos von Joline und Luisa angebracht hatten. Dabei drückte er unentwegt auf dem orangefarbenen Stressball herum, den sie ihm vor einem Monat geschenkt hatte.

»Welche Erkenntnisse haben wir bis jetzt?«, fragte ihr Chef.

»Wir haben Nicole und Jens Behrendt. Sie hat mal als Fotografin gearbeitet, mehr oder weniger erfolgreich. Ihr Atelier in der Innenstadt hat sie vor Jahren schließen müssen. Ihr Kind Joline ist vor einem Jahr verschwunden. Der Fall ist kein Cold Case, aber es gibt einfach keinerlei heiße Spur.« Julia sah Mahrenholz ratlos an.

»In der Akte steht, dass an dem Abend, an dem Joline verschwand, Nicole den Notruf abgegeben hat. Wenig später folgte der Anruf des vermeintlichen Entführers. Laut Aussage von Maja Verstaad forderte er hunderttausend Euro, die Übergabe sollte am nächsten Tag im Bahnhofsgebäude erfolgen. Das Geld sollte in einem Mülleimer hinterlegt werden.« Mahrenholz strich sich durch den Bart.

»Aber da ist niemals jemand aufgetaucht.« Julia stellte die Dose auf dem Tisch ab und wischte sich über die feuchten Lippen.

»Richtig. Und vor allem hat sich der sogenannte Entführer niemals wieder gemeldet.« Mahrenholz legte den Kopf in den Nacken. »Ein Trittbrettfahrer kann es nicht gewesen sein, denn der Anruf erfolgte unmittelbar nach der Vermisstenmeldung.«

Meißner zog die Stirn kraus. »Sind wir denn sicher, dass es wirklich einen Anruf gab? Also, dass Maja Verstaad wirklich telefoniert hat?«

»Hm. Guter Punkt. Nein, nachprüfen können wir es nicht. Der Anruf wird im Bericht zwar erwähnt, aber die Kollegen gaben an, dass die Anruferliste auf dem Festnetztelefon leer war, als sie das Gerät am nächsten Tag kontrollierten.«

Julia Meißner stutzte. »Wer sollte das Anrufprotokoll gelöscht haben? Das kann ja nur jemand aus dem unmittelbaren Umfeld gewesen sein. Wo war denn Jens Behrendt?«

Mahrenholz ließ sich auf seinen Bürostuhl fallen und schien seine geröteten Augen nur mit Mühe offen zu halten. »Diese Müdigkeit macht mich fertig. Ich brauche dringend einen Espresso.«

Julia ging nicht auf seine Bemerkung ein. Sie hatte sich die Akte vom Tisch gezogen und suchte mit ausgestrecktem Zeigefinger in den Papieren. Dann stoppte sie und tippte auf eine Stelle im Text. »Jens Behrendt kam abends aus Kabul zurück. Da war Joline schon zwei Stunden vermisst.«

»Ach ja, er ist ja Kriegsreporter. Unser erstes Treffen war nicht besonders freundlich, aber ich weiß auch nicht, was es mit einem Menschen macht, der permanent Leid um sich herum erlebt. Vielleicht stumpft das auch ab.« Nachdenklich starrte er auf die Magnetwand.

»Pfff.« Julia verdrehte die Augen. »Ist das dein Ernst, Carsten? Du und ich erleben auch oft schreckliche Situationen. Abgründe. Die schlimmsten Seiten der Menschheit. Findest du uns abgestumpft?«

Draußen jaulte das Martinshorn eines Krankenwagens und er zuckte kurz zusammen. Müdigkeit machte ihn immer schreckhaft. »Du bist noch nicht so lange im Dienst. Ich mache das seit sechsundzwanzig Jahren und ich weiß nicht, ob ›abgestumpft‹ der richtige Begriff dafür ist, aber ich kann manche Dinge nicht noch mehr an mich ranlassen. Wie sollte ich dann noch objektiv ermitteln können? Oder meine Nerven behalten?«

Julia kratzte sich am Kopf. »Vielleicht ist das bei Jens Behrendt auch so. Und Kriegsgebiete in Afghanistan sind auch etwas anderes als unsere heile Welt.«

»Eindeutig. Glück und Unglück sind ohnehin nicht vergleichbar.« Mahrenholz stand wieder auf und öffnete das Fenster. Frische, kühle Novemberluft strömte herein. Julia schöpfte dankbar ein paar tiefe Atemzüge. Sie versuchte, die Müdigkeit auszuatmen, auch wenn sie wusste, dass das eher eine vergebliche Hoffnung war.

»Schlimme Sache. Du überlebst in Kriegsgebieten, kannst aber deine eigene Tochter nicht in einer deutschen Luxussiedlung schützen. Wie übersteht man das emotional als Vater?«

»Und auch als Mutter. Du fragst dich jeden Tag, wo dein Kind ist. Das muss absolute Folter sein.« Julia atmete schwer ein und aus. Dann setzte sie zögerlich zu einer Frage an. »Glaubst du … also, ich meine, glaubst du, sie ist Alkoholikerin?«

KAPITEL NEUNZEHN

Carsten Mahrenholz

23:10 Uhr

Schulterzuckend warf Mahrenholz den Stressball in die Höhe, der nicht wieder in seiner Hand, sondern in einem vollen Papierkorb landete. Er hatte keine große Lust, über dieses Thema zu reden, aber natürlich war es wichtig.

»Du, ich weiß es nicht.« Er redete sich ein, nicht zu lügen, obwohl er ziemlich sicher war, dass Nicole Behrendt trank, und das hieß nicht hier und da mal ein Gläschen Aperol oder ein, zwei Wein zum Essen, sondern das bedeutete Saufen, Konsumieren von übermäßigen Mengen an Alkohol, wie es jede Suchtbroschüre so schön medizinisch ausdrückte. Aus eigener Erfahrung wusste er, dass es im Alltag wenig Platz für nüchterne Erklärungen gab. *Toller Wortwitz*, dachte er bitter.

»Carsten?«

Er riss sich aus seinen Gedanken. »Für mich deuten einige Dinge darauf hin, aber ich bin auch besonders sensibel bei diesem Thema. Vielleicht war es auch etwas Einmaliges zum

Jahrestag von Jolines Verschwinden. Schwer zu sagen. Wenn wir das nächste Mal mit ihr sprechen, wissen wir mehr.«

»Wahrscheinlich hast du recht.« Sie gähnte herzhaft. »Gleich ist schon Sonntag. Der zweite Tag und wir sind keinen Schritt weiter. Hat denn das Mantrailing nichts ergeben?«

Mahrenholz biss sich auf die Unterlippe. »Nein, jedenfalls noch nicht. Es gab eine Spur, die vom Verstaad-Garten zur Straße führte, und eine, die in den Garten der Behrendts ging. Aber danach verebbt alles. Außerdem: Diese Spuren sind nicht exklusiv. Und natürlich war Luisa an dem Tag auch auf dem Gehweg hinter dem Garten. Morgens, als ihre Mutter mit ihr einen Spaziergang unternahm.« Zischend zog er Luft zwischen seinen Zähnen hindurch. »Der Leiter des Mantrailings sagte, dass die Witterungsverhältnisse nicht die besten seien, um Spuren gut auszubilden. Erst hat es geregnet und der Boden war aufgeweicht und jetzt hat es gefroren. Das ist denkbar schlecht.«

Julia lehnte sich frustriert gegen das breite Fensterbrett und touchierte dabei den großen Kaktus, den sie von zu Hause mitgebracht hatte. »Aua!« Sie rieb sich den Ellbogen, an dem sie die Stacheln getroffen hatten. »Und du meinst, die Hunde können jetzt so gut wie nichts riechen?«

»Das weiß ich nicht, Julia. Da müssten wir die Hunde fragen.« Er hatte einen Witz machen wollen, auch wenn er ihm bereits schal vorkam, kaum dass er ihn ausgesprochen hatte. Mahrenholz wünschte sich Versöhnung. Für ihren Ermittlungserfolg war auch die persönliche Ebene wichtig und außerdem schätzte er seine Kollegin. Häufig kam er sich wie ein Dinosaurier vor und wollte sie nicht ewig belehren. Vielleicht sollte er sich zukünftig etwas mit seinen Ratschlägen zurückhalten. Auch Ratschläge waren Schläge. Umso verblüffter war er, als ein kurzes Lächeln über Julias Gesicht huschte. Dabei fiel ihm auf, wie tief ihre Augenringe waren. Seine sicherlich auch.

»Julia, lass uns jetzt nach Hause fahren. Ein wenig durchatmen. Morgen früh besuchen wir Jens Behrendt und sicher auch Maja Verstaad. Irgendwo muss es den Schlüssel zu dieser Blackbox geben und wir finden ihn.«

Sie sah ihn misstrauisch an. »Wenn du es sagst. Aber gegen Schlaf habe ich echt nichts einzuwenden.« Gähnend streckte sie den Rücken durch und fuhr sich durch die Haare. »Also los. Der Letzte macht das Licht aus.«

Kapitel zwanzig

Julia Meißner

Sonntag, 02.11., 00:30 Uhr

Nachdem Mahrenholz sie zu Hause abgesetzt hatte, kam ihr im Hausflur Marius entgegen, der weiße Kater ihrer Schwester. Maunzend schmiegte er sich um ihre Beine und sie ließ sich im Flur auf den bunten Teppich fallen. Der Kater kuschelte sich augenblicklich an sie und schnurrte zufrieden, als sie ihm den Rücken kraulte. »Dir geht's gut, nicht wahr, du kleiner Schlawiner? Keine Sorgen, keine Probleme, immer genug Schlaf und Essen.« Das Tier miaute. »Jaja, ich weiß, das mit dem Essen ist immer so eine Sache. Das kenne ich auch.« Sie flüsterte, um weder Nola noch deren Eltern aufzuwecken. In diesem Haus war derzeit jeder froh, wenn er zu seiner dringend benötigten Portion Schlaf kam. *Schlaf.* Ihr ganzer Körper wurde immer schwerer mit jeder Minute, die sie auf dem Boden lag, und das gleichmäßige Schnurren des Katers klang wie Einschlafmusik in ihren Ohren. Plötzlich wurde das große Flurlicht angeschaltet und sie riss erschrocken die Augen auf.

»Hey, schön, dass du da bist. Was ist denn bei euch nur los? Es ist wegen des vermissten Kindes, richtig? Grauenhaft!«

In der Tür stand Vanessa im Schlafanzug und Morgenmantel. Ihre Haare waren zu einem unordentlichen Dutt aufgetürmt und sie schuckelte die kleine Nola im Fliegergriff vor sich. Julias Nichte zeigte sich zur Abwechslung recht zufrieden und gluckste.

»Oh, ihr seid doch noch wach. Oder wieder?«

»Wieder natürlich.« Ihre Schwester winkte ab. »Das Übliche, aber so ist es halt. Aber erzähl du lieber mal. Wollen wir noch einen Tee trinken, bevor du dich hinlegst?« Vanessa lächelte ihr zärtlich zu und in diesem Moment war Julia heilfroh, nicht allein zu sein. Solche Tage gingen an niemandem spurlos vorbei und sie wusste, dass Vanessa ihre Berichte aushalten konnte. Sie war Chirurgin und so schnell konnte sie nichts umhauen oder überhaupt beeindrucken. Julia hatte zunächst gezögert, ihr von dem Fall zu erzählen, weil sie gerade zum ersten Mal Mutter geworden war, aber das gleich wieder verworfen. Immerhin forderte Vanessa sie zu diesen Gesprächen auf. »Das ist Psychohygiene«, hatte sie ihr einmal erläutert. »Irgendwo muss der ganze schreckliche Kram doch hin.«

Das war per se schon richtig, dachte Julia. Doch die Arbeit immer von der Dienststelle mit nach Hause zu schleppen, konnte spätestens in einer Partnerschaft zu einer Belastung werden. Aber sie war single und weit und breit war kein Partner in Sicht. Mit Schwung kam sie vom Boden hoch, drückte Nola ein Küsschen auf die Wange und wuschelte Vanessa über den Kopf. »Klar, lass uns gerne noch ein bisschen reden.«

Julia hatte geduscht und war in ihren Lieblingsjogginganzug geschlüpft. Jetzt kauerte sie mit dicken Socken auf der Eckbank in ihrer gemütlichen Küche. Ihre Nichte schlummerte friedlich in einem Stubenwagen. Auf dem Tisch vor ihnen dampften

Teetassen und Vanessa hatte noch zwei Pastrami-Sandwiches gezaubert. Herzhaft biss Julia in die getoasteten Scheiben. »Köstlich.« Das Rindfleisch zerfiel auf ihrer Zunge und vermischte sich mit der sauren Gurke. Das war genau das Richtige nach diesem Tag.

»Finde ich auch, danke, Schwesterherz.« Vanessa schmatzte ein wenig und Julia grinste. Fast so wie früher, als Nola noch nicht bei ihnen und ihr Leben weniger fremdbestimmt gewesen war. Sie liebte ihre Nichte über alles, aber die Uhren tickten seitdem anders.

»Also, so sehr ich mein altes Leben auch manchmal vermisse, so unvorstellbar wäre es für mich, ohne Nola zu leben.«

Grinsend sah Julia ihre Schwester an. »Gedankenübertragung. Das wollte ich auch gerade sagen.« Nachdenklich umfasste sie ihre Knöchel und zog die Knie noch näher an ihren Körper. »Wenn ich mir vorstelle, was dieses kleine Mädchen und vielleicht auch das andere gerade durchleiden müssen, mein Gott, das ist nicht zum Aushalten. Ich hoffe, wir kommen morgen oder auch heute noch einen gewaltigen Schritt weiter.«

»Das hoffe ich auch für euch und für die Mädchen.« Liebevoll strich Vanessa über Nolas Wange und wischte sich eine Träne aus dem Auge.

»Wenn ich mir vorstelle, dass irgendjemand unserer Nola etwas antut, ich sag's dir, Vanessa, ich könnte für nichts mehr garantieren.« Julia weinte jetzt auch. »Nola ist doch die Sonne in unserem Leben, unser Fixstern.«

Vanessa warf ihr einen zärtlichen Blick zu. »Wir passen alle auf sie auf, Julia. Ihr wird nichts passieren.«

Julia sammelte sich wieder. »Wir müssen dringend das Motiv finden. Diesen Anruf, den Luisas Mutter bekommen hat, finde ich komisch. Warum sollte ausgerechnet sie etwas über den Verbleib von Joline wissen? Und warum hätte sie das Mädchen töten sollen? Unmöglich ist es natürlich nicht, aber auch hier stellt sich die Frage nach dem Motiv.« Seufzend pickte sie mit ihrem Zeigefinger die verbliebenen Pastrami-Krümel von ihrem Teller auf.

»Ist das die Frau, die an Phonagnosie leidet?« Gestern hatte Julia ihrer Schwester eine Nachricht geschrieben und sie gefragt, ob sie etwas mit der Erkrankung anfangen könne. Vanessa hatte verneint.

»Ja, richtig. Ich weiß nicht so recht, was ich davon halten soll. Laut meinen Recherchen gibt es weltweit nur eine Handvoll Fälle.«

Vanessa nickte zustimmend. »So habe ich es auch gelesen. Es ist kaum erforscht. Als du mir von der Operation erzählt hast, der sich die Patientin unterziehen sollte, war ich überrascht. Soweit ich gelesen habe, ist das nicht operabel. Aber was weiß ich schon, ich bin hier nur die Handwerkerin.« Ihr Lachen klang hell und laut durch die Küche. Nola verzog das Gesicht und brummte unzufrieden. Vanessa legte theatralisch ihren Zeigefinger auf den Mund und schnitt eine Grimasse. »Sie ist aber auch eine Diva«, flüsterte sie lächelnd. »Und zu der Mutter noch mal: Frag doch den Professor, der sie im Rahmen dieser Studie operieren will. Vielleicht klärt das auch die eine oder andere Frage.«

»Alles klar, Frau Kommissar«, flachste Julia Meißner und sah auf die Uhr. Kurz vor halb zwei. Sie musste dringend ins Bett.

»Ich leg mich mal hin, okay? Und euch wünsche ich eine ruhige Nacht.« Vorsichtig kletterte sie von der Eckbank und drückte ihrer Zwillingsschwester einen Kuss auf die Stirn.

»Dir auch. Vor allem keine schlimmen Träume.«

KAPITEL EINUNDZWANZIG

Ellen Maaßen

00:05 Uhr

Ellen Maaßen räumte gerade die unbenutzten Teller vom Esstisch ab, als sie die Haustür ins Schloss fallen hörte. Sie sah auf die große Küchenuhr in Bahnhofsoptik und stellte mit Schrecken fest, dass es schon kurz nach zwölf war. War Henning wirklich so lange weg gewesen? An Samstagabenden gab es seit über einem Jahrzehnt das Ritual, dass sie sich um Punkt zwanzig Uhr am Esstisch trafen, um *Tortilla de patatas*, Kartoffel-Tortilla, zu essen. Ellens Vater war Spanier gewesen und sie hatte das Rezept von seiner Mutter gelernt. Vor vielen Jahren, zu Beginn der Beziehung zwischen ihr und Henning, hatte sie ihm diese Nationalspeise stolz serviert und bis heute war es eines seiner Lieblingsgerichte. Alles andere aus ihrer Kultur interessierte ihn nicht sonderlich. Früher hatte sie ihn noch dafür geliebt, dass er dieses Samstagsritual eingeführt hatte, doch mittlerweile war sie einfach nur froh, wenn das wöchentliche gemeinsame Essen schnell vorüberging. Nach der

Heirat hatte er ihr mitgeteilt, dass er es nicht besonders schätze, wenn bei Tisch innerhalb der Familie gesprochen wurde. Seine Arbeitstage seien anspruchsvoll und lang. Da könne er das Geplapper, wie er es spöttisch nannte, über den langweiligen Alltag oder die kindlichen Erlebnisse seines Sohnes schwer ertragen. Ellen hatte damals nicht gewusst, wie ihr geschah oder was sie den Argumenten ihres Mannes entgegensetzen konnte. Also hatte sie es mit dem größtmöglichen Gleichmut hinge-nommen und gehofft, dass er es nicht so ernst meinte, dass es sich im Lauf der Zeit einfach geben würde. Doch dem war nicht so. Ein Maaßen stand zu seinem Wort; so viel hatte sie mitt-lerweile begriffen. Und so war es stets bei der unerträglichen Stille am Tisch geblieben, gebrochen lediglich durch Hennings befehlsartig geäußerte »Wünsche«: mehr Wein, noch ein Glas Wasser, eine weitere Serviette und etwas Pfeffer. Wenn er noch eine Tasse Kaffee wollte, tippte er mit einer bedeutungsvollen Geste an seine Tasse. Und so weiter und so fort.

Heute Abend jedoch hatte sie allein mit Jacob gegessen. Bis um halb zehn hatten sie mit dem Essen noch auf Henning gewartet, um sich unnötige Diskussionen zu ersparen, wie sie ihrem Sohn entschuldigend erklärte. Doch dann war ihr plötzlich seltsam klar geworden, dass er nicht kommen würde. *Premiere*, dachte sie bitter. Nicht eine Sekunde lang hatte sie sich gesorgt, dass ihm etwas zugestoßen sein könnte oder er einen Herzinfarkt in seinem Büro erlitten hatte, an dem er still und leise verstorben war. Einfach von seinem Ledersessel gerutscht, mit hektisch gelockerter Krawatte und Hemd. Das entsetzte Gesicht seiner Assistentin, wenn er nicht an das Telefon ging und sie besorgt nach ihm sah … Ein Lächeln huschte über Ellens Gesicht. Nein, daran hatte sie nicht gedacht. Er musste bei einer Frau sein. In all ihren Ehejahren war es ihr sowieso ein Mysterium geblieben, warum er sie nie betrogen hatte oder wie er es so unauffällig tun konnte. Doch ganz gleich, was davon der

Fall gewesen sein mochte, jetzt hatte er die Maske fallen lassen. Vermutlich nahm er an, dass sie durch die Tabletten weniger mitbekam. Oder wahrscheinlicher war es ihm gleichgültig. Ihre Gefühle hatten ihn noch nie sonderlich interessiert, geschweige denn, dass er Rücksicht auf sie genommen hatte. Wozu auch? Er wusste, dass sie ihn nicht verlassen würde. Ihre übertriebene Abhängigkeit von ihm war haltbarer als ein Wasserrand auf einem Ledersofa.

Ein lautes Geräusch riss sie aus ihren Gedanken. Aus dem Flur drang energisches Klopfen, als schlüge jemand zwei Matten aneinander aus.

Merkwürdig, dachte sie und ging in die Halle. Henning stand in Socken auf den großen glänzenden Fliesen und schlug seine Jagdstiefel gegeneinander. Große braune Erdbrocken lösten sich und verteilten sich um ihn auf dem Boden.

Irritiert sah sie ihn an. »Warst du heute im Wald?« Nervös zupfte sie an ihrem Ohrläppchen. »Hast du nach dem Mädchen gesucht?«

Henning antwortete ihr nicht, sondern schlug noch einmal kräftig seine Stiefel gegeneinander und stellte sie zur Seite.

»Du bist nicht zum Essen gekommen. Soll ich dir dein Essen aufwärmen? Ich habe auch den Rioja dekantiert und …«

Er sah auf und musterte sie abschätzig. »Bist du jetzt fertig mit deinem Monolog? Kann denn ein Mann nicht einfach nach einer harten Arbeitswoche nach Hause kommen und seine Ruhe genießen?« Verwundert schüttelte er den Kopf. »Wie oft muss ich dir das noch erklären, Ellen? Einmal? Zehnmal? Dreihundertmal?«

Sie spürte die Erregung und die Aggression in seiner Stimme und flüsterte: »Ich werde es mir merken.«

»Was hast du gesagt? Ich kann dich nicht hören.« Seine Stimme klang messerscharf. Er stand jetzt ganz nah neben ihr und sein warmer Atem streifte ihren Hals.

Ellen holte tief Luft und versuchte nicht zu zittern. »Ich werde es mir merken.«

»Na also, geht doch.« Gerade wollte sie erleichtert zurück in die Küche gehen, als er blitzschnell ihre Hände griff und ihre Arme hinter ihrem Rücken fest zusammendrückte. Der Schmerz ließ sie kurz aufstöhnen. »Na, na, na. Wohin so schnell? Du weißt doch, was ich jetzt mit dir tun werde, nicht wahr? Das weißt du doch.« Sein Atem brannte ihr jetzt im Nacken und ihre Arme schmerzten von seinem festen Griff.

Sie nickte.

»Gut.« Er ließ sie los, setzte sich auf einen polsterbezogenen Schemel und taxierte sie. Sein Blick war gierig wie der einer Schlange, die kurz davor war, ein Kaninchen mit einer Bewegung zu verschlingen.

Ellen zog langsam ihre Strickjacke aus und ließ sie zu Boden gleiten. Dann streifte sie sich einen der dünnen Träger ihres langen Seidenkleids über ihre kantige Schulter und spürte, wie sich auch die andere Seite löste. Das edle Material floss an ihrem dünnen Körper herunter. Sie war nackt, ganz wie er es sich jede Woche wünschte. Was war nur aus ihrem Stolz geworden?

Henning kam auf sie zu, griff ihr brutal in die Haare und bugsierte sie über die große Kommode mit den Jasminbouquets. Die Holzplatte rammte sich zwischen ihre Rippen und Ellen biss sich auf die Zunge, um nicht aufzuschreien. Jacob musste auch nicht das noch mitbekommen.

Henning machte sich schnaufend an ihr zu schaffen. Sie hörte, wie er seine Gürtelschnalle öffnete, dann legte er seine Hand auf ihren Mund und stieß brutal in sie hinein. »Du kleine katalanische Schlampe.« Er keuchte. »Ich zeig dir, wer in diesem Haus die Fragen stellt.«

KAPITEL ZWEIUNDZWANZIG

Jens Behrendt

02:45

Der Akku seines Laptops gab einen durchdringenden Alarm von sich. Suchend sah Jens sich nach dem Netzteil um. Irgendwo hatte er das verdammte Ding doch gesehen oder hatte er sich das nur eingebildet? Vielleicht war es noch in seinem Koffer. Das Geräusch stoppte nicht und er verfluchte es in Gedanken. Wenn sie jetzt aufwachte, würden wieder Endlosdiskussionen starten. Nein, Nicole konnte er jetzt wirklich nicht gebrauchen. Bis eben hatte er über seinem Artikel gehangen, denn der Abgabetermin rückte immer näher und in den vergangenen Tagen war er nicht zum Schreiben gekommen. Wenn aber der Laptop nicht gleich Strom bekam, würde es düster werden. Endlich fand er das Kabel unter dem Schreibtisch und schloss das Gerät an, das augenblicklich verstummte. Er lauschte kurz in die nächtliche Stille des Hauses – glücklicherweise war keinerlei Geräusch zu hören. *Kein Wunder*, dachte er. Als er vorhin das Wohnzimmer verlassen hatte, war Nicole schon wieder sturzbetrunken gewesen. Sie hatte bereits nachmittags angefangen, schätzte er. Wobei: Sie konnte sich genauso gut schon morgens etwas in den Kaffee gekippt haben. Jens gab es nicht gerne zu, aber er empfand ihr Verhalten als zunehmend gefährlich. Mittlerweile war es für sie eine Selbstverständlichkeit geworden, betrunken Auto zu fahren oder mit lallender Stimme bei Ämtern anzurufen. Es war schlimm. Und immer dachte sie, dass er ihre Verstecke nicht kannte. Als sei er ein Idiot. Es gab Verstecke in der Garage, im Auto, im Badezimmerschrank, unter der Schlafzimmermatratze und hinter seiner GEO-Hefte-Sammlung im Regal. Außerdem hatte er festgestellt, dass sie Weinflaschen mit Schraubverschluss einfach mit Wasser auffüllte, damit ihm nicht auffiel, dass sie schon leer waren. Jens schlug sich mit der flachen Hand gegen die Stirn. Getrunken hatte sie schon immer recht gerne und auch nicht gerade wenig, aber früher war das lustig gewesen. Ganz früher. Über die Jahre hatten ihre Unzufriedenheit und ihre ewige Jammerei überhandgenommen. Und ihre Eifersucht. *Tja*, dachte Jens, *die ewige Rivalität*. Er hätte nie gedacht, dass Nicole sich so verhalten würde oder dass sie überhaupt eine andere Frau als Bedrohung wahrnehmen konnte. Ihr Selbstbewusstsein war groß, jedenfalls war es das *gewesen*. Und ihr Stolz. *Das muss vom vielen Tangotanzen kommen*, dachte er. Zu Beginn ihrer Beziehung hatte ihn das fasziniert, wie auch so vieles andere: ihr zierlicher Körper, ihre roten Locken. Damals hatte ihre Eleganz ihn magisch angezogen.

Heute war von ihrer Zartheit nichts mehr zu erkennen. In den letzten Jahren hatte sie wahrscheinlich zwanzig Kilo zugenommen. Das Tanzen hatte sie aufgegeben, um sich voll und ganz auf Joline und deren Ballettkarriere zu konzentrieren. Bei jeder Aufführung war sie dabei und saß auf einer Besucherbank, stolz und mit einer Tüte Kekse auf den Knien. Kein Wunder, dass er dankbar jedes Angebot angenommen hatte, ins Ausland zu gehen. Seit er die »Rheinische Neue« verlassen hatte und für die »Welt« arbeitete, ging das auch viel leichter. Die Zeitung gehörte zu einem internationalen Konzern und er verbrachte mindestens die Hälfte des Jahres im Ausland. Zu Beginn ihrer Beziehung hatte er sich bei Nicole vergewissert, ob sie sich wirklich so ein Leben vorstellen konnte: eine Ehe, in der ihr Partner häufig abwesend und manchmal auch in Lebensgefahr war. Entführungen waren an den Orten, an denen er arbeitete, nichts Außergewöhnliches und ein veritables Mittel, um Geld oder sonstige Vorteile zu erpressen. In den meisten Fällen ging es um Dollars, und wenn man für die eigene Regierung relevant genug war, überlebte man das auch. *Inschallah* – so Gott will. Jetzt war erst einmal Schreiben angesagt und das ging mit Ruhe am besten.

Ruhe mit Nicole, das war ein Ding der Unmöglichkeit. Abends, bevor sie vollkommen dicht einschlief, war sie oft hysterisch. Sie machte ihm Vorwürfe, dass er Joline nicht geschützt habe (die machte er sich schon selbst zur Genüge) und stattdessen lieber in der Weltgeschichte herumturne (so drückte sie sich aus und er empfand das als bodenlose Frechheit), dann weinte sie und versank im Selbstmitleid. *Und in einer Buddel voll Rum*, dachte er genervt. Ja, seit einem Jahr war ihre Welt aus den Fugen, nur irgendwie musste es weitergehen. Jedenfalls für ihn, und seine Arbeit war seine stabilste Krücke, um all das durchzustehen. Warum konnte Nicole an nichts außer am Alkohol Halt finden? Er musste aufhören, sich diese Frage zu stellen. Sie war mit Vollgas auf dem *Highway to Hell* unterwegs, geradeaus in Richtung Paradies, wie sein Freund Asif sagen würde, wo den Gottesfürchtigen Bäche mit Wasser, Milch, Wein und Honig versprochen wurden. Im Moment konnte er sie nicht mehr erreichen und ihr Verhalten wurde von Tag zu Tag merkwürdiger. Vor Luisas Verschwinden hatte Nicole sich während ihrer Telefonate und auch in den E-Mails über Maja echauffiert, die sich ihrer Meinung nach nicht genug um ihre Tochter kümmerte und das einzigartige Geschenk der Mutterschaft gar nicht zu schätzen wusste. Jens hatte erfolglos versucht, sie zu besänftigen, und ebenso, sich in sie hineinzuversetzen. Ein Kind zu verlieren war für eine Mutter sicher noch einmal eine andere Situation als für einen Vater. Die Verbindung zwischen Nicole und Joline war sowieso speziell gewesen, dachte er und schüttelte den Kopf. Sie war nahezu besessen von dem Mädchen und dessen Karriere als Tänzerin gewesen. Da war nicht mehr viel Platz für ihn geblieben. Momentan hatte er keine Ahnung, wie es weitergehen würde zwischen ihnen, aber jetzt wollte er das Problem zur Seite schieben, so gut es ging.

Er hörte Schritte auf der Wendeltreppe, die die beiden Etagen des Hauses miteinander verband. Nicole. Die Uhr seines Laptops zeigte kurz vor drei an. Zeit für ihre Nachtmilch, wie er das Glas Cola Bacardi abfällig nannte, das sie sich auf den Nachtschrank stellte. »Es ist bloß wegen meiner Träume. Du weißt nicht, was es bedeutet, jede Nacht aufs Neue die Hölle zu durchleben.« Das war ihre Erklärung, aber er wusste, dass es ihr Körper war, der nach Nachschub verlangte, um überhaupt schlafen und auch wieder aufwachen zu können. *Maschallah* – wie Gott gewollt hatte – war das auch bis heute gelungen.

Schnell klappte er seinen Laptop zu und legte sich so leise wie möglich auf die Gästecouch im Büro. Er schloss die Augen und wenige Augenblicke später hörte er, wie Nicole die Tür aufstieß und vor ihm stehen blieb. Sie beugte sich zu ihm herunter und der penetrante Geruch von Rum stach ihm in die Nase. Er ließ sich nichts anmerken. Eine Diskussion mit einer sturzbetrunkenen Nicole war das Letzte, was er jetzt riskieren wollte.

»Ich wünschte, ich hätte dich nie getroffen.« Ihre Sprache war verwaschen und er spürte, wie sie sich am Rahmen der Couch abstützen musste, aber ihre Worte waren klar genug, um sie zu verstehen. Ihm lief ein Schauer über den Rücken. Ihre Ehe war kurz vor dem Aus, aber er war immer davon ausgegangen, dass sie ihn liebte. Jens wagte es, die Augen einen Spalt weit zu öffnen. Er sah, wie sie sich gerade vom Sofa abwendete und dabei gegen einen Stapel Papiere stieß, der sich auf dem Schreibtisch türmte und vernehmlich raschelnd aufs Parkett segelte. Fluchend wankte sie aus dem Raum. Eilig stand Jens auf, schloss leise die Tür und drehte den Schlüssel um. *Einmal Ruhe haben.*

Kapitel dreiundzwanzig

Luisa Verstaad

Uhrzeit unbekannt

Hinter ihren Augen war es jetzt immer schwarz. Manchmal tanzten kleine weiße Punkte in das Dunkel, aber meistens war es schwarz. Ein Erwachsener hatte ihr etwas über die Augen gebunden. Es fühlte sich fest an und drückte an ihren Ohren. An ihren Händen tat es auch weh, denn der Erwachsene hatte sie gefesselt. Aber nicht so, wie sie es manchmal mit Wilma im Kindergarten spielte, sondern *ganz* fest. Sie konnte ihre Hände gar nicht bewegen und sich das Tuch nicht vom Kopf reißen. Sie wimmerte. Der Erwachsene hatte sie geschubst, als sie zu laut geweint hatte, und sie war mit dem Kopf gegen etwas gekracht. Das hatte richtig doll wehgetan, aber sie hatte nur den Mund aufgerissen und nichts gesagt. Sie wusste nicht, wo sie war, aber es war nicht zu Hause und sicher auch nirgends, wo sie schon mal mit Mama gewesen war. Es stank eklig nach Rauch und die Decke, die ihr der Erwachsene über die Beine gelegt hatte, roch irgendwie nach Bobby. War sie im Reitstall?

Aber Bobby machte immer dieses komische Geräusch und die anderen Pferde auch. Hier war es ganz still. Und wenn Bobby hier wäre, würde er ihr doch helfen, oder nicht? So wie Spirit, das Pferd aus der Serie. Er würde sie befreien. Vielleicht hatte er noch nicht mitbekommen, dass sie da war.

»Bobby?«, flüsterte sie. »Bobby, bist du hier? Du musst mir helfen.«

Alles blieb stumm und sie spürte wieder dieses schlimme Gefühl im Hals. Verzweifelt zog sie die Decke weiter über ihre Beine. Zumindest war ihr nicht kalt, aber sie wollte jetzt wieder nach Hause. Das war gar kein lustiges Abenteuer, wie ihr der Erwachsene versprochen hatte. Nichts hatte bis jetzt Spaß gemacht und alles dauerte lange. Sie wollte zu ihrer Mami und sich mit ihr in ihrem Bett einkuscheln. Wieder weinte sie leise. Sie hatte keine Ahnung, ob der Erwachsene noch hier war. Seit sie von zu Hause weg war, hatte er nicht mehr mit ihr geredet. Und auf ihre Fragen hatte er auch nicht geantwortet.

»Hallo? Bist du da?«

Niemand antwortete ihr oder berührte sie. Vorhin hatte ihr der Erwachsene ein Saftpäckchen gegeben. So eines mit Strohhalm, wie es Mama ihr immer in die Kindergartentasche steckte. Es hatte auch genauso geschmeckt, nach Orange. Und Kekse hatte er ihr auch gegeben, aber die waren nicht lecker. Dann war sie eingeschlafen, doch das Bett machte komische Quietschgeräusche, wenn sie sich bewegte. Und irgendwas hatte vorhin ein Klack-Geräusch gemacht. Der Erwachsene hatte ihr die Decke weggenommen und ihren Blinki-Umhang ausgezogen. Und auch ihren Pullover und sogar ihr Unterhemd. Das machte sonst nur die Ärztin, zu der sie mit Mama manchmal ging und die ihr beim Rausgehen immer einen Lolli schenkte. Aber der Erwachsene hatte sie nicht untersucht, sondern nur ihre Hände in die Matratze gedrückt. Und sie hatte sich dann nicht getraut, sich zu bewegen. Manchmal konnte der Erwachsene sehr böse werden. Dabei war sie doch die tapfere Fledermaus Blinki! Die, die immer mutig war und sogar gegen den bösen Vogel Sper gewonnen hatte. Der Erwachsene hatte ihr später wieder den Pulli angezogen, aber ihren Umhang nicht. Und ohne den war sie nicht mehr Blinki und hatte keine Zauberkräfte mehr. Sie weinte wieder leise. Mami. Sie wollte zu ihrer Mami.

KAPITEL VIERUNDZWANZIG

Maja Verstaad

03:00 Uhr

Maja Verstaad erwachte aus einem unruhigen Schlaf. Sie war im Wohnzimmer in einem großen Sessel eingeschlafen. Dafür hasste sie sich noch mehr. Wie konnte ihr Körper müde werden, wenn ihr Kind irgendwo festgehalten wurde oder durch die Kälte irrte? Wie konnte sie das nur zulassen? Die Müdigkeit hatte sie übermannt, nachdem sie bis zum Einsetzen der Dunkelheit mit der Nachbarschaftsinitiative die Gegend durchkämmt hatte. Sie hatten den Stadtwald ein zweites Mal abgesucht, in der Laubenkolonie nachgefragt und große Suchzettel in die Schaukästen gehängt. Sie hatten jeden Teichbesitzer gebeten, das Gewässer genau zu prüfen, und immer wenn Maja diesen Satz hörte oder ihn selbst formulierte, konnte sie es kaum glauben. War dieser Albtraum jetzt ihre Wirklichkeit? Wo war Luisa? Ein Kind war doch keine Katze, die sich irgendwo in einem Verschlag unter alten Decken versteckte. Luisa war fünf, fast sechs Jahre alt, und sie war klug und nicht schüchtern.

127

Wenn sie sich nur verlaufen hätte, hätte sie mit Sicherheit jemanden angesprochen und nach dem Weg gefragt. Und an jenem Abend waren die Straßen aufgrund von Halloween einigermaßen belebt gewesen. Maja selbst hatte bei allen möglichen Häusern in der Gegend geklingelt mit Fotos von Luisa in der Hand: einmal in ihrem Kostüm und mit geschminktem Gesicht und einmal in ihrer roten Latzhose, mit einem strahlenden Lächeln. Doch die Anwohner hatten sie nur bedauert und angegeben, weiterhin nach dem Mädchen Ausschau zu halten. Einige hatten auch gleich wieder die Tür geschlossen. Es war wirklich so, wie Nicole es ihr geschildert hatte: Manche wollten mit dem Elend nichts zu tun haben, als glaubten sie, dass es sich um eine ansteckende Krankheit handelte. Damals hatte Maja die Ausführungen ihrer Freundin im Stillen angezweifelt; vielleicht kam Nicole in ihrer Ausnahmesituation alles noch viel schlimmer und aussichtsloser vor, als es sowieso schon war. Mittlerweile hatte sie in Gedanken Abbitte geleistet. Die Menschen reagierten genau so und sie konnte nichts dagegen tun. Das Wichtigste war, dass sie sich in ihrer Suche nicht beirren ließ und den Glauben daran behielt, dass Luisa bald wieder bei ihr sein würde. Sie war ihre kleine tapfere, kluge Lulu, ihr Milchbäckchen. Tief in Maja loderte ein unerklärliches Feuer, das ihr die Kraft gab, an die Rettung ihrer Tochter zu glauben. Zum tausendsten Mal verfluchte sie sich dafür, nicht erkennen zu können, wer sie angerufen hatte, wer der Entführer war. Und warum, warum um alles in der Welt sollte sie wissen, wo Joline war? Nicole hatte sie an jenem Abend gebeten, auf Joline aufzupassen. Sie war mit einem Kunden verabredet gewesen, um mit ihm ein Hochzeitsshooting zu besprechen. Damals hatte sie noch als Fotografin gearbeitet und Jens sollte erst spät in der Nacht landen und nach Hause kommen. Nicole war eine besonders vorsichtige Mutter gewesen und hatte nicht gewollt, dass eine Zehnjährige für ein, zwei Stunden allein zu Hause war. Maja hatte sie damals insgeheim belächelt. Sie hatte an Begriffe wie »Helikoptereltern« denken müssen, hatte sich aber mit Bemerkungen zurückgehalten. Dann hatte sie sich Luisa geschnappt und war in die Hausnummer 12 rübergegangen. Sie hatten heimlich Pizza bestellt und mit Joline gegessen. Nicole hatte es nicht gemocht, wenn ihre Tochter Fast Food aß. »Es schadet ihrer Ballettausbildung«, hatte sie stets mit hochgezogenen Augenbrauen erklärt. »Das sind Kohlenhydrate mit gehärteten Transfetten und Zucker. So was ist kein Essen, das ist Müll.« Tadelnd hatte sie Maja angesehen und doch tatsächlich die Bemerkung fallen lassen, dass ihre Haut auch schon besser ausgesehen hatte und das durchaus an der Ernährung liegen konnte. Maja hatte das ignoriert. Diese ideologischen Essensdiskussionen führte sie nicht mehr, seit Luisa auf der Welt war. Sie wollte ihrer Tochter ein Vorbild sein und pflegte einen unbeschwerten Umgang mit Lebensmitteln. Joline hatte sich wahnsinnig über die Pizza gefreut und sie in Nullkommanichts vertilgt. Maja wusste noch, dass sie sich vorgenommen hatte, mit Nicole über deren ambitionierte Karrierepläne für ihre Tochter zu reden. Das Mädchen hatte vollkommen unter Druck gestanden. Aber zu diesem Gespräch war es ja nicht mehr gekommen. Nach dem Essen hatten sie ein paar Runden Memory gespielt, weil Luisa dann wenigstens mitmachen konnte, wie Joline großzügig verkündete. Dann war sie auf ihr Zimmer gegangen, weil sie lesen wollte. Und dann hatte das Unheil seinen Lauf genommen.

Maja stand auf und kontrollierte, ob ihr Handyakku noch ausreichend geladen war. Der Entführer konnte jederzeit wieder anrufen, und auch wenn die Polizei jetzt eine spezielle Dualsignalisierung auf ein anderes Gerät geschaltet hatte, wollte sie sofort wissen, wenn er anrief. Die Kommissare hatten ihr eingebläut, Anrufe von fremden oder anonymen Rufnummern nicht anzunehmen, und daran würde sie sich auch halten. Sie zog die Terrassentür auf, schnappte sich die große Taschenlampe, die sie auf der Terrasse deponiert hatte, und brach zu ihrer nächtlichen Suche auf. *Luisa lebt*, diesen Satz wiederholte sie in Gedanken Schritt für Schritt, wieder und immer wieder. *Mama findet dich, bleib nur tapfer, Lulu, Mama findet dich.*

Kapitel fünfundzwanzig

Carsten Mahrenholz

07:00 Uhr

Mahrenholz hatte sich die Nacht über von einer Seite auf die andere gewälzt. Jetzt stand er in seiner lichtdurchfluteten Küche und brühte sich einen doppelten Espresso auf. Er massierte seinen verspannten Nacken. Der Fall ließ ihm keine Ruhe und er hatte heute Nacht die unterschiedlichsten Theorien aufgestellt und allesamt wieder verworfen. Heute würde er sich noch einmal sehr genau mit Jens Behrendt auseinandersetzen. Und auch mit Maja Verstaad. Gedankenverloren rührte er bereits den zweiten Löffel Zucker in die kleine Espressotasse.

»Ach nein, was mach ich denn nur! Tuuli, du kannst …« Fluchend sah er sich nach seiner kleinen Weggefährtin um, aber sie war ja nicht da. Er vermisste Tuuli immer schon nach kurzer Zeit. Vor sich selbst konnte er das gut zugeben, aber seinen Kollegen gegenüber würde er damit nicht hausieren gehen. Das erschien ihm nicht angemessen. Tuuli war noch immer bei Niklas, dem freundlichen Nachbarssohn, und

Mahrenholz hatte dort gestern nicht mitten in der Nacht klingeln können, um nach seinem Hund zu fragen. Dem Jungen war er sowieso schon so dankbar für seine Hilfe. Normalerweise nahm Mahrenholz die Hündin mit auf die Dienststelle, aber das war nicht immer möglich und ihn plagte ein schlechtes Gewissen, wenn sie nicht genug Auslauf bekam. Tuuli war kein Polizeihund, auch wenn sie eine außergewöhnlich gute Spürnase besaß. Keine Einkaufstüte, kein noch so mikroskopisch kleines Stück Fleisch, das versehentlich neben dem Herd gelandet war, blieb ihr verborgen. Und sie legte sich sogar Vorräte an. Einmal hatte sie sich um die Osterzeit eines der bunt gefärbten Eier aus einer Schüssel auf dem Küchentisch geschnappt und es vorsichtig in ihrem Maul transportiert. Als sich auf dem Flur ihre Wege gekreuzt hatten, hatte sie nur kurz zu ihm herübergeschielt und war stolz trabend mit ihrer Beute im Schlafzimmer verschwunden. Fasziniert und belustigt hatte er zugesehen, wie sie erst die Kissen zur Seite schob, das Ei ablegte und dann vorsichtig den Zipfel einer Decke mit ihrer Schnauze über die fragile Beute stupste. Tuuli war die Erste gewesen, die ihn nach Corinnas Tod wieder zum Lachen gebracht hatte. Er hatte sehr viel für sie übrig. Wenn Corinna ihn dabei beobachten würde, wie er gemeinsam mit der Hündin auf dem Sofa lag, sie zwischen seinen Kniekehlen eingekuschelt und er mit einer Hand auf ihrem dreifarbigen Fell, dann würde sie wohl ungläubig den Kopf schütteln. Gerade er, der so viel Wert auf Sauberkeit legte und vor allem ausschließlich Schwarz trug. Das war in der Tat ein Problem. Tuuli war ein Trikolor-Beagle, somit verlor sie Haare in den Farben Beige, Braun und Schwarz. Ganz gleich, was er trug, ihre Haare waren auf seinen Sachen oft doch sichtbar. Mahrenholz bürstete sie zwar regelmäßig und sie blieb ruhig dabei, aber wichtiger war es, dass er seine Kleidung regelmäßig mit einer Fusselbürste abrollte. Nichts, was er sich jemals für sein Leben ausgemalt hatte, aber was war das schon?

Ein Witwer zu werden, hatte auch nie zu seinem Lebensentwurf gehört. Wenn Tuuli ihn nicht begleiten konnte, unternahm sie mit Niklas Wanderungen durch den Naturpark Solling-Vogler im Nordwesten Holzmindens. Die Buntsandsteinkuppel des Sollings bildete mit knapp 530 Metern ein Hochplateau mit Mischwäldern, Feuchtwiesen und Mooren. Noch vor einigen Jahren hatte Mahrenholz häufiger Wandertouren mit Corinna unternommen, bis sie zu schwach dafür geworden war. Er räusperte sich lautstark, als könnte er dadurch die wehmütigen Gedanken an sie wegwischen. Gern hätte er Niklas und Tuuli öfter begleitet, das war nur mit seiner Schichtarbeit nicht so einfach zu vereinbaren. *Wie auch immer*, dachte er und zog sein Handy aus der Jeanstasche, um Julia Meißner anzurufen. Sie würden sich gleich im Himbeerbusch treffen. Dieses Nachbarschaftsdickicht musste heute gelichtet werden.

Kapitel sechsundzwanzig

Nicole Behrendt

08:00 Uhr

Nicole Behrendt erwachte mit pochenden Kopfschmerzen und überwältigender Übelkeit. Der Geschmack in ihrem Mund war schal und zum ersten Mal seit langer Zeit ekelte sie sich vor sich selbst. Was war nur aus ihr geworden? Als sie sich auf die rechte Seite drehte, überraschte es sie nicht, dass die andere Betthälfte unberührt war. Die weißen Laken aus Baumwolldamast lagen glatt auf der Matratze. Natürlich wollte Jens nicht neben ihr liegen, sie selbst wollte nicht neben sich liegen. Andererseits konnte sie ihn kaum ertragen; seine ewige Abwesenheit seit Jolines Verschwinden und sein »Einigeln«, wie sie es früher zärtlich genannt hatte, wenn er nicht über seine Gefühle sprechen wollte. Er war ein verschlossener Typ und das hatte sie einigermaßen akzeptieren können, aber dass er sie seit Monaten noch nicht einmal mehr umarmte, verletzte sie unendlich. Und vor allen Dingen war sie wütend auf ihn. Er war ihr Mann, kein Fremder. *Noch ist er dein Mann, Nicole. Keiner hält es mehr mit dir aus. Du bist eine Säuferin und du ertrinkst in deinem Selbstmitleid.* Am besten packte er seine Koffer für immer. Aber würde sie die totale Einsamkeit aushalten? *Du hast niemanden mehr, Nicole,* erinnerte sie die Stimme. *Du bist so einsam wie ein Pinguin in der Wüste.*

Nein! Entschlossen setzte sie sich im Bett auf und presste sich die Hände gegen die Schläfen. Das Pochen war zu einem Hämmern übergegangen. Ihre beste Freundin war immer noch Maja, auch wenn viel Glas zwischen ihnen zerbrochen war. Nicole hatte sich weiß Gott ungerecht und schrecklich ihr gegenüber verhalten. Hatte ihr Vorwürfe gemacht, weil sie den Entführer nicht identifizieren konnte, behauptet, dass es diese Krankheit gar nicht gab und Maja ihr das vermeintliche familiäre Glück nicht gönnte. Alle Schuld hatte sie auf ihre Freundin abwälzen wollen. Doch tief in ihr wusste sie, dass Maja keinen Fehler gemacht hatte. Jemand hatte ihr bezauberndes Mädchen aus dem Zimmer entführt, davon war sie überzeugt. Ihr Kinderzimmer lag parterre und hatte zwei bodentiefe Fenster, die Joline selbstständig geöffnet und geschlossen hatte. Natürlich hatte sie das getan, sie war zehn Jahre alt. Noch ein, zwei Jahre und sie hätte mit den ersten Heimlichkeiten angefangen. Tränen schossen Nicole in die Augen, als sie sich Joline als anmutige Teenagerin vorstellte. Sie schluckte schwer und ihr Mund schmeckte bitter. Automatisch griff sie nach dem Glas, das auf ihrem Nachtschrank stand. Plötzlich begriff sie, was sie tat. Nein, das Trinken musste jetzt vorbei sein. Es fiel ihr unendlich schwer, den Rum wieder auf dem Tisch abzustellen. Sie schwitzte. Vielleicht war Luisas Verschwinden ein Zeichen, dass sie über ihren Schatten springen sollte, etwas Spirituelles, aber an so etwas glaubte sie eigentlich nicht. *Du warst mal Majas beste Freundin,* ermahnte sie sich in Gedanken. *Du weißt alles von ihr und sie weiß alles von dir.* Und jetzt verband sie auch noch das gleiche schreckliche Schicksal. *Du wirst dich jetzt duschen, dich zurechtmachen und dann wirst du zu ihr rübergehen. Sie wird sicherlich Hilfe brauchen und wenn sich jemand in ihre Lage hineinversetzen kann, dann du.* Auf einen Versuch kam es an. Sie stieg aus dem Bett und griff neuerlich nach dem Rumglas. Der Duft war verführerisch und sie spürte, wie stark ihre Hände zitterten. Hatte Jens ihr nicht vor ein paar Tagen Adressen von einem Arzt und einer Entzugsklinik gegeben? Sobald sie die Sache mit Maja wieder ins Gleichgewicht gebracht hatte, würde sie sich dort melden. Ganz bestimmt. Aber für das Gespräch musste sie ruhiger werden, auch körperlich. *Komm, nimm einen kleinen Schluck, Nicole. Das schadet doch nicht und deine Hände hören auch auf zu zittern.* Nicole hasste diese Stimme in ihrem Kopf, diesen Teufel, der sie immer wieder verführte. Oh ja, er war der Maestro aller Verführer. Sie weinte, als sie den ersten großen Schluck nahm.

Kapitel siebenundzwanzig

Carsten Mahrenholz

09:15 Uhr

»Aaaah.« Julias durchdringende Stimme schallte Mahrenholz entgegen. »Die letzte Nacht war kurz.« Sie kam schnellen Schrittes und in ihren weißen Sneakern den Brombeerweg entlang, blieb neben Mahrenholz stehen und putzte sich die Nase. »Es wird jeden Tag kälter.«

»Leider.« Er zischte durch seine Zähne. »Guten Morgen, Julia.«

»Guten Morgen, Chef.« Julia verstaute das Taschentuch in der Jackentasche und rieb sich die Hände. »Jetzt nehmen wir uns den Behrendt vor.« Sie zog das Haargummi fest, mit dem sie ihre Haare in einem Pferdeschwanz zusammenhielt. Sie wirkte energisch, stellte Mahrenholz fest, und das gefiel ihm. Sie steuerten das Klinkerhaus an und klingelten.

Jens Behrendt öffnete ihnen und begrüßte sie mit einem gleichgültigen Gesichtsausdruck. »Die Kommissare, na, schau an.« Er wischte sich imaginären Staub von der Nase. »Haben Sie Joline gefunden?«

»Leider nein. Aber wir hätten noch einige Fragen an Sie. Können wir reinkommen?« Julia Meißner versuchte, so ruhig wie möglich zu sprechen.

»Da bleibt mir ja wohl nichts anderes übrig.« Er machte einen Schritt zur Seite und winkte sie ins Haus. Mahrenholz ignorierte die letzte Bemerkung. Natürlich konnten sie ihn auch zu einem Gespräch in das Präsidium laden und die meisten Leute folgten solchen Einladungen. Von Rechts wegen war das aber keinesfalls verpflichtend, sofern man nicht als Verdächtiger galt. Und das war bei Jens Behrendt in keinem Fall so. Es gab bislang keinerlei Anhaltspunkte, dass er in die Situation verwickelt war. Wieder nahmen sie am großen Wohnzimmertisch Platz.

»Ist Ihre Frau auch zu Hause, Herr Behrendt?«, fragte Mahrenholz.

»Das kann ich Ihnen gar nicht genau sagen. Ich habe im Büro übernachtet und sie im Schlafzimmer. Bislang haben sich unsere Wege noch nicht gekreuzt. Wahrscheinlich schläft sie noch.« Gleichgültig zuckte er die Schultern. »Vielleicht ist sie auch auf dem Weg zur Tankstelle, weil der Sprit zu Ende geht.« Mit einem Augenrollen unterstrich er seine zynische Bemerkung.

»Eheprobleme?«, hakte Julia ein.

»Alkoholprobleme«, erwiderte Behrendt. »Aber wenn Sie es genau wissen wollen: Ja, wir haben auch Eheprobleme.«

»Herr Behrendt, wann sind Sie am Freitag hier zu Hause angekommen?«

Der sportliche Mann kratzte sich am Ohr. »So gegen neunzehn Uhr muss das gewesen sein. Um sechzehn Uhr bin ich in Hannover gelandet, dann habe ich mir einen Leihwagen organisiert und bin direkt los. Auf dem Rückweg war die L 149 total verstopft. Auf der Autobahn gab es, glaube ich, einen Unfall und alles wurde über die Landstraße abgeleitet. Lkw an Lkw. Man kennt's. Die Autobahnanbindung hier ist eine Katastrophe.« Er holte kurz Luft, um dann gleich fortzufahren: »Ich meine, werden die jemals fertig mit der Umgehungsstraße, die sie seit 2010 bauen?«

Behrendt war ins Plaudern gekommen und Mahrenholz unterbrach ihn nicht.

»Ich bin nur froh, dass ich nicht einmal in der Woche fliegen muss. Dann wäre ich schon längst nach Hannover gezogen. So ein politischer Scheiß, der hier passiert.«

Julia Meißner wackelte unruhig mit ihrem rechten Bein unter dem Tisch, wie Mahrenholz beobachtete. Hoffentlich wurde sie jetzt nicht zu ungeduldig. Die wichtigste Eigenschaft eines Ermittlers war es, zuhören zu können und in schwierigen Gesprächen empathisch zu sein – selbst wenn es nur gespielt war. *Mit Speck fängt man Mäuse*, dachte er. Dennoch reichten ihm jetzt die Ausführungen über die miserable Infrastruktur.

»Treffen Sie sich manchmal mit Henning Maaßen?«

Erstaunt sah Behrendt ihn an. »Ist schon länger her. Im Sommer haben wir manchmal was zusammen getrunken. Wie das so ist: Ich arbeite viel, er arbeitet viel, da gibt es nicht so viele Möglichkeiten.«

»Wie finden Sie den denn so?« Julia stützte sich mit beiden Ellenbogen auf dem Tisch auf.

»Pfff. Sie können Fragen stellen. Henning ist schon ganz in Ordnung. Ein bisschen großkotzig, aber das wäre ich wahrscheinlich auch, in seiner Position.« Er lachte kurz auf, dann hob er die Schultern. »Er hat uns damals sehr bei der Suche nach dem Kind unterstützt. Das rechne ich ihm hoch an.«

»Aber eigentlich kommen Sie beide ja aus sehr unterschiedlichen Richtungen«, meinte Julia. »Sie der Kriegsreporter und er der Großkapitalist. Fühlte sich das nicht komisch an für Sie?«

Grinsend sah er Julia an. »Ach, nein. Er ist ja nicht der Klassenfeind oder so was. Henning ist mein Nachbar. Wir sind keine Freunde oder gute Bekannte. Einfach nur zwei Männer, die ab und an gemeinsam Wein trinken und sich über Politik unterhalten. Nichts Besonderes.«

Jens Behrendt stand auf und sah demonstrativ auf seine Armbanduhr, die gerade aufgeblinkt hatte, wie Mahrenholz bemerkte. »Wenn es das jetzt war, würde ich mich gern verabschieden. Ich bin noch verabredet und …«

Mahrenholz winkte ab. »Nein, das reicht uns erst mal für den Moment.«

Behrendt brachte sie zur Haustür und Mahrenholz fiel ein besonders hübsches Bild von Joline auf. Es musste an ihrem Geburtstag aufgenommen worden sein: Sie stand in einem festlich geschmückten Raum, hinter ihr eine Wand aus rosa und weißen Luftballons mit dem Aufdruck »Happy Birthday«. Das Mädchen trug einen weißen kurzen Plisseerock und ein rosafarbenes Tennis-Shirt. Ihre blonden Haare waren zu zwei Zöpfen geflochten, sie hatte ein Bein angewinkelt und strahlte in die Kamera. Wenn Mahrenholz nicht alles täuschte, waren die Lippen des Mädchens geschminkt und auch ihre Wangen wirkten ein wenig zu rosa. Ganz schön früh dafür und auch vollkommen unnötig.

»Das ist auch ein sehr hübsches Foto von Ihrer Tochter. Hat es Ihnen gar nichts ausgemacht, dass sie geschminkt war?«

Behrendt zog die Nase hoch und fuhr sich über den Mund. »Natürlich hat mich das gestört. Kinder brauchen keine Schminke. In dem Alter sind sie ja noch naturschön.« Kurz lächelte er sie an und wurde dann wieder ernst. »Sie konnte sehr gut tanzen. Meine Frau hat sie schon mit drei Jahren in die Ballettschule geschickt, damit sie ihr Talent gleich ausbauen konnte. Ich habe keine Ahnung, warum Nicole sich so sicher war, dass Joline ein Überflieger ist.« Schulterzuckend sah er auf das Foto. »Vielleicht weil sie früher selbst getanzt hat. Tango, Rumba, alle möglichen lateinamerikanischen Tänze. Als Kind hatte sie wohl auch Ballettunterricht. Aber sie war nicht gut genug für eine Profikarriere.«

»Und Joline ... hatte dieses Talent?« Julia betrachtete ein anderes Bild, auf dem das Mädchen auf Spitzenschuhen an einer Barre stand.

»Ihre Trainerin hat sie so eingeschätzt und Nicole nahezu angefleht, ihr eine professionelle Ausbildung angedeihen zu lassen. Sie sollte dieses Jahr auf ein spezielles Internat gehen, im Rahmen einer Begabtenförderung. Nicole hatte lange überlegt, ob sie sie wirklich dorthin schicken sollte, weil sie noch so jung war. Aber das Mädel wollte auch unbedingt.«

Mahrenholz fuhr sich über die Stirn. »Welche Meinung hatten Sie denn zu den Plänen?«

»Ich war dagegen. Kinder sollten zu Hause sein und nicht in Internaten. Wo liegt da der Sinn? Ja, sie hatte ein außerordentliches Talent, aber wir hätten sie auch hier fördern können. Außerdem wäre Nicole dann ganz allein gewesen und das Mädchen war ihre Lebensaufgabe.« Er lehnte sich an die Wand neben dem Bild. »Nein, nein, ich habe das nicht unterstützt. Aber ich habe hier eh nicht viel zu sagen. Und jetzt spielt es keine Rolle mehr.« Er verstummte. »Ich muss nun wirklich los. Meine Verabredung.« Jens Behrendt tippte noch einmal auf seine Uhr.

KAPITEL ACHTUNDZWANZIG

Julia Meißner

09:50 Uhr

Der Regen war in Schneeregen übergegangen. Ihre Wetter-App zeigte zwei Grad Tagestemperatur an und im Radio hatten sie gesagt, dass der November ungewöhnlich kalt werden würde. Luisas Bild blitzte vor Julia Meißners Augen auf und sie seufzte. Der Entführer hatte sich bislang nicht wieder gemeldet und das war ein wirklich schlechtes Zeichen. So schwer es ihr fiel, solche Gedanken zuzulassen: Wenn er das Kind irgendwo gefangen hielt, zum Beispiel in einer Box, konnte etwas mit der Belüftung schiefgelaufen sein. Oder er hatte die Nerven verloren, weil Luisa weinte und nach ihrer Mama rief. Leider gab es einige Fälle, in denen es so verlaufen war. Ihr Bauchgefühl sagte ihr, dass in dieser feinen Nachbarschaft etwas ganz gewaltig im Argen lag. Die Lösung lag genau hier in diesem Winkel mit dem klangvollen Namen. Sie mussten dringend die Puzzleteile zusammenfügen.

»Der Behrendt gefällt mir einfach nicht.« Mahrenholz blieb stehen und sah sie an.

»Was meinst du genau, Carsten?«

»Es ist seine Sprache«, erwiderte ihr Chef.

Sie überlegte kurz, ob ihr auch etwas aufgefallen war. »Klär mich auf.«

»Als wir über seine Tochter sprachen, nannte er sie nicht ein einziges Mal beim Namen. Sie war das Mädchen, das Mädel, das Kind. Aber nicht einmal Joline oder seine Tochter.«

Julia nickte anerkennend. »Interessant. Was dir alles so auffällt.«

»Er entfremdet sich von ihr oder auch von Ereignissen, indem er nicht ihren Namen nennt. Das läuft in den meisten Fällen unterbewusst ab. Und das ist doch wirklich interessant.«

»Hm.« Bewundernd stimmte sie ihm zu. »Das ist es. Vielleicht wollte er kein Kind. Oder er distanziert sich sprachlich, weil ihr Verschwinden traumatisch für ihn ist.«

Mahrenholz strich sich über den Schnäuzer. »Auch möglich. Andererseits bringt ja schon sein Beruf einiges an Distanzierung. Umso verwunderlicher, dass er so viel Wert auf ein gemeinsames Familienleben legt.« Er atmete tief ein und aus.

»Zumindest will er es so aussehen lassen«, überlegte Julia laut. »Komm, lass uns weitermachen.«

Schweigend trabte sie neben Mahrenholz den kleinen Weg zur Villa der Maaßens entlang, als sie Jacob aus dem Haus treten sah. Er zog sich eine Mütze auf und verharrte kurz, als er sie erblickte. Der Junge trug einen Oversized-Mantel und hielt eine Mappe in der Hand.

»Guten Morgen, Jacob. So früh schon unterwegs an einem Sonntag? Ist doch gerade mal kurz vor zehn.« Meißner tippte auf ihre Uhr.

Der schlaksige Junge nickte ihr höflich zu. »Guten Morgen. Ich bin mit Frau Behrendt verabredet.«

»Mit Frau Behrendt, hm, hm.« Sie zog sich die Kapuze ihrer Daunenjacke über den Kopf, um den stärker werdenden Regen abzuhalten. »Hilfst du ihr wieder mit dem Laptop?«

Er wirkte überrascht. »Nein.«

»Was ist denn in deiner Mappe?«, schaltete Mahrenholz sich in das Gespräch ein.

Der Junge zog die Mappe an seinen Körper und die Ärmel seines übergroßen Mantels rutschten ihm bis zu den Ellenbogen. Eilig schob er sie wieder nach unten. »Nur ein paar alte Fotos von Joline und mir. Wir wollen eine Collage erstellen.«

»Eine Collage. Warst du mit Joline befreundet?«

Jacob trat unruhig von einem Fuß auf den anderen und brummte zustimmend. Ihm war die Situation unangenehm, vermutete Julia Meißner. Welcher Vierzehnjährige wollte sich schon über Mädchen unterhalten, verschwunden oder nicht. »Zeig doch mal die Bilder.« Sie streckte ihm die Hand entgegen. Nach kurzem Zögern und mit einem widerwilligen Gesichtsausdruck hielt er ihr die Mappe hin. Sie lächelte ihn kurz an. »Danke schön.« Sofort schlug sie die Mappe auf. Es waren sieben oder acht Bilder, die die beiden fröhlich lachend zeigten: Jacob und Joline im Garten der Maaßens auf einer Schaukel, zusammen auf einem Fahrrad und ähnliche Motive. Auf einem Bild hatte sie eine Ballettpose eingenommen und sah in den Himmel. Er saß im Gras und sah sie bewundernd an. Ganz klar, er hatte sich in sie verknallt. Joline wirkte älter als eine Zehnjährige durch ihre Aufmachung und die Ernsthaftigkeit, die vermutlich vom Tanzen kam. Julia gab ihm die Mappe zurück. »Danke. Es tut mir leid, dass deine Freundin verschwunden ist. Du musst sie sehr vermissen.«

»Ich muss jetzt rüber, sonst komme ich zu spät.« Er machte einen Schritt nach vorne.

Mahrenholz hielt ihn am Ärmel fest. »Du bist wohl öfter bei den Behrendts, oder?«

Der Junge sah ihn verblüfft an und der Kommissar ließ seinen Mantel augenblicklich los. Jacob strich über den Stoff. »Ein paarmal in der Woche. Nicole erklärt mir, wie man richtig fotografiert. Das interessiert mich.«

»Na dann. Bis bald.« Julia warf ihm noch einen prüfenden Blick zu und drehte sich um, sobald Jacob außer Hörweite war. »Dann wollen wir doch mal hören, wie Frau Maaßen das alles so findet.«

Kapitel neunundzwanzig

Julia Meißner

10:00 Uhr

Ellen Maaßen sah auch an diesem Morgen umwerfend aus – Julia Meißner fiel kein anderes Wort dafür ein. Sie hatte die braunen Haare zu einem französischen Zopf geflochten und trug einen bodenlangen beigen Chiffonrock, der ihr etwas Großzügiges verlieh. Ein cremefarbener Rollkragenpullover schmiegte sich eng an ihren Körper. Dazu passend schimmerten ihre goldfarbenen Creolen in der perfekt ausgeleuchteten Eingangshalle.

»Frau Maaßen, guten Morgen, bitte entschuldigen Sie die frühe Störung.« Mahrenholz überschlug sich fast vor Höflichkeit und Meißner musste sich zurückhalten, um nicht genervt zu seufzen.

»Wir würden gerne mit Ihnen sprechen«, hakte sie ein. »Nach wie vor fehlt von Luisa Verstaad jede Spur.«

Sie wartete die Antwort gar nicht ab, sondern schlüpfte an Ellen Maaßen vorbei in die Halle. Verdutzt sah die Frau ihr nach und Mahrenholz folgte.

»Ja, natürlich, kommen Sie nur rein. Das Wetter ist ja auch eine Katastrophe, so kühl und …«

»Frau Maaßen!«, blaffte Mahrenholz zu Julias Verwunderung, von seiner Höflichkeit von eben war nichts mehr zu spüren. »Das hier ist so viel mehr als ein Austausch über das Wetter.« Er räusperte sich.

Ellen Maaßens Augen zuckten nervös und sie setzte zu einer Antwort an, doch die ließ er nicht zu. »Wo war Ihr Sohn, als Joline verschwand? Ich nehme an, dass Sie sich an dieses Halloween noch gut erinnern können.« Ungeduldig sah er sie an.

Ihr Blick schweifte nach links und sie rang nach Worten. »Sicherlich vergesse ich diesen Abend nicht. Jacob und ich waren zu Hause. Wir haben gemeinsam einen Film geschaut. Irgendetwas Gruseliges, ich hatte es ihm ausnahmsweise erlaubt. Später klingelte Nicole, um nach Joline zu fragen, und wir halfen ihr beim Suchen. Bei uns hatte sie sich nicht versteckt. Wie auch. In die Villa gelangt man nur mit einem Code oder wenn jemand von innen öffnet. Sie haben es ja selbst erlebt.«

»Wie ist Ihr Sohn denn mit den Geschehnissen umgegangen? Haben Sie mit ihm darüber gesprochen? Er erzählte uns, dass Joline und er gute Freunde waren.«

Sie ließ sich auf einen der gepolsterten Schemel sinken, verzog schmerzverzerrt das Gesicht und stand gleich wieder auf.

»Hexenschuss?« Julia Meißner reichte ihr die Hand, damit sie sich aufrichten konnte.

»Vermutlich.« Sie winkte ab. »Ich habe Jacob getröstet. Aber viel mehr konnte ich ja auch nicht tun.«

Julia ließ ihren Blick durch die Halle und über die Wendeltreppe schweifen. Hier war alles so kalt wie der Marmor an den Wänden. »Wo ist denn Ihr Mann, Frau Maaßen? An ihn hätten wir auch noch zwei, drei Fragen.«

»Oh, er ist auf dem Weg zum Gottesdienst. Eigentlich begleite ich ihn immer, aber heute …« Sie fasste sich mit der Hand an den Rücken.

»Der Hexenschuss, verstehe.« Julia Meißner fuhr sich durch die regenfeuchten Haare. Eine Kirche war wohl der letzte Ort, an dem sie Henning Maaßen vermutet hätte.

»Es ist mir ausgesprochen unangenehm, aber könnte ich mir bei Ihnen kurz die Hände waschen?« Mahrenholz schenkte ihr ein kleines Lächeln und Ellen Maaßen nahm es dankbar an.

»Natürlich. Die Treppe hoch und dann die erste Tür links. Da ist unser Gäste-WC.«

Er eilte die Treppe hinauf.

Julia Meißner nutzte die Gunst der Stunde. »Frau Maaßen, ist Ihnen eigentlich aufgefallen, dass Ihr Sohn sich ritzt?«

»Wie bitte?« Sie zog den engen Rollkragenpullover noch ein wenig mehr nach oben. »Was tut Jacob?«

»Er schneidet sich mit scharfen Gegenständen in die Haut. Ich tippe auf Rasierklingen. Vielleicht nimmt er auch Scherben.« Die Freundlichkeit in ihrer Stimme war einem kühlen Tonfall gewichen. Dieses Rumeiern hier trieb sie zur Weißglut.

»Nein. Das ist mir nie aufgefallen. Wo denn? Und warum sollte er das tun?« Sie machte einen Schritt nach hinten und hielt sich mit der Hand an der Kommode fest.

Ungeduldig zog Julia die Augenbrauen hoch. »Ach, Frau Maaßen. Ich sehe Ihren Sohn heute erst das zweite Mal, mir fällt sofort auf, wie seine Unterarme aussehen, und Sie wollen mir weismachen, dass das neu für Sie ist. Ich bitte Sie, machen Sie sich nicht lächerlich.«

Mahrenholz kam wieder die Treppe herunter und warf Julia einen skeptischen Blick zu.

Ellen Maaßen verschränkte die Arme vor dem Oberkörper. »Nun gut. Der Junge ist sehr sensibel und sein Vater ist ein dominanter Mensch. Sie haben ihn ja erlebt. Ich vermute, es ist ihm manchmal einfach zu viel.«

Mahrenholz atmete tief durch und mischte sich in das Gespräch ein. »Zu viel, aha. Sie wissen aber auch, dass es Ihre Pflicht ist, Ihr Kind zu schützen, Frau Maaßen. Wenn Ihr Mann – sehen Sie mir meine Direktheit nach – Sie schlägt, ist das die eine Sache und traurig genug, dass Sie bei ihm bleiben, aber wie können Sie das bei Ihrem Sohn hinnehmen?«

Julia Meißner trat einen Schritt näher. »Ritzen ist doch keine Kleinigkeit. Auf was genau warten Sie? Dass er sich umbringt? Nur weil Sie um jeden Preis eine Fassade aufrechterhalten wollen?« Sie versuchte, sich zu zügeln, aber diese Frau reizte sie bis aufs Blut.

Ellen Maaßen blieb stumm, fasste sich an den Hals und wies zur Tür. »Wenn Sie mich jetzt bitte entschuldigen würden. Ich habe noch viel zu tun.«

Missfällig sah Julia sie an. »Natürlich haben Sie das.«

»Die regt mich so dermaßen auf.« Julia Meißner warf den kleinen Stressball unaufhörlich an die Wand in ihrem Büro. »Ich verstehe solche Frauen nicht. Warum geht sie nicht endlich? Ist es wirklich das Geld oder die Hoffnung, dass es irgendwann einmal besser wird? Und Jacob geht vor die Hunde, na großartig. Ganz offensichtlich geht es ihm so schlecht, dass er sich schon eine Ersatzmutter gesucht hat. Die trinkt zwar, gibt ihm aber so was wie Liebe.«

Wieder warf sie den Ball gegen die Wand, doch Mahrenholz fing ihn ab. »Das ist meiner.« Er zwinkerte ihr zu. »Na ja, seine eigentliche Mutter ist auch nicht viel besser. Die hat im Bad eine ordentliche Sammlung von Antidepressiva angehäuft. Mit der einen Hälfte kommt sie durch den Tag und mit der anderen durch die Nacht.«

Meißner verdrehte die Augen. »Oh Mann. Eine feine Gesellschaft. Sind dir die roten Flecken unter ihren Augen aufgefallen? Die fand ich trotz ihres Make-ups offensichtlich.«

»Nein. Du bist die mit den Adleraugen.«

Sie lächelte stolz. »Stimmt. Diese Einblutungen, Petechien, bilden sich durch den Überdruck. Vermutlich haben sich auch Hämatome gebildet. Dreimal darfst du raten, warum sie einen Rollkragenpullover trug.«

Mahrenholz warf den Ball in die Luft und kickte ihn mit der Schuhspitze in den Mülleimer. »Er ist also ein Schläger, so wie wir bereits vermutet haben. So weit, so schlecht. Warum aber sollte er zwei Mädchen entführen? Der Mann braucht vieles, aber kein Geld.«

»Aber er ist ein Sadist.«

Mahrenholz nickte zustimmend. »Der Erpresseranruf passt dennoch nicht dazu.«

»Vielleicht sind es auch zwei Täter.«

»Das ist gut möglich. Ich werde jetzt bei Frau Verstaad nach dem Rechten sehen.«

Meißner warf sich in ihren Bürostuhl und griff nach dem Telefonhörer. »Und ich bin mit der Professorin aus Heidelberg verabredet, die diese Phonagnosie-Studie ins Leben gerufen hat. So richtig klar ist mir diese Krankheit nämlich immer noch nicht.«

Er zog sich den Mantel über. »Mir auch nicht. Bis später dann.«

Kapitel dreissig

Carsten Mahrenholz

11:00 Uhr

Im Wohnzimmer sah es aus, als hätte eine Bombe eingeschlagen. Bei seinem ersten Besuch bei Maja Verstaad hatte Mahrenholz den minimalistischen Stil des Bungalows bewundert: klare Formen, elegante Farben, wenige Staubfänger. Aber jetzt türmten sich Gläser und benutzte Tassen auf dem Tisch. Es roch unangenehm nach kaltem Rauch, stellte er verwundert fest. Er hätte darauf gewettet, dass sie Nichtraucherin war.

Maja Verstaad saß verloren in dem beigefarbenen Ledersessel und zog eine Zigarettenschachtel hervor, als hätte sie seine Gedanken gelesen. »Stört es Sie, wenn ich rauche?«

Wenn er ehrlich war, störte es ihn gewaltig, aber diese Frau hatte alles und noch mehr verloren. Hier ging es um das Leben ihres Kindes. »Nein, nein. Ich dachte nur, Sie würden gar nicht rauchen.«

Die Zigarette knisterte, als Maja Verstaad sie anzündete. Sie hustete. »Ich rauche auch nicht mehr. Seit sieben Jahren rauche ich nicht mehr.« Sie sah ihn so voller Bitterkeit und Verzweiflung an, dass er auf Nachfragen verzichtete.

»Ich möchte mit Ihnen über Frau Behrendt sprechen.« Er hielt kurz inne, um ihre Reaktion zu beobachten.

Ihr Gesichtsausdruck blieb maskenhaft. »Was hat das denn mit Lulus Verschwinden zu tun?«

»Wir prüfen in alle Richtungen, Frau Verstaad. Auch wenn das jetzt schwer für Sie zu verstehen ist. Sie würden mir damit sehr helfen.«

Verständig nickte sie und setzte sich aufrecht hin. Ihre schmalen Schultern sackten trotzdem mutlos nach vorn.

»Wie war Ihr Verhältnis zu Nicole, bevor Joline verschwand?«

»Da gab es verschiedene Phasen. Wir sind hier gemeinsam aufgewachsen. Sie und ich, wir kennen hier buchstäblich jeden Stein. Gemeinsame Schulzeit, Abitur und viele Partys. Sie war für mich da, als meine Eltern verunglückten.« Fragend sah er sie an. »Hubschrauberabsturz in Kenia.«

»Das tut mir leid«, warf er ehrlich betroffen ein.

»Danke. Das war eine schlimme Zeit. Ich habe meine Eltern sehr geliebt, auch wenn sie mich oft getriezt haben. Vielleicht ist das so, wenn man als Einzelkind in einer Juristenfamilie aufwächst. Als sie starben, war ich gerade volljährig geworden. Zum Glück war der Bungalow abbezahlt und ich konnte einfach hierbleiben. Einfach.« Sie deutete Anführungszeichen mit den Fingern an und Mahrenholz nickte verständnisvoll. »Meine Eltern haben immer nur das Beste für mich gewollt und das rechne ich ihnen hoch an. Immerhin bin ich selbst Juristin geworden. Ich wünschte, sie hätten Luisa kennengelernt und sie ihre Großeltern.« Tränen liefen ihr über die Wangen. Mahrenholz riss ein Tuch aus einer Kosmetikbox auf dem Tisch und reichte es ihr. Sie tupfte sich unter den Augen. »Danke schön. Was war noch mal Ihre Frage?«

»Nicole Behrendt.«

»Richtig. Sie entschied sich nach dem Abi für eine Ausbildung zur Fotografin. Und sie tanzte auch nach wie vor. Das war ihr großer Traum. Sie wollte immer eine berühmte Tänzerin werden, auf den Bühnen der Welt stehen. Davon hat sie mir oft erzählt. Aber dafür war sie einfach nicht gut genug. Das war die harte Wahrheit, die sie von Experten zu hören bekam.« Sie zog an der Zigarette und hustete erneut. Die Asche bröselte auf den Teppich, doch sie ignorierte das. »Ich war mit ihr bei einigen Castings, aber es hagelte Absagen. Ich habe immer wieder versucht, sie aufzubauen, doch sie war natürlich am Boden zerstört. Eine Zeit lang arbeitete sie dann in einer Marketingabteilung als Quereinsteigerin.« Sie biss sich auf die Unterlippe. »Ihr fotografisches Talent konnte sie da kaum zeigen. Leider, denn sie ist eine fantastische Fotografin.« In ihrer Stimme schwang echte Begeisterung mit. »Sehen Sie das Bild neben dem Kamin?« Mahrenholz folgte ihrem Finger mit dem Blick. Ein Säugling lag in einem mit Rosenblüten gefüllten Körbchen und trug ein zartes Haarband, an dem eine Chiffonschleife befestigt war. Der kleine Kopf ruhte auf den Fäustchen und die Augen waren geschlossen.

Ein rührendes Bild. Mahrenholz lächelte Maja zu. »War sie zu dem Zeitpunkt schon mit Jens zusammen?«

»Mit Jens?« Heftig schüttelte sie den Kopf. »Nein, der kam erst später. Sie war doch mit Martin zusammen.« Ihr Blick traf ihn nahezu vorwurfsvoll, als sei sie davon ausgegangen, dass er diese Information bereits hatte. »Ein sehr lustiger und aufgeschlossener Mensch. Er war Grafiker.« Maja Verstaad pustete langsam Zigarettenrauch in das Zimmer und schien in Erinnerungen zu verharren.

»Was ist dann passiert?« Mahrenholz sah sie aufmunternd an.

»Das Leben ist passiert. Alles begann damit, dass sie versuchten, ein Kind zu bekommen, und das mit aller Macht.

Nicole konnte es zu Beginn gar nicht fassen, dass sie einfach nicht schwanger wurde. Dann haben sie es fünf oder sechs Jahre probiert. Ich glaube, sie wollte wieder eine Aufgabe im Leben haben, nachdem es mit der Karriere nicht funktioniert hatte. Jedenfalls hat sie sich immer als wenig erfolgreich beschrieben. Und ohne jetzt arrogant oder gefühlskalt klingen zu wollen: Vielleicht war sie auch neidisch auf *mein* Leben. So kam es mir manchmal vor. Ihre Bemerkungen, wenn ich ihr von meinem Urlaub erzählte oder von Beförderungen. Alles war ihr ein Dorn im Auge. Irgendwann habe ich mich damit zurückgehalten, um sie nicht noch zorniger zu machen. Das hat unsere Freundschaft ziemlich abgekühlt. Verstehen Sie, was ich meine?« Die Zigarette war jetzt auf die Hälfte runtergebrannt und Maja Verstaad nahm einen tiefen Zug. Diesmal hustete sie nicht.

Mahrenholz nickte.

»Na ja. Irgendwann klingelte sie bei mir und hielt mir den positiven Test unter die Nase. Sie war überglücklich.«

Mahrenholz bemerkte Tränen in ihren Augen. Ganz sicher dachte sie jetzt an Luisa.

»Gott sei Dank hat die künstliche Befruchtung funktioniert. Es war ihr letzter Versuch. Bis dahin sind Nicole und Martin durch die Hölle gegangen. Sie hat oft hier gesessen und geweint. Hundertmal hat sie sich gewünscht, so wie ich zu sein: ohne Kinderwunsch.«

Mahrenholz hatte ihr aufmerksam zugehört und setzte zu einer Nachfrage an, doch Maja Verstaad fuhr bereits fort: »Ihre Schwangerschaft war ihre glücklichste Zeit, glaube ich. Sie strahlte und führte ein Fototagebuch, in dem sie alles dokumentierte. Es sollte eine Erinnerung für Joline werden.« Traurig zog sie die Stirn zusammen und zwischen ihren Augenbrauen bildete sich eine tiefe Falte. »Sogar eine Baby-Shower-Party habe ich organisiert. Wir haben noch gemeinsam Namen diskutiert und Nicole malte sich aus, was für eine Mutter sie sein würde und wie sie ihr Kind erziehen wollte. Alles schien perfekt zu sein.«

»Aber dann kam etwas dazwischen«, stellte Mahrenholz fest.

Maja beachtete seinen Einwurf nicht und es kam ihm fast so vor, als würde sie einfach nur in den Raum sprechen, als wolle sie die Worte einfach nur loswerden.

»Joline wurde geboren. Ein gesundes kleines Mädchen. Nicole war der glücklichste Mensch auf Erden. Nichts schien ihr etwas anhaben zu können – weder die kurzen Nächte noch Jolines monatelanges Schreien oder überhaupt das Reinwachsen in die Mutterrolle.«

Maja Verstaad hielt kurz inne und fuhr sich mit der Hand über die Stirn.

»Zwei Jahre lang hielt die Idylle im Brombeerweg 12. Dann starb Martin.«

»Autounfall?«

Maja schüttelte den Kopf und fuhr sich durch die strähnigen Haare. »Nein. Er fiel vom Dach und stürzte so unglücklich, dass er sofort tot war.« Mit zusammengepressten Lippen sah sie ihn jetzt direkt an, als könne sie es immer noch nicht fassen. »Ist das nicht furchtbar? Du hast alles, was du dir je erträumt hast, und dann fällt dir dein Mann vom Dach? Das ist einfach nicht fair. Aber was ist schon fair.«

Mahrenholz rutschte an die Sofakante und griff nach dem Glas Wasser, das sie ihm zu Beginn ihrer Unterhaltung auf den Tisch gestellt hatte. Das war eine gewaltige Menge an Neuigkeiten.

»Eine Tragödie«, stimmte er zu. »Und dann hat sie Jens kennengelernt?«

»Ja, ein oder zwei Jahre später. Sie hatte gerade wieder Fuß gefasst und ein Fotostudio in der Stadt übernommen. Zwischen ihnen ging alles ganz schnell. Liebe auf den ersten Blick, wie man so schön sagt.«

»Verstehe. Und es war kein Problem für ihn, dass sie schon ein Kind hatte?«

»Nein. Wir haben aber auch nie ausführlich darüber gesprochen. Alles hatte sich auf wundersame Weise für sie gefügt. Ich habe mich einfach nur gefreut für Nicole.«

Mahrenholz trank sein Wasser aus. »Danke, dass Sie mir das alles erzählen. Und das in Ihrer Situation.«

Er sah ihr in die Augen, doch sie wich seinem Blick aus, strich sich mit beiden Händen über die Arme. »Wenn es denn weiterhilft.«

»Vorhin erwähnten Sie, dass Sie nie einen Kinderwunsch verspürten. Was hat Ihre Meinung geändert?«

Maja Verstaad erhob sich langsam aus ihrem Sessel und ging zu dem Bild, das Luisa als Baby zeigte. Zärtlich strich sie mit ihren Fingern über das Foto ihrer Tochter. »Die Kraft des Faktischen. Als ich meine Schwangerschaft bemerkte, war ich bereits in der dreizehnten Woche. Damals habe ich wie besessen gearbeitet und mir ging es genauso wie immer. Da war keine Vorahnung oder Übelkeit, so wie das viele Mütter beschreiben. Das hat mir aber niemand geglaubt. Weder der Frauenarzt noch Nicole. Ihre ungläubigen Blicke und Bemerkungen waren nicht misszuverstehen.«

»Danke, dass Sie so aufrichtig sind, Frau Verstaad. Wer ist denn Luisas Vater?«

Sie sah zur Tür und strich sich erneut über den Oberarm. Mahrenholz spürte, wie unangenehm ihr das Thema war.

»Einige Monate vorher hatte ich mich von meinem langjährigen Lebensgefährten getrennt, da er sich für eine andere Frau entschieden hatte.« Sie verzog das Gesicht, so als ob sie in etwas Saures beißen würde. »Was soll ich lange um den heißen Brei reden: Ich lernte einen Mann auf einer Tagung in Hannover kennen. Wir haben im selben Hotel eingecheckt und dann kam das eine zum anderen. Ich kannte nur seinen Vornamen und wusste ansonsten nicht viel über ihn. Wir unterhielten uns über Filme. In der Branche hatte er wohl beruflich zu tun.« Verlegen wandte sie ihr Gesicht ab. »Das ist keine rühmliche Geschichte. Herr Mahrenholz, glauben Sie mir, ich bin ansonsten kein unvernünftiger Mensch. Es war ein schwacher Moment.«

Er war erstaunt, dass sie in diesem Punkt so viel Wert auf seine Meinung legte. Vermutlich widersprach ihr Verhalten so sehr dem Bild, das die Welt sich von ihr machen sollte. Aber wen interessierte das zu diesem Zeitpunkt? Niemanden. Für ihn war nur wichtig, ob es Aspekte gab, die zur Lösung des Falles beitragen konnten.

Wieder zog sie die Schachtel Zigaretten hervor, machte aber keine Anstalten, sich eine neue anzuzünden. »Am Anfang habe ich stark mit meiner Schwangerschaft gehadert. Wie sollte ich alles unter einen Hut bekommen, das Kind und die Kanzlei? Ich war auch unsicher, ob ich eine ›gute‹ Mutter sein könnte. Kinder waren einfach bis dato kein Thema in meinem Leben. Aber dann … dann kam mein kleines Milchbäckchen.« Ihre Stimme brach und sie hielt kurz inne, um sich zu sammeln. »Ja, mein Leben hat sich um 360 Grad gedreht, aber zum Guten. Luisa ist mein Engel. Dank ihr habe ich mich zum ersten Mal wirklich lebendig gefühlt und alles, was ich früher unter Verantwortung oder Aufgabe verstanden hatte, bekam durch sie eine ganz neue Bedeutung. Meine süße kleine Lulu.« Wieder verstummte sie.

»Und jetzt ist sie weg. Verschwunden. Wie konnte mir das nur passieren? Wie nur?« Sie sah ihn an. »Bitte wecken Sie mich aus diesem Albtraum auf.«

Kapitel einunddreissig

Carsten Mahrenholz

12:00 Uhr

»Ich habe dir ein Croissant mitgebracht. Das passt doch gut zum Sonntag.« Mahrenholz hielt seiner Kollegin eine Brötchentüte entgegen.

Die quittierte das Mitbringsel mit einem Auflachen. »Danke! Du weißt ja, ohne Essen wird's immer schwierig mit mir.«

Er zog den Mantel aus und legte ihn über seinen Bürostuhl. »Und dem will ich vorbeugen.« Grinsend setzte er sich, um gleich wieder ernst zu werden. »Jens Behrendt ist gar nicht der leibliche Vater von Joline. Habe ich es doch geahnt, dass da etwas nicht stimmt.«

»Was? Gibt's doch nicht. Das hätte ich nicht vermutet. Aber was für eine Rolle soll das spielen? Außer dass er vielleicht anders trauert als ein biologischer Vater? Das halte ich für ein Vorurteil.« Beherzt biss sie in das Croissant.

»Dem stimme ich zu. Und unabhängig davon, ob jemand der biologische oder der soziale Vater ist, kommt die Trauer ohnehin mit den unterschiedlichsten Gesichtern daher.«

Kurz hielt sie sich die Hand vor den Mund und sprach doch weiter, bevor sie hinuntergeschluckt hatte. »Schön gesagt. Aber dass er das mit keinem Wort erwähnt hat, finde ich speziell. Was soll denn die Geheimnistuerei?«

Mahrenholz sinnierte über seinem Kaffee. »Er hat so eine Bemerkung fallen lassen, dass seine Frau eifersüchtig auf andere war. Was soll das bedeuten? Im Allgemeinen auf alle Frauen eifersüchtig oder ganz ausdrücklich auf eine? Ich hatte das Gefühl, er meint eine spezielle Person.«

»Vielleicht ist er fremdgegangen. Ich meine, er ist die Hälfte des Jahres unterwegs. Da kann er sowieso machen, was er will. Das muss ihr doch klar gewesen sein, als sie zusammenkamen. Dass sie das auch nicht kontrollieren kann. Fremdgehen ist ja auch kein neuer Trend.«

»Hm. Kontrolle ist ein gutes Stichwort. Früher war Nicole eine Tänzerin, die gerne berühmt geworden wäre. Das war ihr größter Traum, erzählte mir Frau Verstaad. Jens erwähnte das in unserem Gespräch auch mehrfach. Jetzt bekommt diese Frau ein Kind, das schön, artig und vor allen Dingen viel talentierter ist, als die Mutter es jemals war oder geworden wäre.«

Julia Meißner strich Croissantkrümel von der Schreibtischplatte und stand auf. Mit gerunzelter Stirn kam sie auf ihn zu. »Und diese Mutter, mit dem größten Wunschkind aller Zeiten, stellt plötzlich fest, dass sie nicht nur reine mütterliche Gefühle spürt, sondern Eifersucht.«

Mahrenholz beobachtete, dass ihre Nasenflügel bebten. Das passierte immer, wenn ihr ein besonders guter Einfall kam.

»Exakt.« Er stieg auf ihr Gedankenexperiment ein. »Und jetzt nagt und nagt es in ihr. Sie kann es kaum ertragen, jeden Tag mit anzusehen, wie ihre Tochter schöner und erfolgreicher wird. Am Anfang hat ihr noch die Aufmerksamkeit gereicht, die sie als Mutter dieses außerordentlichen Talents bekommt. Aber das genügt ihr nun nicht mehr.«

Julia setzte wieder ein: »Ihr Neid wird stärker und nur die Mutter zu sein, reicht ihr nicht. Auch ihre Karriere als Fotografin ist uninteressant geworden und so bleibt sie mehr und mehr hinter ihrer Tochter zurück.« Sie überlegte einen kurzen Moment, bevor sie fortfuhr. »Ihre Ehe geht den Bach runter, weil sie immer unzufriedener wird. Erst isst sie nur und wird noch frustrierter durch ihr Gewicht. Dann beginnt sie zu trinken.«

Mahrenholz legte ihr eine Hand auf die Schulter. »Als Nächstes kommt ihr die Idee mit dem Internat. Sie will Joline weghaben von zu Hause. Doch Jens weigert sich und der Plan scheitert. Er hat Joline vermutlich adoptiert und somit kann sie nicht alleine über Jolines Aufenthalt entscheiden.«

Julias Gesicht war rot vor Eifer. »Das prüfe ich gleich.«

Mahrenholz drehte sich zum Fenster und sah hinaus auf den Parkplatz hinter dem Präsidium. Er schüttelte den Kopf und strich sich über den Bart. Diese Welt war ein tragischer Ort. Leise fuhr er fort: »Dann kommt Halloween. Joline hat sich vielleicht als Eisprinzessin verkleidet und sieht wunderschön aus mit den blonden langen Haaren und dem blauen Kleid. Möglicherweise gab es noch eine Schulveranstaltung am Nachmittag, auf der sie getanzt hat. Dort wird sie gefeiert und in Nicole brodelt es.«

Julia Meißner sah jetzt auch aus dem Fenster. »Sie kommt vom Kundentermin wieder und ist wie immer ganz schön betrunken. Unbemerkt schleicht sie durch den Garten und will über den Keller in das Haus, um noch heimlich etwas zu trinken, bevor sie zu Maja und Luisa nach oben geht.«

»Dann sieht sie ihre schöne Tochter durch die Terrassentür ihres Zimmers und etwas brennt bei ihr durch. Sie streiten sich und es gibt einen Unfall, den Joline nicht überlebt. Panisch verfrachtet sie den Körper in ihr Auto, nimmt sich eine Schaufel aus dem Geräteschuppen mit und vergräbt sie irgendwo im Solling.«

»Maja bekommt von alldem nichts mit, weil sie oben im Wohnzimmer sitzt und fernsieht. Sie kann aus Jolines Zimmer schlichtweg nichts hören.« Julias Miene hatte sich verfinstert.

»Richtig. Dann kommt sie wieder und zieht die ganze Show ab. Am Anfang bemitleidet sie jeder und sie bekommt eine riesige Aufmerksamkeit. Fernsehen, Radio, Internet. Sicher war ihr Mann auch zugewandter und einige Monate länger zu Hause.«

Julia Meißner ging zu ihrem Schreibtisch zurück. »Und jetzt, pünktlich zu Jolines Todestag, brauchte sie wieder mal Publikum? Meinst du wirklich, dass sie Luisa entführt hat? Und der Anruf mit der Frage nach Jolines Verschwinden nur eine Nebelkerze ist?«

Er fuhr sich durch die Haare. »Vor allen Dingen bleiben wir mit den Füßen auf dem Boden und halten uns an die Fakten. Das hier ist bloße Spekulation, die diesen Raum bis auf Weiteres nicht verlassen wird. Alles andere würde seriöse Polizeiarbeit ad absurdum führen. Derzeit ist Nicole Behrendt eine Mutter, der Tragisches widerfahren ist. Jedenfalls sieht es erst einmal danach aus. Das hier ist nicht mehr als ein Gedankenspiel. Es gibt keine Beweise dafür. Wir werden uns noch mal genauer umsehen und vorsichtig sein. Bis dahin ist Nicole Behrendt nicht mehr oder weniger verdächtig als jede andere Figur in dieser Nachbarschaft.« Er legte seinen Zeigefinger an den Mund. »Die einfachste Lösung ist die, die am schwersten zu vermeiden ist.«

Kapitel zweiunddreissig

Nicole Behrendt

11:30 Uhr

Das Blut pochte ihr in den Schläfen und ihr blieb kurz die Luft weg, als sie in Majas erstauntes Gesicht blickte. Ihre ehemalige beste Freundin war blass und ihre Augen vom vielen Weinen angeschwollen. Die dunkelblonden Haare, die sie sonst immer sorgfältig frisiert trug, waren strähnig und ungekämmt. Um ihre Mundwinkel hatten sich tiefe Falten gegraben. Kurz dachte Nicole, sie würde in einen Spiegel der Vergangenheit blicken. Das war sie vor einem Jahr gewesen und das war sie immer noch, wenn sie zu wenig getrunken hatte und ihre Ängste noch nicht fortgeschwemmt waren.

»Nicole, komm doch rein.« Majas Stimme hörte sich eine Oktave tiefer an als sonst. Als wäre sie durch den Schock eine andere Person geworden. Ihre Bewegungen wirkten mechanisch wie die eines Roboters.

»Danke.« Etwas hilflos folgte sie Maja durch den Flur ins Wohnzimmer und bemerkte, dass überall Licht brannte.

Draußen war es herbstlich und nicht sonnig, aber das Tageslicht war allemal ausreichend.

Maja schien ihren Blick zu bemerken. »Das Licht, ich weiß. Falls Lulu nachts zurückkommt. Damit sie unser Haus besser finden kann, weißt du?«

Nicole nickte stumm. Ihre Freundin war vollkommen außer sich.

»Willst du einen Tee? Ich kann dir grünen oder schwarzen anbieten.« Maja zog eine Küchenschublade auf und hielt zwei Pappboxen in die Höhe. »Oder doch lieber Kaffee? Ich habe vergessen, was du eigentlich magst.« Mit verkniffenem Gesicht riss sie eine Schranktür auf und suchte sich hektisch durch einige Verpackungen. »Der Kaffee muss hier irgendwo sein, ich weiß, dass ich ihn hier einsortiert habe.«

Diesen Satz spulte sie wieder und wieder ab. Ihre Bewegungen wurden immer aggressiver. Nicole ging auf sie zu und legte ihr beruhigend die Hand auf den Arm. Maja wirbelte herum und schleuderte die Keramikdose, die sie gerade in der Hand hielt, auf die hellen Fliesen. Die Zuckerdose zerschellte mit einem lauten Knall, ihr Inhalt verteilte sich auf dem Boden. Maja sackte in sich zusammen. Zitternd begann sie, die Scherben aufzusammeln.

»Alles ist außer Kontrolle geraten. Einfach alles. Und ich bin schuld.« Ihr Weinen ging in ein Schreien über, das Nicole unter die Haut kroch.

Wie ein verwundetes Tier, dachte sie und hockte sich neben Maja. Vorsichtig legte sie die Arme um sie und zog sie sanft an sich. Der Körper ihrer Freundin fühlte sich zerbrechlich und vollkommen kraftlos an, als hätte sie keine Knochen mehr und wäre nur noch eine Hülle. Zärtlich strich Nicole ihr über den Rücken.

Majas Schluchzen verebbte langsam. Sie löste sich von ihr und ächzte auf. »Wie soll ich das überleben, Nicole? Wie nur?«

163

»Du bist stark.« Das meinte sie vollkommen ernst. Maja hatte ihre Eltern schon früh verloren, kurz nach dem Abitur, und seitdem versorgte sie sich faktisch allein. »Maja.« Eindringlich fasste Nicole sie an den Schultern und sah ihr tief in die Augen. »Luisa ist nicht tot und Joline auch nicht. Sie sind verschwunden. Und solange mir niemand sagt, dass er Jolines ...« Sie zögerte und holte tief Luft. »Also, solange mir niemand das Gegenteil beweist, werde ich sie suchen und hoffen, sie zu finden. Und das wirst du auch tun, in Ordnung?«

Maja sah ihr zum ersten Mal, seitdem Nicole bei ihr geklingelt hatte, länger als eine Sekunde in die Augen. »Versprochen.«

Erschöpft lehnte sie sich gegen eine Schranktür und Nicole tat es ihr nach.

»Es tut mir leid, wie ich dich danach behandelt habe, Maja. Das war nicht richtig. Dass ich dir wieder und wieder vorgeworfen habe, dass wir nur wegen dir die Stimme des Entführers nicht identifizieren konnten. Dass ich dir sogar unterstellt habe, deine Krankheit nur vorzutäuschen. Ich hätte es besser wissen sollen. Das Schlimmste ist, dass ich bis vor zwei Tagen noch gesagt hätte: Aber du musst mich auch verstehen.«

Maja hielt eine Scherbe in die Höhe und fuhr die Konturen des gezackten Keramikstücks mit dem Finger nach. Sie blieb stumm.

»Du warst für mich immer die Karrierefrau. Du wolltest eigentlich keine feste Beziehung und dann warst du doch ein paar Jahre mit Micha zusammen. Alles flog dir so zu, obwohl du es gar nicht darauf angelegt hattest. Und bei mir ging plötzlich gar nichts mehr. Kein Tanzen, kein Fotostudio und kein Kind. Weißt du eigentlich, wie anstrengend das war? Diese sechs Jahre immer wieder Hoffen und Bangen? Die Hormone? Und erst die ganzen Schwangerschaftstests, auf die ich gepinkelt und gestarrt habe.«

Zweifellos konnte Maja sich nur zu gut an diese Zeit erinnern. An unzähligen Abenden hatten sie über Nicoles Kinderwunsch gesprochen und Maja hatte versucht, sie aufzubauen, ihr Mut zu machen. Auch nach Martins Tod hatte sie so gut wie möglich versucht, Nicole beizustehen. In ihrer beider Leben gab es grauenhafte Parallelen. Es war kaum zu glauben. Aber das war die Wirklichkeit, das kalte, nackte Leben. Zumindest schien Maja ihr die entschuldigenden Worte zu glauben. Nicole war nie besonders gut darin gewesen, Fehler zuzugeben oder um Verzeihung zu bitten. Jetzt aber wünschte sie nur, Maja all das schon so viel früher gesagt zu haben. Vielleicht hätten sie dann heute nicht in einem buchstäblichen Scherbenhaufen gesessen.

»Nicole, ich kann dir nicht sagen, wie sehr ich mich dafür verfluche, nicht besser auf Joline aufgepasst zu haben.« Majas Stimme war kaum hörbar. Sie wirkte unendlich erschöpft.

»Lass uns noch mal neu anfangen. Ich werfe dir wirklich nichts mehr vor.«

Maja nickte. Sie stand auf und ging zum Küchentisch. »Hilfst du mir, diese Flyer zu verteilen? Um zwölf wollen wir wieder eine Suche starten. Du kommst doch auch mit, oder?«

Nicole erhob sich ebenfalls, zog eine Schranktür auf und nahm Besen und Kehrblech heraus. Sie bückte sich und begann, die Scherben zusammenzufegen. »Natürlich helfe ich dir. Ich bin deine Freundin.«

KAPITEL DREIUNDDREISSIG

Jacob Maaßen

12:45 Uhr

Noch 1.352 Tage bis zu seinem achtzehnten Geburtstag. Das waren ungefähr 193 Wochen oder 32.448 Stunden. Die konnten sich ziehen. Er konnte sich noch gut daran erinnern, wie er als kleines Kind im Advent die Tage bis zum Heiligen Abend gezählt hatte, und die waren ihm immer wie eine Ewigkeit vorgekommen, obwohl es nur vierundzwanzig waren.

Jacob hatte sich in das Gartenhaus zurückgezogen und den Gasofen entzündet. Es war mollig warm in dem wohnzimmerähnlichen Raum, der mit hellem Holz ausgekleidet war. Er hatte die Vorhänge vor der großen Glasfront zugezogen und die Stehlampe in der Ecke eingeschaltet. Jetzt saß er auf der kleinen Couch und scrollte durch den Fotospeicher seines Handys. In der Menüleiste wurden ihm unter der Rubrik »Vor einem Jahr« Bilder von Halloween angezeigt, die Joline und ihn in ihren Kostümen zeigten. Sie als Eisprinzessin und er als Aladin verkleidet. Eigentlich hatte er sich lieber gruselig verkleiden wollen, als Michael Myers mit einer unheimlichen starren Maske, aber Joline hatte ihn überredet, das nicht zu tun. Und er hatte kein Spielverderber sein wollen. Vor die Haustür hatte er mit seinem Prinzenkostüm aber auch nicht gewollt. »Nur für die Fotos«, hatte er gebrummelt und sie hatte gelacht. Ihr Lachen war wirklich so hübsch. Er warf das Handy neben sich auf die Couch und vergrub seinen Kopf in den Händen. Seine Gedanken rasten. »Gedankenkarussell« hatte seine Mutter das einmal genannt, aber sie hatte ihm nicht verraten, wie man das stoppen konnte. Sie konnte es ja nicht einmal bei sich selbst, außer mit Medikamenten. Jacob war froh über diesen Rückzugsraum, gerade jetzt. Früher hatte seine Mutter noch oft laut geweint, aber seit sie diese Tabletten nahm, war sie nur still und kaum ansprechbar. Sein Vater war selten zu Hause und interessierte sich nicht sonderlich für ihn. Manchmal nahm er Jacob mit zur Jagd und am liebsten hätte er jedes einzelne Mal Nein gesagt, aber er hatte gelernt, dass es keine Option war, seinem Vater abzusagen. Jacob hasste die Jagd. Vor seinem inneren Auge blitzte das Bild eines schwer verwundeten Hirsches auf, der auf der taunassen Wiese lag und ihn schmerzerfüllt ansah. Anflehte. Das hatte er Joline nie erzählt. Bestimmt hätte sie ihn dann nicht mehr gemocht oder vor ihm Angst gehabt. Er zog den Ärmel seines Pullovers hoch und kratzte sich Schorf von einer seiner Wunden. Die Kruste war schon dick und fest und es kostete Jacob einige Anstrengung, die Schicht zu lösen. Schmerz durchzog ihn und er kniff die Augen zusammen. Kurz bevor dieses intensive Gefühl abebbte, atmete er erleichtert ein und aus. Drei Sekunden lang nicht an Joline denken. Drei Sekunden nicht an sein verdammtes Leben denken. Er war ein Versager und am besten wäre es, wenn er nie geboren worden wäre. Langsam zerbröselte er das eingetrocknete Gewebe und ließ es auf das Sofakissen rieseln. Die Wunde darunter suppte immer noch und würde sich vielleicht noch einmal entzünden.

Darauf hoffte er. Er zog den Ärmel wieder hinunter und griff nach seinem Handy. Heute hatte er zusammen mit Nicole noch einige Bilder ausgedruckt, die sie sich aufhängen wollte. Es klopfte zaghaft an der Holztür.

»Ja?« Er konnte sich denken, wer das war.

Seine Mutter trat ein und schloss eilig die Tür hinter sich. Sie umschlang ihren Oberkörper mit den Armen und zog die beigefarbene Strickjacke fester um sich. Ihr Gesicht sah noch schmaler aus als sonst, bemerkte er und wusste nicht recht, was für ein Gefühl das bei ihm auslöste.

»Kann ich mich zu dir setzen, Jacob?« Ihre Stimme klang freundlich und unsicher.

»Ich will allein sein, Mama.« Er verzog das Gesicht und starrte wieder auf sein Handy.

Unbeeindruckt steuerte sie auf die Couch zu und setzte sich neben ihn. Sanft nahm sie ihm das Handy aus der Hand. »Jacob, bitte sieh mich an. Das, was ich dir jetzt sage, ist sehr wichtig.«

Er starrte weiterhin auf ein Kissen und hob dann doch den Blick. So ernsthaft und klar hatte sie seit langer Zeit nicht mehr zu ihm gesprochen. Es musste sich wirklich um etwas Wichtiges handeln.

»Ich bitte dich um Verzeihung, dass ich nicht immer so für dich da sein kann, wie du es bräuchtest.« Sie nestelte an ihrer dünnen Halskette. »Jeden Tag wünsche ich mir, dass ich dir eine bessere Mutter sein könnte, aber es gelingt mir nicht. Bitte verzeih mir.«

In ihm wurde es warm und er unterdrückte seine Tränen. Am liebsten hätte er sie umarmt, aber sein Körper fühlte sich an, als steckte er in einem Eisblock. So schnell schmolz diese Schicht nicht. Es ging einfach nicht.

Seine Mutter sah ihn flehend an und er musste an den verletzten Hirsch denken. »Und wenn du das nicht kannst, ist das auch in Ordnung. Du kannst mich auch anschreien, wütend sein oder weinen. Aber hör auf, dir selbst wehzutun.«

Ihr Blick fiel auf seine Unterarme und ihm wurde heiß vor Scham.

»Lass mich.« Er starrte wieder auf das Sofakissen. »Und gib mir mein Handy wieder.«

Seine Mutter stand auf. Die Enttäuschung stand ihr ins Gesicht geschrieben. »Dein Vater kommt heute nicht zum Essen. Ich habe uns Tortillas gemacht. Kommst du mit rein?«

»Ich gehe noch mal zu Nicole. Wegen der Fotos.«

»Zu Nicole also. Du verbringst so viel Zeit mit ihr.« Seufzend wandte sie sich ab und öffnete die Tür, bevor sie sich noch einmal zu ihm drehte. Ihre Mundwinkel hingen nach unten und ihre Augen wirkten erschöpft. »*Vale*. Dann sehen wir uns später.« Zögernd hielt sie inne. »Und Jacob: Ich hab dich lieb.«

Kapitel vierunddreissig

Carsten Mahrenholz

13:30 Uhr

Carsten Mahrenholz hatte Tuuli endlich von Niklas abgeholt. Die Wiedersehensfreude war auf beiden Seiten riesig. Das war für ihn besonders reizvoll daran, einen Hund zu haben: Egal wie lange oder wie kurz er weg war, Tuulis Freude war immer gleichermaßen groß. Erschöpft hatte sie sich neben ihm auf dem Sofa eingerollt und atmete jetzt gleichmäßig ein und aus. »Wir beide passen gut zusammen«, flüsterte er in den Raum. »Du bist k. o. vom Waldspaziergang und ich von zu wenig Schlaf und dieser verrückten Welt.« Er griff nach dem Espresso, den er sich aufgebrüht hatte und der ihm hoffentlich beim Nachdenken helfen würde. An Schlaf war nicht zu denken. Die Zeit lief unerbittlich gegen Luisa. Er war froh, Tuuli kurz sehen zu können. Niklas würde die Hündin später wieder abholen. Er gähnte herzhaft, setzte die Tasse an und verbrannte sich die Lippe. »Heiß!«

Tuuli öffnete müde ein Auge, wie um sich zu vergewissern, dass alles in Ordnung war.

Wie sollte es in dem Fall nur weitergehen? Nicole Behrendt und die mehr als vage These, die sie vorhin aufgestellt hatten, waren nun mal keine heiße Spur. Sie hatte ein veritables Alkoholproblem und das hatte sie sicherlich auch schon gefühlsmäßig verändert. Er wusste viel zu genau, was heftiger und langwährender Alkoholkonsum mit den emotionalen Fähigkeiten eines Menschen machte. Die verkümmerten wie ein Rosenstrauch in der Wüste und das ließ über kurz oder lang auch Beziehungen erkalten. Er stellte die Tasse auf dem Couchtisch ab und strich Tuuli gedankenverloren über das weiche Fell.

Bei Corinna war es so gewesen. Über die Jahre war sie gleichgültiger und liebloser geworden. Dabei hatte er zusehen können, wie der Alkohol die alte Corinna auffraß und durch dieses unsägliche Nichts ersetzte. Hundertmal hatte er sie gefragt, warum sie so viel trank, doch sie hatte immer nur in die Luft gestarrt und sich zurückgezogen. Hundertmal hatte er sich gefragt, ob es an ihm lag, an seinem Beruf, an seinem Schichtdienst. Hundertmal hatte er sich gefragt, ob es an ihrer Einsamkeit lag, ihrer Sehnsucht nach einem Kind oder ob es eine Art von angeborener Melancholie war. Hundertmal war sie ihm eine Antwort schuldig geblieben. Niemand hatte ihn so sehr mit Leidenschaft und Hingabe beim Musizieren berührt wie sie. Sein Blick fiel auf das Klavier, das an der Wand stand. Wie oft hatte sie Chopin gespielt, während er auf dem Sofa lag und sich verführen ließ? Da war ihre Welt noch in Ordnung gewesen. Jedenfalls hatte er das immer angenommen. In den ersten Jahren ihrer Beziehung war ihm nichts aufgefallen. Ja, sie hatten ab und an Wein getrunken und auf Feiern auch den einen oder anderen Schnaps. Das war doch nichts Ungewöhnliches, sondern ein verbreitetes und übliches

Verhalten, wie er gedacht hatte. Doch für Corinna hatte das Trinken eine andere Dimension gehabt und es war im Laufe der Jahre immer mehr geworden. Es hatte viele üble Situationen auf Festen gegeben, bei denen Corinna schon nach ein, zwei Stunden volltrunken war und ausfallend wurde. Einmal war sie in eine Geburtstagstorte gestürzt und ein anderes Mal hatte sie so unverblümt mit einem Fremden geflirtet, dass Mahrenholz die mitleidigen Blicke seiner Freunde nicht mehr ertragen konnte. Danach waren sie nicht mehr ausgegangen und sie hatte nur noch zu Hause getrunken. Nur. Er schüttelte den Kopf. Er hatte sich überall informiert, um ihr zu helfen. Er war bei den Anonymen Alkoholikern gewesen in einer Selbsthilfegruppe, die aus Angehörigen von Suchtkranken bestand. Er hatte sich fest vorgenommen, für diese Hilfe offen zu sein, und doch war es ihm schwergefallen, in diesem Stuhlkreis von seiner häuslichen Situation zu erzählen. Das war einfach nicht sein Stil. Und dann war da noch sein zeitweiliges Mittrinken. Das war eines der größten Probleme, diese Co-Abhängigkeit, mit der man versuchte, die Sucht der Partnerin zu kaschieren. Den Alkohol hatte er schon vor fünf Jahren aufgegeben und Corinna hatte ihm das übel genommen. Für ihn war das die einzige Grenze gewesen, die es für ihre sonstige Grenzenlosigkeit noch gegeben hatte. *Grenzenlosigkeit*, sinnierte er. Die konnte auch für Nicole Behrendt eine Rolle spielen. Und dann waren sie ihrer These wieder näher als gedacht. »Das könnte sein«, überlegte er laut und Tuuli brummelte unwillig. »Du hast ja recht. Ich muss dringend wieder los.«

KAPITEL FÜNFUNDDREISSIG

Julia Meißner

13:00 Uhr

»Eine Mutter, die ihr eigenes Kind tötet und dann im Wald verscharrt? Wirklich, Julia?« Vanessa saß in dem großen Schaukelstuhl mit dem Lammfell und hielt Nola im Arm. Die gleichmäßigen Sauggeräusche ihrer Nichte entspannten Julia.

Sie hockte auf dem Bett und hatte ihrer Zwillingsschwester von ihrer Vermutung und Nicole erzählt. »Ist es nicht schrecklich, wie abgestumpft ich jetzt schon bin? Nach so wenigen Dienstjahren?« Entsetzt über sich selbst schüttelte sie den Kopf. »Ich meine, du sitzt hier und fütterst dein Kind, und ich rede über die schlimmsten Dinge. Gibt's doch gar nicht.«

Ihre Schwester rollte die Augen. »Ja, meine Güte, Julia. Nola kann unsere Worte wohl kaum verstehen und dass ich nicht besonders empfindlich bin, weißt du ja. Aber ich finde es trotzdem unwahrscheinlich, dass eure Spekulation zutrifft.« Zärtlich strich sie ihrer Tochter über den Haarflaum. Julia holte Luft und wollte zum Widerspruch ansetzen, doch Vanessa kam ihr zuvor. »Ja, ich weiß, ich weiß. Die Welt ist schlecht und es gibt nichts, was es nicht gibt. Ich lebe auch nicht auf dem Mond und kenne solche Fälle. Trotzdem finde ich es abwegig.«

Julia nickte. »Weißt du, ich muss mir solche Taten und Gedanken vorstellen können. Das ist der Witz beim Ermitteln. Das Unvorstellbare denken und mit Beweisen belegen zu können. Und am besten auch mit einem Geständnis. Aber das Einfühlen, die Imagination, das muss einfach da sein. Es darf keine Grenzen im Kopf geben, aus Tabus oder eigenen Glaubenssätzen heraus. Natürlich aber auch keine Märchen, völlig klar.«

Vanessa grinste und zog sanft den Schnuller aus Nolas Mund. »Hast du gehört, wie klug deine Tante ist, Nola? Imagination, Glaubenssätze. Da können wir noch eine Menge lernen.«

Julia zog eine Grimasse und unterdrückte ein Auflachen. »Ich bin so unglaublich dankbar, dass es Nola gut geht – und gleichzeitig pulsiert alles in mir vor Sorge um das verschwundene Mädchen. Mein Kopf platzt, weil ich mir das Gehirn zermartere. Und vor allem brauchen wir eine Spur, verflixt noch mal.« Müde rieb sie sich die Augen und gähnte herzhaft.

»Du wirst doch wie immer dein Bestes geben, Julia. Und sei dir einer Sache gewiss: Wir glauben an dich.« Nola gab wie auf Kommando einen tiefen Laut von sich. »Da hörst du es. Ihr werdet Luisa finden.«

Kapitel sechsunddreissig

Nicole Behrendt

13:00 Uhr

»Das ist ein sehr hübsches Foto von euch.« Nicole saß neben Jacob am Laptop und starrte lächelnd auf den Monitor. Der Junge hatte eine ganze Sammlung an Bildern von seinem Handy hochgeladen und dafür war sie ihm dankbar.

»Weiß nicht. Da bin ich doch in diesem bescheuerten Kostüm.« Er zog die Nase hoch und Nicole griff nach der Packung mit den Taschentüchern.

»Hier, putz dir die Nase. Das ist sonst schlechtes Benehmen.« Widerspruchslos schnäuzte er sich.

»Geht doch.« Sie wandte sich wieder dem Monitor zu. »Schade, dass du mit ihr an dem Abend nicht noch durch die Nachbarschaft gezogen bist. Das hätte ihr sicher Spaß gemacht.«

Jacob zuckte mit den Schultern. »Mein Vater hat es nicht erlaubt. Er hat gemeint, dass das nur was für Babys ist. Sonst wäre ich vielleicht mitgegangen. Tut mir leid.«

Nicole klickte mit der Maus durch die Bilder und ging nicht auf seine Antwort ein. »Warst du eigentlich in sie verknallt?« Ohne seine Antwort abzuwarten, sprach sie weiter. »Natürlich warst du in sie verknallt, das war doch jeder Junge hier im Umkreis. Meine schöne, talentierte Joline.« Schnell griff sie nach dem Glas Wein, das neben ihr auf dem Schreibtisch stand. »Am Wochenende kann man ruhig auch schon mal mittags ein Glas trinken. Das ist bei euch bestimmt doch auch so, oder?«

Jacob schüttelte den Kopf. »Nee. Mama trinkt keinen Alkohol und Papa nur abends. Glaube ich.«

»Tja«, sagte Nicole lapidar, »was sie sagen und was sie tun, das sind ja zwei ganz unterschiedliche Paar Schuhe. Jeder hat doch so seine kleinen Geheimnisse. Willst du ein Glas mittrinken? Dann hast du ein Geheimnis mit mir.« Grinsend sah sie ihn an.

»Versuch nicht mal, dem Jungen Alkohol zu geben. Spinnst du jetzt total? Was macht der überhaupt schon wieder hier?« Jens stand unvermittelt in der Tür.

»Ich muss eh rüber.« Eingeschüchtert zog Jacob sein Handy vom USB-Kabel am Laptop und warf sich seinen Mantel über.

Nicole fasste ihn am Arm. »Danke für die Bilder, Jacob. Bis morgen dann.«

Er gab keine Antwort und drückte sich an Jens vorbei, ohne ihn anzusehen. Der warf ihm einen wütenden Blick zu.

Als die Haustür ins Schloss gefallen war, setzte er erneut an. »Muss der denn jeden Tag hier sein? Die haben doch da drüben ihren *Palazzo Prozzo*, reicht das nicht?« Aufgebracht nahm er ihr Weinglas in die Hand und hielt es gegen das Licht. »Sieh mal an, es ist Sonntagmittag und du hängst schon wieder an der Flasche. Wo bist du nur hingekommen, Nicole. Das hält ja kein Mensch mehr aus mit dir.« Er trank den Wein in einem

Zug aus und stellte das Glas so heftig zurück auf die Tischplatte, dass es klirrte.

Nicole erhob sich und ging auf ihn zu. »Du bist der Tollste, Jens. Na klar. Der berühmte Kriegsreporter, der Abenteurer, der Furchtlose.« Sie klatschte in die Hände und sah ihn mit zusammengekniffenen Augen an. »Applaus für diesen Mann! Ein Mann, der ein Menschenfreund ist, der am liebsten jedes Kind retten würde. Nur unseres, das ist dir scheißegal! Vielleicht wäre es ja etwas anderes, wenn es dein eigen Fleisch und Blut wäre!« Wutentbrannt griff sie nach dem Glas und donnerte es neben ihn an die Wand. Das Klirren fachte ihren Zorn nur noch mehr an und sie sah sich im Raum nach weiteren Wurfobjekten um.

Jens blieb ungerührt stehen, ohne auch nur mit der Wimper gezuckt zu haben. »Ich sag's ja. Du bist geistesgestört. Eine Säuferin. Schämst du dich eigentlich gar nicht?« Grimmig packte er sie am Arm, zog sie in den Flur und vor den Spiegel. »Sieh dich doch mal an! Dein aufgequollenes Gesicht, deine Figur!« Er ließ ihren Arm los und sie fiel auf den harten Boden.

Sie schluchzte auf.

»Ja, jetzt heulst du. Aber das hilft nicht.« Angewidert sah er sie an und schüttelte den Kopf. »Ich muss hier raus.«

Kapitel siebenunddreissig

Carsten Mahrenholz

15:00 Uhr

»Was haben eigentlich deine Recherchen zur Phonagnosie ergeben?« Mahrenholz drehte eine Flasche Orangensaft auf und goss zwei Gläser voll.

»Leider nicht so richtig viel Neues. Professor Kinzebach aus Heidelberg gilt als eine der wenigen Neurologinnen, die überhaupt auf diesem Krankheitsfeld forschen.« Julia Meißner zog ihr iPad hervor und suchte nach der Notiz. »Also, bis vor Kurzem waren Fälle von Phonagnosie ausschließlich als Folge von Hirnschädigungen bekannt. Durch Schlaganfälle zum Beispiel.«

»Das ist bei Frau Verstaad ja nicht der Fall, oder?«

»Nein, das ist bei ihr nicht der Fall. Sie leidet an der sogenannten angeborenen Phonagnosie. Und bei der ist es so, dass man weder erkennt, ob der Sprecher männlich oder weiblich ist, noch ob der Klang einer Stimme fröhlich oder traurig ist. Auch das Alter kann sie nicht raushören. Wie andere Betroffene hat sie aber keine Schwierigkeiten, wenn es darum geht, Personen anhand ihres Gesichts oder ihres Namens zu erkennen. Nur aus Stimmen können sie nichts auslesen. Das nennt sich affektive auditive Agnosie oder Seelentaubheit.« Ratlos zuckte sie mit den Schultern.

»Was für ein poetisches Wort für so eine schreckliche Beeinträchtigung.« Mahrenholz konnte es selbst kaum glauben.

Seine Kollegin nickte. »Die Ursachen der angeborenen Phonagnosie sind bis heute nicht richtig erforscht. Vermutlich sind sie genetisch bedingt.«

Mahrenholz zog erstaunt die Augenbrauen hoch. »Nahezu unbegreiflich. Für mich ist diese Krankheit – wenn man sie überhaupt so bezeichnen kann – ganz neu.«

»Die Betroffenen sehen sich nicht als Kranke, sagte mir die Professorin. Ihnen reicht es häufig schon aus, wenn man ihr, wie soll ich es nennen, Defizit wahrnimmt. Sie nicht auslacht. Im Alltag stelle ich mir das sehr kompliziert vor. Die Professorin meinte, dass die Betroffenen diverse Kompensationsstrategien anwenden. Aber Telefonate sind per se Horror, klar.«

»In unserem Fall bekommt das noch mal eine andere Dimension. Leider. Ansonsten gibt es glücklicherweise Videotelefonie. Das dürfte doch weiterhelfen, oder?«

Julia kippelte unruhig mit ihrem Bürostuhl. »Ja, geht so. Bei einigen ist es so, dass sie nach fünf Sekunden nicht mehr wissen, wer gerade spricht. Musik zu hören funktioniert auch nur sehr begrenzt. Es können wohl nur Harmonien und Disharmonien erkannt werden.«

»Was für eine fürchterliche Vorstellung, Musik nicht genießen zu können.« Mahrenholz dachte an Verdi und seine Opern, die er so sehr liebte. Es fiel ihm schwer, sich vorzustellen, die einzelnen Stimmen oder das Orchester nicht hören zu können. Wobei, das stimmte so nicht. Es war noch viel tückischer, die Musik zu hören, aber nicht fühlen zu können. Der Klang einer

Bratsche, der rauchig, melancholisch und manchmal näselnd ausfallen konnte. Der dunkelsamtige Klang einer Oboe. Ihm kam ein Stück aus »Aida« in den Sinn, dem er einmal als Arrangement zwischen Klavier und Oboe gelauscht hatte. Wunderbar. Und so selbstverständlich. Mahrenholz schloss kurz die Augen.

»Ja, total. Aber das erscheint fast schon als Luxusproblem in dieser Situation. Wie willst du dein Kind erkennen, wenn es im Nachbarzimmer mit einer Freundin spielt? Du kannst die Stimmen ja gar nicht auseinanderhalten. Ich finde das so traurig.«

Natürlich, ihr Kind. Mahrenholz schämte sich. Er dachte an Hochkultur, während dieses Thema doch glasklar auf dem Tisch lag. Herrgott, was war nur los mit ihm. Er räusperte sich. »Unvorstellbar, ja. Wir sollten Frau Verstaad fragen, welche Strategien sie dabei einsetzt. Sie wird zweifellos ihre ganz eigenen Tricks anwenden.« Er überlegte kurz. »Ich frage mich, ob der Anrufer damals und heute nicht vielleicht eine Besonderheit beim Sprechen hat. Ein Dialekt, Lispeln, irgendein Sprachfehler. Das könnte vielleicht auch hilfreich sein bei der Identifikation. Könnte Frau Verstaad denn so etwas wahrnehmen?«

Julia Meißner nahm einen großen Schluck aus einer Coladose. »Eine Tonaufnahme wäre der Hit. Aus den alten Akten vom Fall Joline geht auch nichts hervor. Damals wurde Frau Verstaad nach diesen Auffälligkeiten befragt, aber sie konnte, besser gesagt, musste alles verneinen.«

Mahrenholz nickte. »Sehr wahrscheinlich hat sie mit Freunden besondere Erkennungszeichen verabredet. Vielleicht bringt uns das weiter.« Nachdenklich ließ er den Blick über die große Wand mit den Fotos schweifen. Die Ermittlungen liefen schleppend und bislang gab es nicht eine heiße Spur. Gleichzeitig rann ihnen kostbare Zeit durch die Finger. Fünf Tage hatte ihnen der Täter Zeit gegeben, bis er die kleine Luisa töten wollte. Zwei

Tage waren bereits ohne große Erkenntnisse vergangen. Weder hatte sich der Entführer noch einmal gemeldet noch hatten die Kollegen von der Hundestaffel oder die freiwilligen Suchtrupps etwas gefunden. Zudem war bislang nirgendwo ein ernst zu nehmender Augenzeuge aufgetaucht. Nichts. Die ersten achtundvierzig Stunden waren die entscheidenden im Fall eines verschwundenen Kindes, danach war rein statistisch nicht mehr mit einem unmittelbaren Auffinden zu rechnen. Erst recht nicht mit dem eines lebenden Kindes. Mahrenholz erschauderte bei diesem Gedanken. Länger als achtundvierzig Stunden konnten die Hunde eine Fährte meist nicht wittern, es sei denn, es hätte geschneit und mittlerweile wäre der Boden wieder aufgetaut. Dann hätte sich eine erneute Suche als sinnvoll erweisen können. Aber so waren die Witterungsverhältnisse nun einmal nicht. Die Leiterin der Hundestaffel, Ulrike Reus, eine toughe Mittfünfzigerin, hatte ihm klar gesagt, dass die einzige Spur bis zum Ende des Himbeerbuschs geführt hatte. Das waren grob geschätzt fünfhundert Meter. Danach hatten die Hunde von der Fährte abgelassen.

»Rocky ist einer unserer Besten«, hatte sie ihm versichert. »Er ist seit vier Jahren im Einsatz als Personenspürhund. Ein ausgezeichnet ausgebildeter Belgischer Schäferhund. Glaub mir, Carsten, wenn der nichts mehr riecht, wird es schwierig, so leid es mir tut. Ich würde dir auch lieber was anderes sagen.«

Mahrenholz hatte sich natürlich mehr erhofft als eine Spur, die sich am Ende einer Straße verlor. Es war durchaus möglich, dass der Entführer Luisa dort in sein Auto gezerrt hatte. Aber auch hierfür gab es keine Anhaltspunkte. Keinem Anwohner war an diesem dämmrigen Nachmittag etwas außergewöhnlich vorgekommen, das ihn dazu bewegt hätte, sich zu melden. Die Lage war vertrackt und doch war da dieses drängende Gefühl, dass die Lösung zum Greifen nah vor ihnen lag. Das Klingeln des Telefons unterbrach seinen Gedankenstrom.

Julia Meißner hob ab. »Professor Kinzebach, hallo noch mal.« Sie fischte einen Bleistift aus der Schublade und begann damit auf einen Block zu kritzeln. »Ihr Name ist Maja Verstaad. V-E-R-S-T-A-A-D.«

Mahrenholz warf ihr einen fragenden Blick zu und sie drückte die Lautsprechertaste auf dem Apparat.

»Ich habe den Namen noch nie gehört. Natürlich erheben wir hier im Institut keinen Anspruch auf Vollständigkeit aller Phonagnosie-Betroffenen.« Die Stimme der Professorin klang ruhig und abgeklärt. »Ich dachte nur, dass es vielleicht wichtig für Sie sein könnte.«

Julia Meißner zog langsam die Augenbrauen hoch. »Vielen Dank, Frau Kinzebach. Ich bin jetzt auch etwas überrascht. Im Rahmen Ihrer Forschungen hätte ich vermutet, dass Ihnen der Kollege etwas von der anstehenden Operation erzählt hätte. Dabei könnte es doch zu bahnbrechenden Erkenntnissen kommen.« Julia wollte fortfahren, doch Kinzebach unterbrach sie.

»Moment. Was für eine Operation? Wovon sprechen Sie?«

Jetzt klang sie angespannt oder verblüfft, wie Mahrenholz herauszuhören meinte.

»Frau Verstaad sagte uns, dass sie am Dienstag der kommenden Woche operiert werden sollte. Allerdings sei der Operateur, eine neurologische Koryphäe, erkrankt und der Termin bis auf Weiteres verschoben.«

Mahrenholz strich sich durch den Bart und hatte sich über das Telefon gebeugt. Julia Meißner sah ihn gespannt an.

»Hören Sie, ich möchte niemandem zu nahe treten, aber ich muss auch bei den Fakten bleiben. Ich weiß nicht, mit wem die Dame gesprochen hat oder wer ihr versprochen hat, sie zu operieren.« Mahrenholz bemerkte ihre irritierte Betonung des Wortes »operieren«. »Eines kann ich Ihnen aber mit Sicherheit mitteilen: Phonagnosie ist inoperabel.«

Kapitel achtunddreissig

Henning Maaßen

11:00 Uhr

Henning Maaßen schüttelte den Kopf, als er bemerkte, dass im Poolhaus das Licht brannte. Der Junge verbrachte eine Menge Zeit in dieser Hütte und Henning war unklar, was er dort eigentlich trieb. Jacob hätte ihn heute zur Kirche und danach zu einer Vernissage begleiten können, wenn er es schon nicht mit ihm zur Jagd schaffte. Schnaubend erhob er sich vom Sessel im Erker des Wohnzimmers und legte die Zeitung auf den Beistelltisch. Er trat an das große Fenster und sah hinaus. Hätte sein Vater ihm früher angeboten, ihn zur Jagd oder zu irgendeiner anderen Aktivität zu begleiten, hätte Henning sich eher die Hand abgehackt, als Nein zu sagen. Doch sein Vater, *Gott hab ihn selig*, hatte nur ein Hobby gekannt, und das war der Betrieb und die damit nie endende Arbeit. Immerhin hatte Henning schon in jungen Jahren bei wichtigen Geschäftsabschlüssen dabei sein und lernen können, wie man sich verhielt, um erfolgreich zu sein. Das Wichtigste, das hatte ihm sein alter Herr ein um das andere Mal eingebläut, waren der Fortbestand des Unternehmens und der Zusammenhalt der Familie. »Als Unternehmer hat man auch eine Vorbildfunktion, vergiss das nicht, Henning. Eskapaden oder übermäßige Dekadenz sind nichts, was die Maaßens nach außen transportieren.«

Häufig hatte er diese Werte und Erwartungen in Gesprächen erwähnt. Vermutlich war er deswegen auch skeptisch gewesen, als Henning Ellen geheiratet hatte. Bis zu seinem Tod vor dreizehn Jahren hatte er sie nie als Schwiegertochter akzeptieren können. »Sie hat immer Magenprobleme, Henning. Wer es mit dem Magen hat, der hat es auch mit den Nerven. Pass bloß auf, dass du sie im Griff hast.«

Damals hatte er auf die Worte seines Vaters nicht viel gegeben, denn Ellen hatte zu ihm aufgesehen und war schwanger mit seinem Sohn gewesen. Das war etwas, das er sich immer erhofft hatte. Damals. Bitterkeit stieg in ihm auf und er ballte die Hand zur Faust. Hätte er nur den Worten seines Vaters mehr Bedeutung zugemessen. Ellen musste er irgendwie ertragen, denn ein Scheidungskrieg war das Letzte, was er gebrauchen konnte. Das passte einfach nicht zu ihm und er konnte jetzt schon das Gerede der Belegschaft und in der Kirche hören. Nein, ein Maaßen ließ sich nicht scheiden und er wurde auch nicht verlassen, das kam nicht infrage. Vielleicht kam sie durch die Tabletten wieder auf den richtigen Weg.

Tja, Ellen war die eine Sache, Jacob die andere. Langsam war es an der Zeit, dass er sich die Eigenschaften aneignete, mit denen er später den Betrieb führen könnte. In den kommenden Sommerferien würde er bei Henning arbeiten und nicht wieder mit Mädchen aus der Nachbarschaft oder deren Müttern rumhängen. So nannte er diesen Zustand doch immer, dachte Henning abschätzig. Jacob brauchte eine Beschäftigung, eine Aufgabe, die ihn vollständig ausfüllte. Wenn er einmal Blut geleckt hatte, würde er seine Tage nicht mehr in einer

Gartenhütte, mit seinem Fotoapparat oder drüben bei Nicole, dieser Trinkerin, verbringen. Damit musste Schluss sein. Der Junge war zu weich und zu wehleidig. Schon als Kleinkind hatte er geheult, wenn nur ein Schmetterling auf ihm gelandet war oder er beim Tennis einen Ball abbekommen hatte. Auch sonderlichen Ehrgeiz hatte er noch nie gezeigt. Henning wurde bei diesen Überlegungen wütend. Das kam alles durch Ellens verweichlichte Erziehung. Ihr ewiges Umsorgen und Reden und Verstehen. Zum Glück war das sehr viel weniger geworden in den letzten Monaten. Sie hatte genug mit sich selbst zu tun. Henning entspannte sich wieder ein wenig und dachte nach. Vielleicht war es doch nicht das Schlechteste, wenn der Junge sich von ihr zurückzog. Dann konnte er sich möglicherweise freier entfalten. Und wer wusste schon, was er wirklich in dieser Hütte trieb? Ein junger Mann brauchte eben auch Zeit für sich allein. Henning grinste. Da kam sein Stammhalter ganz nach ihm.

Kapitel neununddreissig

Luisa Verstaad

Uhrzeit unbekannt

Ihr Mund war jetzt so trocken, als ob sie Sand gegessen hätte. Sie wünschte sich nichts sehnlicher, als dass der Erwachsene ihr noch mal ein Trinkpäckchen geben würde. *Ich will zu meiner Mama.* Bei ihr hatte sie nie so schlimmen Durst. Dort gab es immer genug Trinkpäckchen und Apfelschorle und manchmal auch warmen Kakao. Sie zog die Decke weiter hoch und ließ sich langsam nach hinten auf das Bett fallen. Jedenfalls dachte sie, dass es ein Bett war. Es fühlte sich nach einem an, auch wenn es schrecklich quietschte. *Bestimmt ist jetzt Nacht*, dachte sie. Es war viel kälter als vorhin oder war das gestern gewesen? Das wusste sie nicht. Nachts war es immer kälter, deswegen hatte sie zu Hause auch eine zweite Kuscheldecke mit Pferden drauf. Damit war ihr ganz warm. Warum konnte sie nicht einfach wieder zurück? Und wann würde Mama sie hier abholen, so wie vom Kindergarten? Sie wartete jetzt schon so lange. Und das blöde Tuch vor ihren Augen machte alles nur noch schlimmer. Hätte sie es doch nur abnehmen können. Aber der Erwachsene hatte ihre Hände so zusammengebunden, dass sie nicht daran kam. »Ich hab auch Angst, Blinki, weißt du.« Vielleicht konnte Blinki sie doch hören. Fledermäuse konnten sehr, sehr gut hören, das wurde in den Videos erklärt, die sie immer schaute. Blinki war ein Superheld und Superhelden konnten alle retten, das war in jeder Folge so. Sie durfte auf keinen Fall laut weinen, das war das Wichtigste. Manchmal gab es ein Geräusch und dann war er plötzlich da. Der Erwachsene hatte ihr auf den Po gehauen, als sie nach ihrer Mama gerufen hatte. »Und das hat wehgetan, Blinki. Das hat noch nie jemand gemacht bei mir. Noch nicht mal Wilma aus dem Kindergarten.« Sie dachte an das Pferdespiel, das sie immer mit ihrer Freundin spielte: Einer war das Pferd und der andere der Reiter. Meistens wollte sie Spirit, das Pferd, sein. Spirit, genau! »Wo bist du, Spirit?« Sie fühlte mit ihren nackten Füßen auf der Matratze nach ihrem Spielzeugpferd. Aber sie fand es nicht. In ihre Hosentasche passte es nicht rein, das wusste sie, weil sie es früher schon ein paarmal versucht hatte. Spirit war einfach zu groß. Doch sie hatte ihn in ihrer Hand gehalten, auch noch im Auto, als der Erwachsene sie hierhergebracht hatte. Da hatte sie zwar auch schon nichts mehr sehen können, weil das ja zum Spiel gehörte – das hatte der Erwachsene ihr so erklärt –, aber ihr Pferd hatte sie ganz doll festgehalten. Jetzt war es weg. Warum hatte sie auch noch Spirit verloren? Alle waren weg: Mama, Blinki und Spirit. Nur der blöde Erwachsene war noch da, der so lustig verkleidet gewesen war, als er sie zu dem Spiel eingeladen hatte. Aber er war gar nicht lustig, sondern gemein und böse. Wieder wollte sie weinen und diesmal flossen die Tränen wirklich. »Mama! Hilfe! Mama!« Sie holte tief Luft, um noch mal so laut zu rufen, wie sie konnte, als ihr jemand fest die Hand auf den Mund presste.

Kapitel vierzig

Ellen Maaßen

14:00 Uhr

Jacob war noch immer bei Nicole und sie wollte ihn von dort nicht wegreißen. Es war schwer vorstellbar, aber er schien bei ihr die glücklichsten Zeiten zu erleben. All das, was Ellen ihm so gerne geboten hätte – ein sicheres Nest, Wärme, Liebe –, schien Nicole, ausgerechnet Nicole, ihm geben zu können. *Wie kann das nur sein, Ellen? Wie konnte das alles nur passieren? Dein eigener Sohn flüchtet vor dir, dein Mann behandelt dich wie Dreck und du versinkst in Selbstmitleid und Tabletten.* Es gab keine Antwort auf ihre Fragen, das ahnte sie schon lange, doch erst gestern war ihr klar geworden, was das für sie in letzter Konsequenz bedeutete. Es gab kein Hoffen auf morgen, keine Aussicht auf Besserung oder irgendein Wunder. Da war nichts. Sie war in eine Schlucht gestürzt und fiel und fiel und fiel. Es gab keinen Vorsprung, an dem sie sich festklammern konnte, keinen Ast, an dem sie Halt fand, und erst recht kein Netz, das sie auffing. Ihr Herz war ein schwarzes Loch, ein kalter Stein, den niemand mehr erweichen konnte. Und ganz gleich, was sie erwarten würde, die Hölle kannte sie bereits.

Kapitel einundvierzig

Carsten Mahrenholz

16:00 Uhr

Das durchdringende Läuten der Kirchenglocken dröhnte durch das halb geöffnete Fenster des Kommissariats. Maja Verstaad saß mit geröteten Wangen und weit aufgerissenen Augen vor den Kommissaren. Der kleine Vernehmungsraum war in einem undefinierbaren Gelbbraun gestrichen und der Linoleumboden war abgenutzt mit schwarzen Streifen an einigen Stellen, die vornehmlich durch die Turnschuhe ihrer Besitzer entstanden waren. In der Mitte des Raumes stand ein einfacher Tisch aus Buchenholz und drei passende Stühle dazu. In einer Ecke war eine Videokamera angebracht, die der permanenten Überwachung und dem Schutz aller Beteiligten diente. Auf dem Tisch gab es ein fest installiertes Aufnahmegerät. Julia Meißner drückte auf einen der Knöpfe.

»Sonntag, 02.11.2022, sechzehn Uhr eins, Vernehmung von Frau Maja Verstaad, geboren am 19.01.1981, wohnhaft in Holzminden.«

Die Kommissarin sah zu Mahrenholz. »Anwesende Beamte sind Kriminalhauptkommissar Carsten Mahrenholz und Oberkommissarin Julia Meißner. Frau Verstaad, Sie sind über Ihre Rechte aufgeklärt worden, ist das richtig?«

Maja Verstaad saß kerzengerade auf ihrem Stuhl und wirkte immer noch wie ein hypnotisiertes Kaninchen, fand Mahrenholz. »Korrekt.«

»Möchten Sie einen Anwalt hinzuziehen, bevor Sie sich hier einlassen?« Julia wirkte nervös.

»Nein. Das ist nicht nötig.«

Julia Meißner zuckte mit den Schultern. »Ganz wie Sie meinen, Frau Verstaad.« Ihr Tonfall war schnippisch.

Mahrenholz bemerkte, dass die Lunte seiner jungen Kollegin bereits wieder sehr kurz war. Dabei war es das Wichtigste in Vernehmungen, ein Vertrauensverhältnis zu entwickeln und vor allem gut zuzuhören. Während seiner Kriminalistikausbildung hatte er eine Menge nützlicher Verfahren und Vernehmungsstrategien erlernt, die ihn im Laufe seiner Dienstjahre schon sehr unterstützt hatten. Einer seiner Grundsätze war Zuhören. *Der Mensch hat einen Mund und zwei Ohren, und das muss einen Sinn haben*, dachte er.

»Frau Verstaad, sind Sie Kaffeetrinkerin? Ich könnte dringend einen gebrauchen und dachte, ich frage Sie auch.« Aufmunternd sah er die zarte Frau an, die immer noch aufrecht auf dem Stuhl saß. Sie nickte. Es schien so, als sei sie in dieser Position eingefroren. »Du willst doch sicherlich auch einen, Julia, oder?«

Irritiert strich sie sich ihre Haare hinter die Ohren. »Gerade nicht, danke.«

»In Ordnung, ich bin gleich wieder da. Bis dahin setzen wir die Vernehmung aus.«

Seine Kollegin drückte neuerlich auf einen Knopf des Aufnahmegeräts und studierte dann ihre Notizen.

Wenige Minuten später kehrte Mahrenholz mit zwei dampfenden Bechern und einer Coladose zurück, die er Julia neben die Aktenmappe stellte. Dankbar zwinkerte sie ihm zu.

Maja Verstaad öffnete ein Päckchen Zucker und rührte mit einem dünnen Holzstäbchen monoton in ihrem Kaffee, ohne ihn an die Lippen zu führen.

Mahrenholz nahm einen kleinen Schluck und schüttelte sich innerlich. Dieses Automatengebräu war ungenießbar, das wusste er, aber es war unübertrefflich, um Nähe zwischen sich und den zu Vernehmenden zu bringen. Jedenfalls hoffte er das auch in diesem Fall.

»Frau Verstaad, ist es richtig, dass Sie an angeborener Phonagnosie leiden?« Julia fuhr mit der Vernehmung fort.

»Das ist korrekt, ja.«

»Können Sie uns in irgendeiner Form beweisen, dass Sie an dieser Beeinträchtigung leiden?«

»Nein. Aber meine Ärzte. Meine Hausärztin hat spezielle Tests mit mir durchgeführt, die auf eine Erkrankung hinweisen können. Ein Beweis ist das nicht. Ich könnte dabei genauso gut lügen.«

Mahrenholz war nicht sonderlich verblüfft über ihre Ehrlichkeit. Das passte zu der geradlinigen Art, die ihm bereits an ihr aufgefallen war. Nur ihre Lüge passte so gar nicht in das Bild, das er sich von ihr gemacht hatte.

»Womit wir beim Thema wären. Warum haben Sie uns erzählt, dass Sie operiert werden, um möglicherweise von der Phonagnosie geheilt zu werden und sich im besten Falle sogar an vergangene Gespräche beziehungsweise Stimmen erinnern zu können? Ihnen muss doch klar gewesen sein, dass wir das früher oder später herausfinden.« Julia Meißner klang fassungslos und gleichzeitig gespannt auf die Antwort.

Maja Verstaad löste sich endlich aus der Position, in der sie seit Minuten verharrte. Sie rutschte ein wenig auf dem Stuhl hin und her und sah kurz zur Kamera an der Zimmerdecke, bevor sie antwortete. »Ich will und wollte keinen von Ihnen für dumm verkaufen, das möchte ich meiner Antwort vorausschicken. Alles, was ich will, ist, dass Sie meine kleine Luisa finden.«

Mahrenholz bemerkte, wie seine Kollegin Luft holte, und kam ihr zuvor. »Das wollen wir auch, Frau Verstaad, das kann ich Ihnen versichern. Umso wichtiger ist es, dass Sie uns ab jetzt die Wahrheit sagen. Keine Beschönigungen oder falsche Erzählungen, einfach nur das, was Sie wissen oder erlebt haben.« Er bemühte sich um einen möglichst offenen Gesichtsausdruck und einen ruhigen, gleichmäßigen Tonfall. »Wenn Sie uns die Frage ehrlich beantworten, vergessen wir einfach, dass es dieses Missverständnis gab, und arbeiten weiter vertrauensvoll zusammen, um so schnell wie möglich Ihre Tochter wiederzufinden. Einverstanden?«

Die Frau hatte sich während seiner Ansprache nicht einmal abgewendet. Jetzt rührte sie wieder in ihrem Kaffee und Mahrenholz war sich nicht mehr sicher, ob sie wahrheitsgemäß antworten würde.

»Gut, es nützt ja alles nichts.« Sie schien mit sich selbst zu sprechen und straffte sich wieder. »Seit Joline verschwunden ist, werde ich von allen Seiten sehr kritisch beäugt. Nicht nur von meinen Nachbarn, den Maaßens, und nicht nur von Nicole und Jens, bei denen ich es natürlich verstehe, sondern auch von einigen Klienten oder sogar beim Einkaufen.«

»Wie meinen Sie das – beäugt? Wegen der Phonagnosie? Das wurde doch nie öffentlich berichtet.« Julia Meißner tippte mit dem Kugelschreiber in ihre Handinnenfläche.

»Nein, es stand nicht in der Zeitung. Aber dennoch machte das Gerücht sofort die Runde über Social Media. Solche Dinge kann man nicht geheim halten, wenn so eine Tragödie passiert. Es gibt immer jemanden, der etwas erzählt. So ist unsere Welt nun einmal.« Sie senkte den Blick. »Der Druck wurde immer

193

größer. Wenn es nur um mich gegangen wäre, hätte ich es schon überstanden, aber sogar in Luisas Kindergarten begann das Gerede. Das macht nicht nur mich zur Aussätzigen, sondern eben auch Luisa. Soll sie vielleicht später gemieden werden, nur weil ich ein Stigma mit mir herumtrage?«

Mahrenholz legte die Hände auf den Tisch. Seine Handflächen zeigten nach oben, um ihr Offenheit und Vertrauen zu signalisieren. »Und dann haben Sie sich etwas überlegt, um Luisa zu schützen, nicht wahr? So wie es jede Mutter tun würde, die ihr Kind liebt.« Er konnte Julias Augenrollen beinahe körperlich spüren. Sie hatte nichts für diese Art der Gesprächsführung übrig.

»Ja, genau. Ich war einfach verzweifelt. Etwas musste sich verändern. Ja, und dann kam mir der Zufall zur Hilfe. Bei einer Vorsorgeuntersuchung stellte man eine gutartige Zyste in meiner Gebärmutter fest. Die sollte mir in einer Klinik in Hannover rausoperiert werden. Das ist ein Standardeingriff und ich wäre in drei Tagen wieder zu Hause gewesen. Und da dachte ich …« Sie nahm einen Schluck Kaffee. »Da dachte ich, dass das die Gelegenheit sein könnte, um Nicole zu sagen, dass ich mich operieren lasse wegen meiner Beeinträchtigung. Ich hatte die Hoffnung, dass sich diese Information genauso verbreiten würde wie die andere. Dass mir die anderen endlich glauben würden, dass ich an Phonagnosie leide und den Entführer wirklich nicht identifizieren konnte. Was sollte ich denn sonst tun?« Verzweifelt schlug sie sich die Hände vor das Gesicht.

»Wie wäre es damit gewesen, einfach bei der Wahrheit zu bleiben? Lügen führen zu nichts. Aber das muss ich Ihnen nun wirklich nicht erklären, Frau Verstaad. Sie sind doch klug. Spätestens nachdem Luisa verschwunden war, hätten Sie uns aufklären müssen. Mann, Mann, Mann.«

Mahrenholz gab seiner Kollegin in Gedanken recht. Mit Logik oder Intelligenz hatten Maja Verstaads Ausführungen nun wirklich nichts zu tun. Das Ganze konnte auch eine Geschichte sein, die etwas verschleiern sollte.

»Wem haben Sie denn von der anstehenden Operation erzählt? Nur Nicole?«

»Und Ellen. Ellen Maaßen. Wir haben uns vor einer Woche zufällig auf der Straße getroffen und uns ausgetauscht. Die üblichen Höflichkeiten. Dabei habe ich von meinem bevorstehenden Eingriff erzählt.«

»Sind Ellen Maaßen und Sie denn befreundet?«

Nachdenklich wischte sie sich über die Nase. »Nein. Vor einigen Jahren standen wir uns mal näher. Da hätte sich vielleicht eine Freundschaft bilden können, aber nach einiger Zeit hat sie nicht mehr auf meine Nachrichten reagiert oder Ausreden erfunden, warum wir uns nicht treffen können. Ihr Mann, Henning, hat was gegen mich.«

Skeptisch sah Julia von ihrem iPad auf. »Hat er konkret etwas gegen Sie gesagt oder hat Ellen etwas durchblicken lassen?«

»Henning würde sich nie dazu hinreißen lassen, mir etwas ins Gesicht zu sagen. Das könnte ja sein Image beschädigen. Nein, nein, Ellen hat nur mal erwähnt, dass er mit Feministinnen nichts anfangen kann. Dazu zählen bei ihm schon Frauen, die selbstständig für ihren Lebensunterhalt sorgen und möglicherweise auch noch Spaß an ihrer Arbeit haben. Oder Erfolg. Das ist nichts, was in Hennings Welt stattfinden darf. In Ellens offensichtlich aber auch nicht. Ich will sie nicht verurteilen, nur geärgert hat es mich schon. Sie ist eine liebenswürdige Person.«

Mahrenholz ließ ihre Ausführungen unkommentiert. »Wie gut kennen Sie Jacob?«

»Ihren Sohn? Nicht sonderlich gut. Er ist ein Teenager und meistens zu Hause. Er …« Sie stockte, sah nach links und schien in ihren Erinnerungen zu blättern.

»Frau Verstaad? Brauchen Sie vielleicht ein Glas Wasser?« Julia Meißner war im Begriff aufzustehen, doch Mahrenholz legte ihr kurz die Hand auf den Arm. Sie runzelte die Stirn und setzte sich wieder.

»Wie konnte ich das nur vergessen. Jacob, natürlich!«

»Was war denn mit Jacob?«, hakte Julia nach.

»Vor einigen Wochen spielten Luisa und ich im Garten. Dann ging ich kurz rein, um mir eine Jacke zu holen. Das waren maximal zwei Minuten. Als ich zurückkehrte, stand Jacob plötzlich neben Luisa an der Sandmuschel. Er muss durch den Garten gekommen sein. Unsere Gärten grenzen direkt aneinander und sind an dieser Seite nur durch die Ligusterhecke getrennt. Die Hecke ist nicht durchgehend gepflanzt, durch die große Dürre im letzten Jahr. Ich bepflanze dieses Jahr erst wieder neu. Es gibt somit diesen Spalt, durch den sich ein schlanker Erwachsener jederzeit durchschlängeln kann. Diesen Weg hat er genommen.«

»Was ist dann passiert?« Mahrenholz konzentrierte sich ganz auf die Befragte.

»Ich hab ihn gefragt, ob ich ihm helfen kann oder ob er etwas sucht. So etwas in der Art. Ich war perplex und das war das Erstbeste, was mir durch den Kopf ging. Jacob hat nur den Kopf geschüttelt und etwas gemurmelt, was ich nicht verstanden habe. Dann verschwand er wieder auf demselben Weg. Später erzählte mir Luisa, dass er ihr ein kleines Pferd geschenkt hat, Spirit. Das ist so eine Zeichentrickfigur. Luisa liebt dieses Pferd.«

»Was meinen Sie, warum er das getan hat? Hatte er früher bereits Kontakt zu Ihrer Tochter?«

»Nein!« Ihre Antwort klang zwei Oktaven höher als ihre sonstige Stimmlage. »Also, ich meine, was heißt Kontakt. Wir sind Nachbarn und Sie kennen ja die Gegebenheiten. Unsere Gärten grenzen aneinander. Natürlich haben wir da alle mehr oder weniger Kontakt miteinander. Aber was sollen eine Fünfjährige und ein Vierzehnjähriger miteinander zu tun haben? Da gibt es nichts.« Plötzlich schien ihr die Bedeutung ihrer eigenen Worte bewusst zu werden. »Aber Jacob war auch mit Joline befreundet. Und sie war ebenfalls jünger als er.« Ihre Miene verfinsterte sich. »Meinen Sie, er hat etwas mit Luisas Verschwinden zu tun? Aber das kann doch nicht sein … ein Vierzehnjähriger?«

Mahrenholz atmete tief ein und aus. Wenn er irgendetwas wusste, dann, dass alles möglich war auf dieser Welt. Dafür mussten lediglich zwei Dinge zusammenkommen: Motiv und Möglichkeit.

»Heute geht es in erster Linie um Sie, Frau Verstaad.«

»Das habe ich verstanden, Frau Meißner.« In Maja Verstaad schien aufgrund ihrer Erkenntnis neues Leben gekommen zu sein.

Mahrenholz war davon wenig begeistert. Er konnte jetzt keine verzweifelte Mutter gebrauchen, die einen Nachbarsjungen verdächtigte, ihre Tochter entführt zu haben, und ihm womöglich nachstellte. »Frau Verstaad, was meine Kollegin sagen will, ist, dass dieser Junge bislang überhaupt nicht verdächtig ist. Wir ermitteln natürlich in alle Richtungen, um Luisa wiederzufinden. Deshalb ist es umso besser, dass Sie uns darüber informiert haben.« Er hatte sich zu ihr über den Tisch gebeugt und sie tat es ihm jetzt nach.

»Vielleicht bin ich nicht die empathischste Person der Welt, Herr Kommissar. Aber eines fühle ich genau: Mit Jacob stimmt etwas nicht. Das ist kein normales Verhalten. Vielleicht hat er doch etwas zu verbergen. Ich will meine Luisa zurück!«

Ihre Stimme klang aggressiv – oder nur verzweifelt? Das würde doch jedem liebenden Elternteil so gehen. Ja, sie hatte in Bezug auf ihre Operation gelogen und das hatte auch ihn kalt erwischt. Aber sie hatte mit dem Verschwinden ihrer Tochter nichts zu tun, das war faktisch nicht möglich. Die Hunde hätten auf dem Grundstück etwas Auffälliges ausgemacht und die

Kollegen hatten nichts in ihrem Bungalow gefunden, was auf einen vertuschten Unfall oder Ähnliches hingewiesen hätte. Manchmal gab es Fälle, in denen Kinder in Gartenpools ertranken, weil die Eltern unaufmerksam gewesen waren oder vergessen hatten, die Abdeckung wieder aufzulegen. Da hatte sich schon ein mancher zu schrecklichen Vertuschungsaktionen hinreißen lassen. Aber das war hier eindeutig nicht der Fall.

»Sie können jetzt wieder gehen, Frau Verstaad. Aber halten Sie sich für uns bereit und verlassen Sie nicht die Stadt. Haben wir uns verstanden?« Julia sah sie herausfordernd an.

»Das haben wir.«

Mahrenholz hielt ihr die Tür auf und trat mit ihr in den Flur des Kommissariats. »Falls Ihnen noch etwas einfallen sollte, melden Sie sich bitte umgehend. Sie wissen, dass wir …«

»Carsten!« Rainer kam aus seinem Büro geschossen, hielt ein Handy am Ohr und winkte ihm aufgeregt mit einem Apfel in der Hand entgegen. Mahrenholz bedeutete ihm, dass er ihm gleich folgen würde, und mit einem Nicken zog Rainer sich zurück.

»Dann fahre ich erst einmal wieder nach Hause, Herr Kommissar.« Sie drückte seine Hand und drehte sich um. Dann stoppte sie und warf einen Blick zurück. »Meinen Sie, die Meldung von Ihrem Kollegen hat etwas mit Luisa zu tun? Haben Sie Luisa gefunden?«

Die Angst hatte sich tief in ihr Gesicht eingegraben und Mahrenholz empfand Mitleid. Er legte ihr beruhigend eine Hand auf die Schulter. »Warten Sie kurz hier. Ich bin gleich wieder da.« Schnellen Schrittes ging er in Rainers Büro und schloss die Tür hinter sich. »Habt ihr Luisa gefunden?«

Sein Kollege spuckte das Stück Apfel, das er noch im Mund hatte, in einen Mülleimer. »Leider nicht, Carsten.« Er wischte sich mit einem Taschentuch über den Mund und steckte es in seine Hosentasche. »Es ist der absolute Wahnsinn. Du kennst doch diese Ellen, Ellen Maaßen.«

»Die schöne Frau des Unternehmers, na klar. Hat sie angerufen?«

»Nee, Carsten.« Rainer strich kopfschüttelnd über seine Schreibtischunterlage. »Da ist Sendepause. Sie ist tot.«

Kapitel zweiundvierzig

Julia Meißner

17:35 Uhr

»Auf dieser Strecke haben sich schon so viele totgefahren …
Aber warum jetzt ausgerechnet Ellen Maaßen? Und wohin
wollte sie überhaupt?« Julia Meißner zog sich die Wollmütze
noch tiefer ins Gesicht, als Mahrenholz auf sie zukam, und
stapfte mit ihren Sneakern von einem Fuß auf den anderen.
Ihre Uhr zeigte minus drei Grad an und sie bereute es, sich
nicht wärmer angezogen zu haben. Das konnte hier noch
lange dauern. Sie stand in einem Graben an der B 497,
die vom westlichen Holzminden nach Silberborn führte.
Der Straßenabschnitt war bereits gesperrt worden, der
Unfallbereich so hell ausgeleuchtet wie ein Fußballstadion.
Die Strecke war kurvig und verführte zum Rasen. Julia wusste,
wie viele Menschen auf diesen zwölf Kilometern ihr Leben
gelassen hatten. Die vielen Kreuze, liebevoll mit Fotos und
Blumen geschmückt, und die Grablichter zeugten davon. Es

waren fast immer Fahranfänger, die entweder zu schnell fuhren, alkoholisiert waren oder die Wetterbedingungen nicht richtig einschätzten. Manchmal war es auch eine Kombination aus allen drei Faktoren. Dazu kam der rege Wildwechsel im Herbst. Die kleine Ortschaft Silberborn lag 432 Meter über Normalnull, sodass es hier schneller Glatteis oder Schnee gab als im nahe gelegenen Holzminden. Die Wetterunterschiede waren teilweise frappierend.

So wie heute, dachte Julia fröstelnd und verfluchte, dass sie keine Handschuhe in ihrem Auto verstaut hatte. In Zukunft musste sie sich dringend besser organisieren. Sie ging die Straße weiter hinunter und sah das rote Mercedes-Coupé, das zusammengefaltet wie eine Ziehharmonika an einer dicken Eiche geendet war. Die hellen Airbags wären wohl auch in der Dunkelheit gut zu sehen gewesen und es lag eine Menge Kram um das Fahrzeugwrack herum. Sie meinte, aus der Entfernung eine Handtasche zu erkennen. Grauenhaft. Noch vor wenigen Stunden hatten sie mit Ellen gesprochen. Julia fiel es immer wieder schwer zu begreifen, dass die Grenze zwischen Leben und Tod an manchen Tagen sehr dünn war. *Für diese Gefühle ist jetzt aber kein Platz*, rief sie sich in Gedanken zur Ordnung. Der Zugführer der Feuerwehr, ein groß gewachsener Mittvierziger mit Brille, kam ihnen entgegen. »Also, wir haben sie jetzt rausbekommen. Das hat Stunden gedauert, bis wir sie endlich aus der Blechbüchse rausgeschnitten hatten. Der Bestatter ist gerade beim Umladen.« Er zeigte auf den unverkennbaren Wagen, der hinter Julias Golf an der Straße geparkt hatte. Sie bemerkte zwei Männer in schwarzen Anzügen, die dabei waren, einen Sarg einzuladen und dabei so würdevoll wie nur möglich auszusehen. Julia schauderte es. Ein Mensch war gestorben und sie hatten es nicht verhindern können. Solche Momente waren immer wieder furchtbar.

»Vielen Dank. Mensch, der Wagen sieht ja aus.« Mahrenholz ging um das Coupé herum und schüttelte den Kopf. Sanft strich er mit einer Hand über den Rest der Beifahrertür. »Irgendwelche Bremsspuren auf der Straße?«

Der Zugführer zuckte mit den Schultern. Er hatte auch Augenringe, bemerkte Julia. Niemand kam mehr zum Schlafen, wie es schien. »Nein. Sie muss mit voller Geschwindigkeit dagegen gerast sein. Sieht für mich fast nach einem Suizid aus. Aber das könnt ihr ja besser feststellen als wir. Wir sind dann mal wieder weg. Die Jungs sind fertig und mir reicht's auch für heute, ja? Also. Bis dann.« Der hochgewachsene Mann drehte sich um und winkte seinen Leuten. »Aufsitzen!«

Julia hockte sich neben den Kofferraum oder das, was davon noch übrig geblieben war, und suchte auf dem Boden nach verwertbaren Dingen. *Selbstmord*, dachte sie und presste die Lippen zusammen. Wenn sich diese Möglichkeit bestätigen würde, wäre das unendlich tragisch. Hatte Ellen Maaßen sich wegen ihres Mannes umgebracht? Oder wegen ihrer Depressionen? Ein Suizid hatte seine eigene schreckliche Dynamik.

Mahrenholz kam zu ihr und schaltete die Taschenlampenfunktion seines Handys an. »Angenommen, es handelt sich um Selbsttötung. Warum jetzt? Was könnte passiert sein?«

Julia pustete sich in die kalten Hände. »Gegenfrage: Warum bringt sie sich überhaupt um? Wegen ihres Mannes? Trotz ihres Sohnes? Gab es einen Auslöser? War das geplant?«

Mahrenholz nickte. »Vielleicht hat sie eine Nachricht hinterlassen. Ich würde sie so einschätzen.«

»Nach der suche ich auch. Vielleicht finden wir ihr Handy. Das ist sicher ebenfalls aufschlussreich.« Julia sah sich im Graben um, der übersät war mit Splittern, Kleinteilen und Stofffetzen aus beigefarbenem Leder, die von der Innenauskleidung des Wagens stammten. Sie erspähte eine Brille, einen Regenschirm, eine schwarze Handtasche, die nur noch einen Henkel hatte, eine Cremepackung und einiges mehr an Kleinigkeiten. Die KTU würde das alles fachmännisch verstauen. Aber für ihre Ermittlungen war das alles nutzlos. Mit einem Ruck stand sie auf und spürte die Nässe der einsetzenden Nacht in ihren Turnschuhen. Erneut verfluchte sie sich für die Kleidungswahl. Sie griff nach einem Taschentuch in ihrer Jackentasche und hob damit die demolierte Handtasche vom Boden auf. Wenn es irgendetwas Persönliches gab, dann war es hier zu finden, davon war sie überzeugt. Sie trat unter eine Straßenlaterne, die orangefarbenes Licht in das Tascheninnere warf. Julia sah ein grünes Portemonnaie, einen Schlüsselbund, Handcreme, Tabletten und etwas Weißes. Sie griff danach.

Ein Brief, dachte sie triumphierend. *Das habe ich mir doch gedacht.* Auf dem Umschlag stand »Lo que aún tengo que decir«. Das würde sie später übersetzen. Sie sprach fließend Französisch, Englisch und mittelmäßig Türkisch, aber Spanisch hatte sie noch nicht gelernt. Hoffentlich war der Brief nicht auf Spanisch geschrieben. Sie wollte *jetzt* wissen, was los war, und nicht erst in ein paar Stunden oder Tagen. Ungeduldig winkte sie Mahrenholz zu. »Carsten, komm mal her. Ellen hat uns tatsächlich etwas hinterlassen.«

»Sieh mal einer an. Da sind wir doch höchst gespannt. Mach das Kuvert schnell auf. Wenn die KTU den erst in die Finger bekommt, kann es dauern, bis wir ihn wiedersehen. Und die Zeit haben wir nicht.« Er fuhr sich über den Bart. »Vielleicht wusste Ellen mehr, als sie uns weismachen wollte.«

Julia hauchte sich noch mal in die rot gefrorenen Hände und öffnete den verknitterten Umschlag, der lediglich an einer Seite eingerissen war. Verblüfft ließ sie den Brief sinken.

»Was ist los? Lies doch bitte vor, Julia.« Mahrenholz trat unruhig von einem Fuß auf den anderen.

»Das kann ich mir auch so merken, Carsten. Sie hat nur einen einzigen Satz geschrieben. Ist das denn zu fassen?«

»Ja und? Wie lautet der?« Hektisch nahm er ihr den Zettel aus der Hand. In schönster Handschrift und blauer Tinte stand auf dem weißen Papier:

»Meine Schuld wird nie vergehen.«

KAPITEL DREIUNDVIERZIG

Carsten Mahrenholz

18:30 Uhr

»Willst du auch Sitzheizung?« Julia hatte soeben ihren Golf gestartet und die Heizung bereits auf vierundzwanzig Grad eingestellt. Die Lüftung lief auf Volllast; jedenfalls schien es so, denn Mahrenholz musste sehr genau hinhören, wenn seine Kollegin sprach.

»Unbedingt.« Innerhalb kürzester Zeit umfing ihn wohlige Wärme und er musste sich zwingen, nicht die Augen zu schließen. Er zog sein Handy hervor und gab in den Übersetzer die Aufschrift des Umschlags ein: »Lo que aún tengo que decir.«

»Hm«, brummte er laut.

»Was bedeutet das ›Hm‹? Lass mich teilhaben.« Julia fuhr zügig die Straße entlang und klebte dabei ziemlich an der Scheibe, wie er mit einigem Unwohlsein bemerkte. Sie schien seine Gedanken lesen zu können und drehte sich kurz zu ihm.

»Es ist alles okay mit mir, Carsten. Ich bin einfach nur vorsichtiger heute.«

Er zog kurz die Nase hoch. »Der Text, den Ellen auf den Briefumschlag geschrieben hat, heißt angeblich ›Was ich noch zu sagen hätte‹.«

»Ich bin so unglaublich wütend!« Jäh schlug Julia auf das Lenkrad und starrte dabei weiter auf die Straße. »Es kann doch nicht sein, dass sie sich umbringt, einen Abschiedsbrief mit ›Was ich noch zu sagen hätte‹ versieht und dann ein läppischer Satz drinsteht! Ein Satz, der alles und nichts bedeuten kann.«

Sie passierte die Ortseinfahrt von Holzminden und machte keinerlei Anstalten, langsamer zu werden.

»So, hier ist fünfzig, Julia, auch für dich.«

Überrascht stellte er fest, dass sie den Blinker setzte und rechts ranfuhr. Sie standen jetzt in der Nothaltebucht in der Nähe des kleinen Blumenladens, der in der Straße am Pipping lag.

Julia legte beide Hände auf das Lenkrad und sah ihn nicht an. »Carsten.« Ihre Stimme klang ernst und unerwartet ruhig. »Was ist dein Problem mit mir? Kann ich in deinen Augen irgendetwas richtig machen im Polizeidienst?«

Carsten Mahrenholz traute seinen Ohren kaum. Was war jetzt los? »Julia, ich habe doch überhaupt kein Problem mit deiner Arbeit. Wie kommst du darauf? Nur weil ich dir sage, dass wir nicht mit achtzig Stundenkilometern in einen Ort hineinfahren können? Entschuldige mal.«

Sie fuhr sich mit der Zunge über die Unterlippe. »Darum geht es nicht. Vorhin bei der Vernehmung legst du mir die Hand auf den Arm, damit ich mich beruhige oder es eben so läuft, wie du willst. Oft wirfst du mir Blicke zu, die mir offensichtlich signalisieren sollen, dass ich ruhig bleiben soll – und für mich fühlt es sich so an, als ob du am liebsten alles allein machen willst. Aber wir sind nun mal ein Team und das lebt doch auch von Gegensätzlichkeiten, Mensch! Glaubst du, ich arbeite hauptberuflich als Fleischer oder was?« Hitzig ließ sie sich im Sitz zurückfallen und legte den Kopf in den Nacken.

»Fertig?«

»Das kommt darauf an, was du jetzt sagst.«

»Julia, du bist eine kluge Ermittlerin und ich arbeite gerne mit dir zusammen. Deine Art ist mir manchmal zu impulsiv, das stimmt, und ja, du verbaust dir dadurch Möglichkeiten in Vernehmungen. Das sage ich dir aus meiner Erfahrung heraus und weil ich vor vielen Monden auch mal jung war. Wenn ich dich dabei bloßgestellt habe, tut es mir leid. Ich möchte nicht, dass du dich wie meine Schülerin oder bevormundet fühlst. Dafür bitte ich dich um Entschuldigung. Mir fällt das im Eifer des Gefechts manchmal nicht auf.«

Seufzend öffnete sie nach einigen Sekunden wieder die Augen. »Es nervt einfach. Deine Entschuldigung nehme ich aber an. Danke, Carsten.« Sie startete den Motor. »Und ich werde an meiner Kritikfähigkeit arbeiten. Vielleicht atme ich auch mal öfter kurz durch. Mal sehen.« Sie bog in die Liebigstraße ein. »Fährst du mit mir noch durch den McDrive? Ich will mir eine Cola holen und ich hab auch Megahunger. Du hast doch auch noch nichts gegessen seit heute Morgen, oder?«

»Du wirst mir das Zeug jetzt nicht schmackhafter machen können, Julia. Aber gegen einen Kaffee hätte ich in der Tat nichts einzuwenden.«

»Perfeeekt. Endlich hörst du mal auf mich.« Sie lachte herzhaft auf und er stimmte mit ein.

Der Parkplatz des Schnellimbisses war überraschend voll für einen Sonntagabend. Julia hatte ihre Pommes und ihren Burger, aus dem dicke braunrote Soße und einige riesige Zwiebeln quollen, auf der Innenkonsole des Autos drapiert. Mit Hingabe drückte sie abwechselnd Mayonnaise und Ketchup aus kleinen

Tütchen auf eine Serviette. Dann dippte sie eine Pommes ein und wirkte zufrieden. Mahrenholz ließ sein Fenster ein wenig runter; er gierte nach frischer Luft. Wenn er irgendeinen Geruch kaum ertragen konnte, war es der von gegrilltem Schweinefleisch. Vom leidigen Geschmack ganz abgesehen, schüttelte es ihn davon regelrecht. Die grauenhaften Bilder aus Kindheitserinnerungen oder von brutalen Tatorten schob er sofort wieder zur Seite. Aber er wollte jetzt keinen weiteren Streit mit Julia riskieren. Dafür hatten sie weder Zeit noch Nerven. Dankbar nippte er an seinem Kaffee, den er mit Hafermilch bestellt hatte. Der junge Typ am Serviceschalter hatte noch dreimal nachgefragt, ob er wirklich Hafermilch meinte und nicht doch »normale« Milch. Die Attitüde dieses Jungen hatte ihn ziemlich aufgeregt. »Verdrehte Welt«, entfuhr es ihm.

»Was meinst du?« Julia zog geräuschvoll am Strohhalm ihres fast leeren Milchshakes.

»Ich frage mich einfach, was Ellen Maaßen damit meint: ›Meine Schuld wird nie vergehen.‹ Was könnte das große Geheimnis sein, dass sie sogar lieber den Tod wählt, als ihr Gewissen zu erleichtern?«

»Mein erster Gedanke war, dass sie sich wegen ihrer Ehe das Leben genommen hat. Wegen ihres Mannes, diesem Idioten. Andererseits hätte sie sich auch scheiden lassen können. Selbst wenn es einen Ehevertrag zwischen ihnen gibt, wäre sie finanziell wieder auf die Beine gekommen. Er hätte Unterhalt für Jacob bezahlt, sie hätte sich eine Wohnung genommen und sich einen Job gesucht. Wahrscheinlich hatte er sie schon im Ganzen gebrochen. Scheißnarzissten. Wusstest du, dass neben der emotionalen Abhängigkeit, die es in solchen Beziehungen gibt, auch eine hormonelle eine Rolle spielt?«

Mahrenholz schüttelte den Kopf.

»Dein Körper braucht circa drei Monate, um wieder zur Ruhe zu kommen. In denen darfst du aber keinerlei Kontakt zu deinem Expartner haben. Keine Nachrichten, keine alten Fotos, nichts. Erst dann kommt dein Hormonhaushalt wieder auf Werkszustand zurück. Das ist doch schrecklich, oder?«

»Ja, ganz schlimm. Ich glaube aber nicht, dass das der Hauptgrund war. Das Leben mit ihrem Mann, mit seiner Gewalt, daran hatte sie sich vermutlich gewöhnt, so schrecklich es sich anhört. Vielleicht hatte sie solche Erfahrungen auch schon früher gemacht und es war ihr vertraut. Eine Form von verquerer Sicherheit.«

Julia schluckte den letzten Bissen ihres Burgers hinunter und wischte sich mit einer Papierserviette über den Mund. »Denk an die Antidepressiva, die sie genommen hat. Suizidgedanken sind ironischerweise häufig unter den Nebenwirkungen zu finden. Vanessa hat mir davon berichtet. Das sollten wir in jedem Fall checken lassen.«

»Interessanter Gedanke, Julia. Zur Sicherheit sollten wir das wirklich prüfen. Mein Bauchgefühl sagt mir aber, dass es einen anderen Auslöser gegeben haben muss. Oder ein Ereignis, das maximal überwältigend und aussichtslos schien.« Nachdenklich sah er nach draußen und beobachtete eine Gruppe von Teenagern, die sich feixend über den Parkplatz jagten.

»Du hast doch einen guten Draht zu Jugendlichen und Kindern, Julia. Jacob muss eine Ahnung haben, warum sich seine Mutter umgebracht hat. Er ist der Einzige, mit dem sie sich umgeben hat. Du musst versuchen, eine Verbindung zu ihm aufzubauen.«

»Gut, aber er hat gerade erst erfahren, dass seine Mutter tot ist. Seine Verfassung wird katastrophal sein.«

»Das ist anzunehmen. Aber du wirst die richtigen Worte finden, da bin ich mir sicher. Das ist auch um Längen Erfolg versprechender, als mit Henning zu reden. Ich werde es tun, aber das wird kaum zu neuen Erkenntnissen führen.«

Er trank seinen Kaffee aus und steckte sich einen Pfefferminzbonbon in den Mund. »Der Behrendt werde ich auch einen Besuch abstatten. Sie soll mir noch mal genau erklären, wie das war mit Jolines Verschwinden. Irgendwo muss es einen Anhaltspunkt geben.«

Kapitel vierundvierzig

Julia Meißner

Der Montag begann so, wie der Sonntagabend geendet hatte: voller Erschöpfung. Die Temperaturen waren um ein weiteres Grad gefallen und Julia Meißner stand vor der prächtigen weißen Villa der Maaßens. Sie betrachtete spöttisch die Löwenfiguren aus Stein, die den Weg zum Entree zu patrouillieren schienen. Unwillkürlich musste sie an italienische Mafiabosse in alten Filmen denken, die auch häufig in solchen Villen lebten. *Da fehlen nur noch die Tiger aus Keramik,* dachte sie und drückte den bronzenen Klingelknopf. Ein klangvoller Gong ertönte und sie fühlte sich plötzlich beinahe schuldig für ihre verächtlichen Gedanken. Dieses Haus hatte sicherlich auch schöne Momente erlebt. Kaum etwas auf der Welt war durchgängig schrecklich. Vielleicht hatte es hier früher Familienfeste gegeben, eine Tauffeier für den kleinen Jacob, Kindergeburtstage, Weihnachten. *Dieser ganze Winkel ist verflucht,* überlegte sie. *Alle drei Familien hier in Trauer, alles Glück in Scherben ... Du*

211

musst demnächst unbedingt mal ausschlafen. Hier ging es nicht um poetische Überlegungen, sondern um analytische Fallarbeit. Und zwar jetzt. Entschlossen klingelte sie einige Male hintereinander, bis Henning Maaßen die Tür öffnete und fast in sie hineinlief.

Er trug einen schwarzen Anzug und hatte einen Wollmantel über den Arm gelegt. Mit der anderen Hand hielt er sich ein Handy an das Ohr. »Ich rufe dich gleich zurück, Maximilian.« Dann nickte er ihr zu. »Guten Morgen, Frau Meißner. Was kann ich für Sie tun?« Er zog die Haustür hinter sich zu und fuhr in den Mantel. »Leider habe ich nicht viel Zeit. Ich muss eine Menge organisieren, wenn Sie verstehen.«

»Mein herzliches Beileid, Herr Maaßen. Ich kann mir kaum vorstellen, wie es Ihnen gehen muss.« Julia gab sich viel Mühe, ihren Groll gegen ihn nicht hörbar zu machen.

»Ich habe meine Frau verloren, Frau Meißner. Mein Sohn ist Halbwaise und ich muss mir überlegen, was ich an ihrem Grab sagen werde. Nein, ich denke nicht, dass Sie daran irgendetwas verstehen können.«

Julia biss sich auf die Lippen. Jetzt nur nicht die Nerven verlieren. »Ich will Sie auch gar nicht stören, ich wollte nur einmal kurz mit Jacob sprechen und fragen, wie es ihm geht. Vielleicht kann ich etwas für ihn und Sie tun. Wir haben Adressen für sehr gute Jugendtherapeuten, die auch hervorragende Trauerarbeit …«

Erneut zog er sein Handy aus der Tasche und wies ihr mit einer Handbewegung den Weg, der von der Villa wegführte. Er stand jetzt so dicht neben ihr, als wollte er sie umarmen. »Verstehen Sie mich nicht falsch, Frau Meißner. Ich weiß Ihr Angebot sehr zu schätzen, aber wir haben unsere eigenen Therapeuten und Möglichkeiten. Einer meiner ältesten Freunde, ein angesehener Psychiater, wird sich um meinen Sohn kümmern. Vielleicht wird Jacob auch eine Zeit lang nach

England gehen, um diesen ganzen Wahnsinn zu überwinden. Eine neue Umgebung kann Wunder wirken, wissen Sie?« Er sah ihr tief in die Augen und dann auf ihre Brüste.

Julia Meißner konnte es nicht beschwören, aber sie meinte, einen spöttischen Zug um seinen Mund zu erkennen. Er legte es darauf an, sie zu provozieren. *Dieser Mann hat gestern seine Frau verloren*, dachte sie angewidert.

»Dennoch würde ich gerne kurz mit ihm reden, Herr Maaßen. Vielleicht tut ihm gerade jetzt etwas Gesellschaft gut. Sie werden doch den ganzen Tag in Ihrem Unternehmen verbringen, nicht wahr?«

Er nestelte die Keycard für seine imposante A-Klasse aus der Innentasche seines Jacketts und das Auto piepte kurz auf. »Frau Meißner, ich muss jetzt wirklich los. Ich bitte das zu entschuldigen. Wenn Sie noch Fragen an mich haben, rufen Sie mich einfach an oder am besten gleich meinen Rechtsberater. Sie können mich natürlich auch in der Firma besuchen.« Er hielt ihr eine Visitenkarte entgegen. »Und was Jacob betrifft: Er ist erst vierzehn. Sie dürfen ihn nicht ohne mich befragen. Aber das wissen Sie ja.«

Julia kniff die Augen zusammen. »Sie haben durchaus ein Anwesenheitsrecht, das stimmt wohl. Sprechen kann ich mit Jacob ganz ohne Ihre Einwilligung. Aber das wissen Sie ja sicherlich auch.« Sie legte eine kurze Sprechpause ein und beobachtete seine Reaktion. Noch immer stand er mit der Visitenkarte seines Anwalts in der Hand dicht vor ihr. Seine Mimik wirkte wie eingefroren. *Pokerface*, schoss es ihr durch den Kopf, *aber jetzt habe ich dich.* Sie griff nach der Visitenkarte und begann laut zu lesen: »Dr. Peter Loewe, Rechtsanwalt. Kenne ich noch gar nicht, den Herrn. Am besten rufe ich ihn gleich einmal an. Vielleicht können wir aus aktuellem Grund einen gemeinsamen Artikel im ›Täglichen Anzeiger‹ veröffentlichen, um Eltern und Kinder über Rechte und Pflichten aufzuklären, wenn es um die

Zusammenarbeit mit der Polizei geht. Das kann ja nie schaden. Vielleicht wollen Sie dann auch mit auf das Foto kommen, Herr Maaßen. Sie sind doch bekannt wie ein bunter Hund in unserem korrekten kleinen Städtchen. Was meinen Sie?« Herausfordernd reckte sie das Kinn.

»Geben Sie schon her.« Er zog ihr die Karte wieder aus den Fingern und sah Julia verächtlich an. »Klingeln Sie, in Ordnung. Wenn ich mitbekomme, dass Sie irgendwelche Psychospielchen mit ihm spielen, werden Sie schneller in einem noch kleineren Kaff sitzen, als Sie ›Feminismus‹ schreiben können.«

»Das hier ist doch kein Spiel, Herr Maaßen.« Sie sprach betont langsam. »Ein Mädchen ist entführt worden, ein anderes wird vermisst und Ihre Frau hat sich das Leben genommen. Und Sie reden vom Spielen?« Julia fühlte sich ganz ruhig, weil sie wusste, dass sie ihm einen Schritt voraus war. Ihn ein wenig zu beschämen, war ein netter Nebeneffekt.

Er grinste sie schauerlich an. »Ganz vorsichtig, Frau Kommissar, ganz vorsichtig.« Henning Maaßen drehte ihr den Rücken zu und stieg in seine Limousine. Als er an ihr vorbeifuhr, ließ er das Fenster hinunter und beugte sich ein wenig nach draußen. »Frauen wie dich esse ich zum Frühstück.« Schmierig taxierte er sie von oben nach unten.

Julia stützte sich links und rechts neben der Autoscheibe ab und beugte sich ganz nah an sein Gesicht. »Wenn du dich da mal nicht verschluckst.«

Sein Lächeln verschwand augenblicklich. Er gab Gas und brauste die Straße hinunter.

Jacobs Zimmer war ungewöhnlich aufgeräumt, wie Julia direkt beim Eintreten beeindruckt feststellte. Der Raum hatte bestimmt vierzig Quadratmeter, aber alles schien an seinem Platz zu sein. Die Wände waren in einem Betongrau gehalten und die Einrichtung bestand aus einem schlichten Bett, einem

Schreibtisch und einem großen Kleiderschrank. An einer Wand stand ein separater Zeichentisch. Das war der einzige Ort, an dem sie so etwas wie Lebendigkeit spüren konnte. Wenn sie an ihr Zimmer als Vierzehnjährige dachte, kam es ihr so vor, als würden sie beide von unterschiedlichen Planeten stammen.

Jacob schob ihr seinen Schreibtischstuhl hin und setzte sich selbst auf sein Bett. Der Junge hatte tiefe Augenringe, und als ihm sein Sweater nach oben rutschte, erkannte sie auf seinen dünnen Armen frische Wunden vom Ritzen.

Statt Platz zu nehmen, ging Julia zu seinem Zeichentisch. »Darf ich?« Er nickte und sie hob ein Blatt hoch, auf dem er zwei Otter mit einem Kohlestift gezeichnet hatte. Die Linien waren präzise, die ganze Ausarbeitung sorgfältig. Die Otter trieben im Wasser und hielten sich an den Pfoten. »Die sind dir total gut gelungen, Wahnsinn. Seit wann zeichnest du schon?«

»Keine Ahnung. Vielleicht seit ich sieben oder acht bin.« Er schob sich die Ärmel seines grünen Hoodies über die Handgelenke und zog die Beine an sich heran, als wollte er sich schützen.

»So gut wie du wollte ich früher auch immer werden. Hat aber nicht funktioniert. Dann bin ich doch lieber zu den Bullen gegangen.« Sie grinste ihn an und sah, dass er sich gegen sein Grinsen wehren wollte, aber es gelang ihm nicht.

Rasch schaute er wieder weg. »Meine Mutter konnte auch zeichnen. Wahrscheinlich habe ich das von ihr geerbt.« Er zog sich seine Kapuze über den Kopf und einen Moment lang sah Julia nur die rotblonden Locken, die unter dem grünen Stoff hervorlugten. Die Haare jedenfalls hatte er nicht von seiner Mutter.

Nun ließ Julia sich auf den bequemen Schreibtischstuhl fallen. »Es tut mir leid wegen deiner Mum. Kann ich etwas für dich tun?«

»Danke. Nein, ich wüsste nicht, was.«

»Jacob, ich versuche, ein bisschen Licht in das Dunkel zu bringen, verstehst du? Hier im Winkel gehen viele Dinge vor sich und ich versuche, sie zu verstehen. Ich muss dir jetzt eine schreckliche Frage stellen, aber es geht einfach nicht anders. Du musst sie auch nicht beantworten, aber wenn du irgendetwas vermutest oder weißt, sag es mir bitte. Vielleicht hilft uns das auch bei unserer Suche nach Luisa. Du kennst doch Luisa. Immerhin hast du ihr dieses Pferd geschenkt. Das war sehr nett von dir.«

Jacob blieb einfach stumm auf seinem Bett sitzen.

Sie wagte einen Vorstoß. »Kannst du dir vorstellen, warum deine Mutter sich umgebracht hat?«

Es dauerte ein wenig, bis er antwortete. »Es gab ziemlich viel Streit zwischen ihr und meinem Vater. Vielleicht deswegen. Oder wegen ihrer Depressionen. Eine Menge Leute bringen sich wegen ihrer Depressionen um.«

Es schockierte Julia, wie abgeklärt und kühl er sich mit seinen vierzehn Jahren anhörte. Irgendwie desillusioniert. »Ja, das ist natürlich möglich. Ich hab nur gedacht, dass sie dir noch etwas anderes erzählt hat oder du vielleicht etwas mitbekommen hast.«

»Nein. Wobei, vielleicht hat sie was in ihr Tagebuch geschrieben.« Seine Stimme hüpfte eine halbe Oktave höher und er räusperte sich eilig.

Überrascht unterbrach sie ihn. »Wo sind denn die Tagebücher?« Sie bemerkte seinen skeptischen Blick. »Jacob, die könnten wirklich wichtig für uns sein. Ich weiß, dass das unangenehm ist.«

»Ich würd's ja sagen, aber ich hab keine Ahnung, wo die sein könnten. Sie hat es mal nebenbei erwähnt und ich dachte, das hätte was mit ihrer Therapie zu tun. Kein Plan.« Jetzt klang seine Stimme wieder fester. »Wir haben nie so viel geredet, außer über Schule und so. Da gab es auch keinen Streit, weil ich keine

Probleme mit den Noten habe. Kann auch sein, dass sie sauer auf mich war, weil ich so oft bei Nicole und Joline war. Immer wenn ich nachmittags Zeit hatte oder auch am Wochenende, bin ich rübergegangen.«

Julia nickte ihm zu. »Und jetzt? Nachdem Joline verschwunden ist?«

»Pffff.« Langsam stieß er die Luft aus. »Nicht mehr so richtig Lust drauf. Aber sie will, dass ich ihr öfter einen Gefallen tue, wenn Jens nicht da ist. Mit ihrem Laptop oder anderen Geräten. Ich kenne mich ganz gut mit Technik aus. Jetzt ist er ja gerade wieder da.«

Julia bemerkte ein Schulterzucken. »Wie ist der denn so, der Jens?«

Der Junge zog die Nase hoch. »Was weiß ich. Ich hab nicht viel mit ihm zu tun gehabt.«

»Ach, na komm. Ich hab doch deinen Blick gesehen. Du kannst ihn einfach nicht ab. Ist doch nicht schlimm. Hat er dir verboten, mit Joline rumzuhängen? Vielleicht weil du älter bist?«

Jacob wurde rot und starrte auf seine Bettdecke. *Verdammt*, fluchte Julia innerlich. Der letzte Satz war zu viel des Guten gewesen. Jetzt hatte sie ihn wahrscheinlich verschreckt. Scham war nichts, was man fühlen wollte, erst recht nicht mit vierzehn und im Zusammenhang mit Mädchen.

»Sag mal, kann ich kurz euer Klo benutzen?«

»Klar. Links und dann die zweite Tür rechts.«

Julia schlüpfte aus seinem Zimmer und schloss die Tür. Jetzt hieß es schnell sein. Eilig passierte sie die ersten beiden Zimmertüren. Sie war nun heilfroh, Sneaker zu tragen. Wenn sie sich vorstellte, was für ein Geräusch Stiefel auf diesen großen polierten Fliesenplatten verursacht hätten, wurde ihr ganz anders. Lautlos erreichte sie die dritte Tür, die weit geöffnet war. Bingo. Das war das Schlafzimmer mit dem angrenzenden

Badezimmer. Und daneben lag unter Garantie eine kleine Hauswirtschaftskammer. Das hatte sie in unzähligen Serien gesehen. Vorsichtig drückte sie die Klinke hinunter, die sich lautlos bedienen ließ. *Natürlich*, dachte sie. *Das hier ist schließlich kein Sozialbau, wo alles knarzt, sobald man es nur ansieht.* Sie drückte sich in den dunklen Raum und schrak zusammen, als automatisch Licht anging. Julia schloss die Tür hinter sich. Während des Gesprächs mit Jacob war ihr klar geworden, dass diese kontrollierte und leidensfähige Frau in diesem klinisch aufgeräumten Haus noch eine andere Seite gehabt haben musste. Und als er dann ihre Tagebücher erwähnt hatte, vervollständigte sich ihr Bild von Ellen. Irgendwo würde, nein *musste* sie ihre kleinen Geheimnisse aufbewahren. Sie hatte sich Luft machen müssen, über das Elend ihrer Ehe, über ihre Wünsche und Träume. Die schwitzte man sich ja nicht auf einmal aus, nur weil man über vierzig war. Irgendwo in diesem Raum mussten sich diese Bücher befinden. Es gab ein akkurat sortiertes Regal mit Plastikboxen, die Knöpfe und Garn enthielten, andere waren mit Geschenkpapier und -band befüllt. Alles war fein säuberlich beschriftet und stand wie abgezirkelt auf der Kante des Regals. Julia zog eine Box hervor. Die Boxen waren nur halb so tief wie das Regal. Das hieß, die Bücher konnten sich dahinter befinden. Eilig zog sie zwei weitere heraus, doch da war nichts. Mist. Kurz lauschte sie nach draußen, aber alles war ruhig. Ihr Blick fiel auf das Bügeleisen. Das würde Henning ganz sicher nie anfassen. Sie bückte sich und bingo! Hinter der riesigen Dampfbügelstation im Regal hatten Ellens Geheimnisse ihr sicheres Zuhause gefunden. Julia zog die Bügelstation vorsichtig einige Zentimeter nach vorne und drei Bücher kamen zum Vorschein. Schnell griff sie nach ihrem Fund und öffnete den Reißverschluss ihres Daunenparkas. Das war der Vorteil, wenn man aussah wie ein Michelin-Männchen: Niemandem fiel Extragepäck auf. Nochmals lauschte sie an der Tür, bevor sie zurück zu Jacobs Zimmer eilte, wo sie anklopfte.

»Sie können einfach reinkommen.« Jacob saß jetzt an seinem Zeichentisch und war vertieft in sein neuestes Werk.

Julia schaute ihm über die Schulter. Er hatte die Umrisse eines Pferdes gezeichnet. »Ist das das Pferd, das du Luisa geschenkt hast?«

»Das soll es jedenfalls mal werden.«

»Jacob, du hast echt Talent.«

Er nahm einen schwarzen Stift in die Hand und begann den Schweif zu zeichnen. »Danke. Das ist sehr nett von Ihnen.«

»Du kannst auch einfach Julia zu mir sagen, okay?«

Er nickte und wandte sich wieder seiner Zeichnung zu. Julia verabschiedete sich. Sie konnte es kaum erwarten, ihre Lektüre aufzuschlagen.

KAPITEL FÜNFUNDVIERZIG

Carsten Mahrenholz

09:00 Uhr

Es war neun Uhr und die Luft im Esszimmer bereits nach einigen Minuten mit Whiskeygeruch geschwängert. Der letzte Abend musste für Nicole Behrendt hart gewesen sein, überlegte Mahrenholz. Sie saß in desolatem Zustand vor ihm. In ihren Augen waren ein paar Äderchen geplatzt und das Weiß schimmerte rötlich. Ihre Lippen waren aufgesprungen und er konnte selbst aus dieser Entfernung die trockenen Hautschüppchen erkennen. Ihr grüner Jogginganzug wies Fettflecken auf und die roten Haare hatte sie wie zu einem Dutt ganz oben auf ihrem Kopf gebunden. Ihr ganzes Auftreten war erbarmenswert und er hätte sie am liebsten geschüttelt. Oder in eine Entzugsklinik geschickt. *Dieser verdammte Teufel Alkohol*, dachte er grimmig. Aber er durfte das jetzt nicht zu nah an sich herankommen lassen. Jeder Mensch hatte selbst eine Wahl und er würde niemanden retten können.

»Falls Sie hier sind, um mir zu sagen, dass es jetzt auch Ellen erwischt hat, das weiß ich schon.«

Ihre Stimme hörte sich etwas verwaschen an. Das Gespräch konnte spannend werden.

»Na ja, ›es‹ hat sie nicht erwischt, sondern sie hat sich umgebracht. Waren Sie eigentlich mit Ellen befreundet?«

»Guter Witz.« Schrill lachte sie auf. »Nee, mit Sicherheit nicht. Sie hat sich für was Besseres gehalten und das hat sie mich auch immer spüren lassen. Und das, obwohl sie auch nur Physiotherapeutin war. Aber als das mit Joline passiert war, da war sie nett. Sie hat die Helfer mit Essen versorgt und Flyer gedruckt. Das war aber auch das einzige Mal. Wenn sie mich ansonsten im Supermarkt oder auf dem Markt gesehen hat, tat sie immer so, als ob sie mich nicht kennen würde.«

Sie nahm einen Schluck aus einer Keramiktasse und Mahrenholz bemerkte, wie sehr ihre Hand zitterte. Hoffentlich hatte sie sich genug Sprit in den Kaffee geschüttet.

»Dabei hat sie sich einfach nur einen reichen Mann gesucht und sich ein Kind machen lassen«, fuhr sie fort. »Das kann ja jede. Jedenfalls jede, die so schön ist und es aushält mit so einem Spinner. Aber Sie sehen ja, wie es ausgegangen ist: Sie hat es eben nicht ausgehalten.« Jetzt wirkte sie doch betrübt. »Tut mir leid. Ich wollte nicht so schlecht über sie reden, aber sie war wirklich keine besonders nette Person. Immer die Nase ganz oben und von oben herab. Kein Wunder, dass Jacob lieber bei uns war. Die war so kalt wie der Wind in der Arktis. Der Junge kann einem einfach nur leidtun. Aber ich kann mich auch nicht um alles kümmern.«

Mahrenholz nickte ihr zu. Sie sollte sich vor allen Dingen erst einmal um sich selbst kümmern. Unglaublich, wie sehr Fremd- und Selbstwahrnehmung auseinanderklaffen konnten. Es kam ihm so vor, als ob sie in den letzten Tagen noch mehr abgebaut hatte. Der Jahrestag von Jolines Verschwinden schien ihr stark zuzusetzen. »Frau Behrendt, es tut mir leid, dass ich jetzt wieder in der Vergangenheit rumrühren muss, aber ich befürchte, wir haben keine andere Wahl. Luisa ist bereits seit drei Tagen verschwunden; heute ist der vierte. Für mich wäre es jetzt noch einmal wichtig, dass Sie mir erklären, was genau an dem Abend passiert ist, als Ihre Tochter verschwand. Meinen Sie, wir schaffen das zusammen?« Tränen stiegen ihr in die Augen und Mahrenholz bekam eine Ahnung davon, wie einsam sich diese Frau fühlen musste. Und doch musste er jetzt am Ball bleiben. »Sie haben Ihre Freundin Maja gebeten, auf Joline aufzupassen, richtig?«

Unwirsch brummelte sie etwas in ihre Tasse und nahm einen weiteren Schluck. »Das hab ich alles schon hundertmal erzählt, aber ich erzähle es auch Ihnen gerne noch ein weiteres Mal, wenn es meiner Joline helfen kann. Luisa natürlich auch«, schob sie eilig nach. »An jenem Abend war ich um neunzehn Uhr mit einem Kunden verabredet. Es ging um ein Hochzeitsshooting. Die Adresse des Kunden haben Ihre Kollegen damals aufgenommen und sie haben ihn auch befragt. Ich habe also ein Alibi, falls Sie das meinen. Gegen einundzwanzig Uhr war ich wieder zu Hause. Ich habe mein Auto unter dem Carport geparkt und bin zur Haustür gegangen. Da war schon alles zu spät. Maja kam mir entgegengestürzt, heulend und panisch und mit der kleinen Luisa auf dem Arm. Sie sagte mir, dass meine Tochter aus ihrem Zimmer verschwunden war, während sie mit Luisa im Wohnzimmer ein Spiel spielte. Ein Spiel, während meine kleine Joline verschwand.« Verbittert sah sie ihn an. »Ihr Kinderzimmer hat bodentiefe Terrassenfenster. Jens und ich haben damals lange überlegt, ob wir ihr wirklich ein Kinderzimmer im Parterre einrichten sollen. Ich hatte Angst um sie. Aber er, der mutige Jens, hat es mir natürlich ausgeredet. Hätte ich doch bloß nie auf ihn gehört. Wenn sie weiterhin ihr Zimmer im ersten Geschoss gehabt hätte, wäre das nie passiert. Kinder werden nicht aus Obergeschossen entführt.«

Mahrenholz sagte nichts, sondern hörte ihr nur zu.

»Und dann haben wir weitergesucht. Jeden Quadratzentimeter dieses Grundstücks. Wir haben natürlich auch alle Nachbarn gebeten, bei sich zu suchen. Auch wenn das im Nachhinein total verrückt war. Als ob sich Joline bei irgendwem im Keller oder im Geräteschuppen versteckt hätte. Warum auch. Und sie war ja auch nirgends. Keine Joline. Und während ich draußen suchte, kam der Anruf des Entführers, den Maja entgegennahm. Den Rest kennen Sie ja zur Genüge.« Erschöpft rieb sie sich die roten Augen.

»Danke, Frau Behrendt. Es war wichtig, den Verlauf des Abends noch einmal von Ihnen zu hören. Wo war eigentlich Jens zu jener Zeit? Noch im Ausland?«

»Nee. Der ist spät am Abend in Hannover gelandet. Er muss gegen Mitternacht hier gewesen sein, aber ich kann mich nicht mehr genau erinnern. Ich war wie in Watte zu diesem Zeitpunkt, wenn Sie verstehen, was ich meine.«

Mahrenholz war sich nicht sicher, aber er fragte nicht nach.

»Macht es Ihnen was aus, wenn ich Sie mal zwei Minuten allein lasse? Ich setze noch mal frischen Kaffee auf. Meine Migräne macht mir heute wieder so zu schaffen.«

»Nein, kein Problem. Kann ich in der Zeit rasch Ihr Bad benutzen? Es ist mir unangenehm, aber …«

Sie wehrte seine Erklärung mit einer hektischen Handbewegung ab. »Sie brauchen nichts zu erklären, gar nichts. Ich kenne das auch. Einfach hier raus und direkt links neben der Wendeltreppe. An der Tür hängt auch ein Schild.« Schlurfend verließ sie den Raum.

Er hörte, wie sie die Küchentür schloss. Eigentlich musste er wirklich das Bad benutzen, aber er konnte sich so etwas unbeschwerter umsehen. Das Bad lag gleich neben der Garderobe, die prall gefüllt war mit Jacken, Mänteln und Jutebeuteln. Darunter stapelten sich Männer- und Damenschuhe. Von Jolines Kleidung war nichts mehr zu sehen. Das konnte er vollkommen nachvollziehen. Er würde auch nicht gerne jeden Tag daran erinnert werden, dass sein Kind nicht mehr da war, wenn er zur Garderobe ging. Gerade wollte er die Badezimmertür öffnen, als ihm etwas Hellbraunes ins Auge fiel. Er trat wieder einen Schritt zurück und sah genauer hin. Zwischen zwei Lederjacken hing eine graue Fleecejacke, aus deren Tasche ein kleines Spielzeugpferd lugte. Mahrenholz überlief es eiskalt. Maja Verstaad hatte ihm berichtet, dass das Pferdchen fehlte, mit dem Luisa zuletzt im Garten gespielt hatte. Das Pferd, das Jacob ihr geschenkt hatte. Konnte das wirklich sein? Er zog das Spielzeug mithilfe eines Taschentuchs aus der Jackentasche und sah es sich genauer an. Frau Verstaad hatte ihm ein Bild des Pferdes gesendet, damit die Kollegen während ihrer Suche auch danach die Augen offen halten konnten. Er drehte es auf den Kopf und erkannte die Initialen, die Frau Verstaad auf den Bauch geschrieben hatte: L.V. Luisa Verstaad.

Kapitel sechsundvierzig

Julia Meißner

10:20 Uhr

Julia Meißner war nach dem Aufbruch von der Maaßen'schen Villa nur drei Straßen weitergefahren und stand jetzt in einer Parkbucht vor den Schrebergärten. Hier war an einem Montagmorgen absolut nichts los. Eilig schlug sie das erste Tagebuch auf, dessen Einband mit Sonnenblumen bedruckt war. Wenn es nicht um die dringende Aufklärung von zwei Verbrechen gegangen wäre, hätte sie sich schuldig gefühlt, einfach so in die Intimsphäre einer anderen Frau einzudringen. Zudem war diese tot. Alles war so vollkommen aus den Fugen geraten in diesem Fall. Sie begann zu lesen. Der erste Eintrag war aus dem Jahr 2000. Ellen schwärmte von Henning Maaßen, den sie wohl gerade erst kennengelernt hatte. Er hatte ihr fünfundzwanzig rote Rosen in die Physiotherapiepraxis schicken lassen, in der sie damals ihre Ausbildung absolvierte, und sie zu einem teuren Winterurlaub in die Schweiz eingeladen. *Lovebombing*, ging es Julia durch den Kopf. Die klassische

Strategie eines Narzissten: Am Anfang der Beziehung wurde die Person auf Händen getragen und später umso kälter behandelt. Sie blätterte weiter. Ellen hatte sehr unregelmäßig in ihr Tagebuch geschrieben. Ein nächster Eintrag war von 2001:

> Er ist so ein erfolgreicher und selbstbewusster Mann! Immer wenn ich ihn ansehe, hüpft mein Herz. Er ist derjenige, an den ich mich für immer anlehnen will und kann. Ein Fels in meiner Brandung, jemand, der mich wirklich *sieht.*

> 01.09.2003
> Heute habe ich einen großen Fehler gemacht. Ich habe Henning bloßgestellt. Jedenfalls hat er mir das ins Gesicht geschleudert! Er hat mich in der Küche zusammengestaucht, dass er nicht so mit sich reden ließe, weder vor seinen Freunden noch vor sonst einem Menschen auf der Welt. Doch von vorne: Ich habe ein großes Steakessen ausgerichtet für einige Freunde aus seinem Jagdclub. Alles war perfekt, das Fleisch, die Musikauswahl, der Wein. Wir waren alle ziemlich angetrunken. Dann kam das Gespräch irgendwie auf etwas Zweideutiges, man kennt das ja. Und zwischen uns läuft nichts mehr im Bett, seit es mit der Firma bergab geht. Manchmal frage ich mich, ob Henning das Unternehmen wirklich noch führen will oder ob er es nicht besser verkaufen sollte. Vielleicht ist er doch kein guter Geschäftsmann. Er ist zunehmend frustriert und erzählt nichts mehr von seinem

Tag so wie früher. Häufig ist er tagsüber wohl auch nicht mehr im Büro, sondern nicht auffindbar – Bea hat da eine Bemerkung fallen lassen. Ich weiß nicht, wo er ist, aber ich bin misstrauisch geworden. Zurück zum Essen, jedenfalls habe ich dann gesagt: »Na ja, heute habe ich Steak gebraten, das soll ja ordentlich Tinte auf den Füller geben.« (Ich weiß, dass Henning meine prollige Art nicht mag, er hat es mir öfter gesagt, aber ich bin doch nun mal ich, oder? Er wusste doch, wen er heiratet.) Alle sind in riesiges Gelächter ausgebrochen. Doch ich habe sein Gesicht gesehen, das so dunkel war wie die Nacht. Es hat mir Angst gemacht.

Julia schluckte. Was war nur mit dem Typen verkehrt?

01.02.2004

Ob Henning jemals wieder so wie früher wird? Heute hat er mir vorgeworfen, zu viel Geld für Putzmittel auszugeben. Er hat eine Flasche Spülmittel geöffnet und eine Plastikschale damit gefüllt. Dann hat er mir befohlen, mich auf den Boden zu knien (in der Küche). Ich habe versucht, ihn anzusehen, gehofft, dass ich seine Seele durch seine Augen erreichen kann, aber sein Blick war starr. Grinsend hat er die Schale vor mich hingestellt und mir befohlen, das Spülmittel zu trinken. »So wie ein Hund«, hat er lachend gesagt. Ich habe mich in meinem ganzen Leben noch nie so schlecht gefühlt und ich wollte das nicht tun, aber ich hatte Angst vor seinen Schlägen. Es fällt mir nicht leicht, das zu schreiben, aber ich habe mich hinuntergebeugt und einen Schluck genommen. Das war so widerlich und so erniedrigend. Dann hat er gelacht, die Schüssel in eine Ecke getreten und zu mir gesagt: »Sieh dich an. Wie ein Hund kriechst du vor mir auf dem Boden. Und vor dir soll ich noch Achtung haben?«

Ich bin so verzweifelt.

Julia Meißner atmete tief ein und aus und öffnete kurz das Fenster. Das war mit Abstand das Widerlichste, was sie seit Langem gelesen hatte.

2005
Ich weiß einfach nicht mehr, was ich tun kann. Nichts ist gut genug für ihn, nichts kann ich richtig machen. Egal wie sehr ich mich bemühe, es reicht einfach nicht. Dazu kommen seine Launen. In der einen Minute ist er der aufmerksamste Ehemann der Welt und in der nächsten reagiert er über alle Maßen aggressiv. Mittlerweile fürchte ich mich ernsthaft vor ihm. Was, wenn er mich schlägt? Werde ich mich dann von ihm trennen?

Bis zu dem Zeitpunkt hatte er ihr also nichts angetan. Jedenfalls nicht körperlich. Schnell blätterte Julia durch die nächsten Seiten.

Sommer 2006
Es gibt jetzt ein neues Ritual. Jeden Abend,

wenn er nach Hause kommt, muss ich mit ihm gemeinsam in unser Badezimmer gehen und mich bis auf die Unterwäsche ausziehen. Dann stellt er mich auf die Waage und notiert mein Gewicht in einem Moleskine-Notizbuch. Wenn ich in einer Woche mehr als ein halbes Kilo zugenommen habe, fällt für mich für die nächsten drei Tage das Abendessen aus. Er möchte nicht, dass ich mich gehen lasse, und empfindet das als respektlos.

Julia konnte kaum glauben, was sie da las. Er war viel mehr als ein Narzisst. Das hatte psychopathische Züge. Sie bemerkte, dass sich auch Ellens Schrift im Laufe der Einträge verändert hatte. Waren ihre Buchstaben zu Beginn noch ausladend, zusammenhängend und schwungvoll gewesen, sahen sie beim letzten Eintrag viel kleiner, zaghafter und gehetzt aus. Beeindruckend, was für eine verheerende Wirkung ein Mensch auf einen anderen haben konnte. Das Tagebuch endete mit einem Eintrag im September 2006. Ellen hatte einen Spruch eingeklebt, wahrscheinlich aus einem Frauenmagazin:

Was aus Liebe getan wird, passiert immer jenseits von Gut und Böse. (Friedrich Nietzsche)

»Bescheuerter Spruch«, murmelte sie. Sie mochte weder solche Zitate noch Nietzsche. Doch bei Ellen hatte er damit offenbar einen Nerv getroffen. »Meine Güte, aber sie kann doch nicht so blindlings verknallt gewesen sein in ihn.« Ihre Stimme klang zu laut in der Stille ihres Autos und sie warf vorsichtshalber einen Blick nach draußen. Noch immer befand sie sich in völliger Abgeschiedenheit. »Sie bleibt bei ihm, kann sich nicht lösen.

Vielleicht will sie auch den Luxus nicht aufgeben, okay. So weit, so nachvollziehbar.« Julia fischte ihre Reservedose Cola aus dem Handschuhfach. »Aber warum sollte sie ihn noch aufrichtig lieben und wie so ein Teenie Sprüche in Bücher kleben?« Nein, das musste einem anderen Menschen gewidmet sein.

Julia zog das zweite Buch hervor, dessen Einband einen hellblauen Himmel und kleine weiße Wolken zeigte. Auf der ersten Seite stand:

> Juni 2007
> Ich weiß wirklich nicht, ob das Liebe ist, was wir erleben. Aber es fühlt sich ganz anders an als mit Henning. Eine Zukunft gibt es nicht für uns und das erfüllt unsere Treffen mit Melancholie, die sich mit unserer Leidenschaft vermischt.

Julia verdrehte die Augen. Wen auch immer Ellen kennengelernt hatte, es war kompliziert.

> Anfang September 2007
> Langsam neigt sich unser Sommer dem Ende entgegen. In unserem Versteck wird es jetzt früher dunkel und auch viel kühler. Das passt zu unserer Abschiedsstimmung. Noch ist er da, aber es zieht ihn fort. So soll es dann wohl sein, unser Ende. Besser so, als wenn Henning es herausfindet. Er wird uns beide töten. Ganz sicher.

Julia stimmte Ellen zu. Wenn Maaßen herausgefunden hätte, dass sie eine Affäre hatte, hätte er getobt.

Oktober 2007

Er ist fort und doch ist ein Teil von ihm
für immer bei mir. Jedenfalls hoffe ich das.
Heute Morgen habe ich es herausgefunden.
Unser Baby wird nächstes Jahr geboren
werden und doch wird er es nie erfahren.
Das ist ein Geheimnis, das ich mit in mein
Grab nehmen werde, Gott sei mein Zeuge.
Henning denkt natürlich, dass er der Vater
ist, und so wird es immer bleiben. Vielleicht
ist er es sogar auch. Ich kann es einfach
nicht genau bestimmen, so sehr ich auch
hin und her gerechnet habe. Wie konnte
es nur zu all dem kommen? Aber ich freue
mich auf mein, auf unser Baby. Ein Kind,
das ich liebe und das mich liebt. Henning
ist bislang sehr nett zu mir. Bis die nächste
Hasswelle über ihm zusammenschlägt. Ach,
Geliebter, ich wünsche mir so sehr, dass es
unser Kind ist!

Julia war geplättet. Jacob war gar nicht Hennings leiblicher
Sohn? Das waren unglaubliche Neuigkeiten. So viel Mut hatte
sie Ellen nicht zugetraut. Diesem Psycho ein Kind unterzuju-
beln, dazu gehörte einiges.

»Nur wer ist der Vater?«

Auf den weiteren Seiten beschrieb Ellen die Höhen und
Tiefen ihrer Schwangerschaft, ihre Ängste und Hennings
Vergewaltigungen, von denen er auch in dieser besonderen Zeit
nicht lassen konnte. Julia war schlecht. Welche Hölle hatte diese
Frau durchleben müssen? Sie war schon auf den letzten Seiten
angekommen, als sie über diesen Text stolperte:

April 2014

Heute traf ich sie auf dem Markt mit ihrer kleinen zauberhaften Tochter. Sie wollte sich unbedingt mit mir unterhalten. Ich glaube, sie wäre gern mit mir befreundet, aber ich kann das nicht. Das ist die Frau, die ihn nun an ihrer Seite hat. Ausgerechnet meine Nachbarin … Sie wirkt so zielstrebig und selbstbestimmt, ich verstehe, dass Jens das gefällt. Jetzt denkt sie wohl, dass ich sie nicht mag, aber das nehme ich in Kauf. Die Wahrheit würde nur Schmerz verursachen. Ich will dieses Glück nicht zerstören, er verdient es, auch sie hat schon zu viel verloren, und wie zerrissen wäre mein kleiner Jacob? Nein. Dann soll das Leiden nur bei mir bleiben.

Julia war es, als ob man ihr einen Schleier vor den Augen weggezogen hätte. Natürlich, nur so konnte es sein: Jacobs Vater, Ellens Geliebter, war Nicoles jetziger Mann und Jolines Adoptivvater: Jens Behrendt. Und so wie es aussah, ahnten weder Henning noch Jens etwas davon. Von Jacob ganz zu schweigen. Das erklärte auch seine rotblonden Locken. Aber es fiel natürlich keinem auf, wenn nicht sein sollte, was nicht sein durfte. Und dann war Jacob über die Jahre auch noch gleichsam zu Nicoles Ziehkind mutiert. Das mitansehen zu müssen, musste für Ellen unendlich schmerzhaft gewesen sein. Und dazu musste sich ihr Gewissen in dreifacher Hinsicht gemeldet haben: Jacob, der in Jens nie seinen Vater vermutete, Jens, der nicht wusste, dass er inzwischen Vater geworden war, und Nicole, die von alledem nicht im Geringsten etwas ahnte.

Julia musste dringend Carsten anrufen. Diese Infos mussten vorerst unter ihnen bleiben. Noch war nicht offiziell bewiesen, dass Jens Jacobs Vater war, aber sie konnten auch nicht heimlich einen DNA-Test durchführen. Warum auch? Keiner der beiden hatte sich etwas zuschulden kommen lassen. Die Frage war, ob diese Neuigkeiten in einem Zusammenhang mit dem Verschwinden der Mädchen standen, und dazu wollte sie sich mit Carsten beratschlagen. Schnell packte sie die Tagebücher zusammen und wollte sie zunächst unter der Rücksitzbank verstauen, als ein gefalteter Zettel aus dem Tagebuch mit dem Wolkeneinband herausfiel. Sie faltete das Papier auseinander.

> November 2021
> Wenn dieses Jahr eine Farbe wäre, dann wäre es schwarz. Wenn dieser Tag ein Lied wäre, dann bliebe es stumm. Mein Leben ist beendet. So möge es Gott sein, der bestimmt, wann er mich zu sich ruft, um mich im ewigen Höllenfeuer leiden zu sehen.

Julia hielt den Zettel ungläubig in der Hand. Im Herbst letzten Jahres war Joline verschwunden und diese Zeilen wiesen möglicherweise darauf hin, dass Ellen etwas damit zu tun hatte. Aber hätte diese Frau wirklich ein Kind verschleppt und vielleicht getötet? Was sollte ihr Motiv sein? Julia startete den Motor und legte den Rückwärtsgang ein, als ihr Handy klingelte. Carstens Name erschien auf dem Display ihres Bordcomputers.

»Zwei Propheten, ein Gedanke«, kam sie ihm zuvor, bevor er selbst etwas sagen konnte.

»Wolltest du mich auch gerade anrufen?«

Julia fuhr den Sparenberg entlang. »Exakt. Du kannst dir nicht vorstellen, was ich über Ellen rausgefunden habe. Wir müssen dringend reden. Bist du noch im Brombeerweg? Dann komme ich dahin zurück.«

»Nein, Julia, ich bin schon wieder im Kommissariat.«

»Ohne Auto?«, fragte sie amüsiert. »Sportlich, sportlich.«

»Ich habe eine Streife gerufen. Julia, wir haben Nicole Behrendt festgenommen.«

Kapitel siebenundvierzig

Jacob Maaßen

13:00 Uhr

Er saß noch immer an seinem Zeichentisch. Das Pferd hatte er schon längst zu Ende gezeichnet. Er hielt die neue Rasierklinge in der Hand. Noch war sein Vater nicht wieder zu Hause und er hatte seine Ruhe. Er vergrub den Kopf in den Händen. Seine Mutter war tot. Sie hatte sich einfach so umgebracht, ohne ihn vorzuwarnen oder ihm etwas dazulassen. Sie war ganz einfach gegangen und hatte ihn seinem Schicksal überlassen. Es war ihr egal, ob er mit seinem Vater zurechtkommen würde, wie sein Leben verlief oder wie er mit alldem umgehen sollte. Wie sollte er nur jemals wieder klarkommen? Sein Vater wollte ihn auf jeden Fall nach England schicken, das hatte er ihm heute Morgen eröffnet, nur wenige Stunden nachdem Jacob vom Tod seiner Mutter erfahren hatte. Sein Vater war ein *estúpido*, und was für einer. Insgeheim wäre Jacob am liebsten bei Nicole eingezogen, aber das war auch nicht mehr möglich. Wo sollte er nur hin? Es gab nicht einen einzigen Menschen auf der Welt, an den er sich wenden konnte. Keine Großeltern, keine Tanten und keine Onkel. Seine Eltern waren Einzelkinder, so wie er. Seine spanische Oma war zu weit weg und er verabscheute sie. Zweimal hatten sie sie in Spanien besucht und jedes Mal hatte sie ihn nur unfreundlich angestarrt. Außerdem sprach sie kein Wort Deutsch und seine Mutter hatte immer übersetzen müssen. Sein spanischer Opa war schon viele Jahre tot. Die Eltern seines Vaters lebten in Bayern in einem Pflegeheim und waren auch nicht besonders nett. Sollte er die vielleicht anrufen? Nein, keine Chance. Er war allein und das war nicht zu ändern. Die Kommissarin, Julia, war ganz in Ordnung. Nur was konnte sie schon tun? Vielleicht konnte sie ihn in einer Wohngruppe unterbringen. Von so was hatte er mal bei TikTok etwas gesehen. Wahrscheinlich aber auch nur Fake, dass es da ganz nett war. Dem Internet konnte man auch nicht vertrauen. Er seufzte so laut, dass er glaubte, man würde ihn draußen hören können. Vor ihm türmte sich ein Mount Everest aus Problemen und er hatte keine Ahnung, was er jetzt tun sollte. Dieser Druck sollte weggehen, endlich weggehen. Jacob nahm die Klinge zwischen Daumen und Zeigefinger und schnitt sich tief in den linken Unterarm. Er stöhnte vor Schmerz und Erleichterung. Endlich ließ der Druck nach. Rinnsale aus Blut liefen über seine weiße Haut und tropften auf das kleine Pferd, das er gezeichnet hatte.

Kapitel achtundvierzig

Carsten Mahrenholz

13:00 Uhr

Julia Meißner saß ihm am Schreibtisch gegenüber und sah Mahrenholz verblüfft an. »Und du glaubst, Nicole hat Luisa entführt? Warum denn?«

Mahrenholz kippelte mit dem einfachen Holzstuhl. »Ich glaube gar nichts. Ich weiß, dass das Pferd nachweislich Luisa Verstaad gehört und mit ihr verschwand. Und jetzt ist es plötzlich wieder aufgetaucht, ausgerechnet bei Nicole Behrendt. Das belastet sie schwer.«

»Ja, natürlich. Was sagt sie denn dazu?«

Mahrenholz' Stuhl geriet ins Wanken und er konnte sich gerade noch fangen. »Sie hat es natürlich nicht getan. Und dann hat sie eine Anwältin angerufen. Seitdem schweigt sie.«

»Sie könnte Luisa aus Rachegedanken entführt haben. Vielleicht wollte sie ihre Freundin Maja doch genauso leiden sehen, wie sie selbst vor einem Jahr gelitten hatte. Zutrauen würde ich ihr das schon. Denk vor allem an den Anruf: ›Sag mir, wo Joline oder ihre Leiche ist. Gib zu, dass du sie umgebracht hast.‹ Das passt doch wie die Faust aufs Auge.« Julia kaute auf ihrem Bleistift.

Mahrenholz verschränkte die Arme vor seinem Oberkörper. »Am Freitag um vierzehn Uhr fünfzehn verlässt sie den Edeka. Das konnten die Kollegen bereits feststellen, Überwachungskameras sei Dank. Zum Glück waren die mal nicht defekt und wurden nicht direkt überschrieben. Um vierzehn Uhr neunzehn fährt sie vom Parkplatz los, Richtung Stiebel Eltron. Der Fahrtweg beläuft sich auf etwa zehn Minuten. Das heißt, gegen halb drei wäre sie zu Hause gewesen. Bei unserer ersten Befragung hat sie angegeben, dass sie noch ein bisschen in der Gegend herumgefahren sei, um Musik zu hören und allein zu sein. Um sechzehn Uhr will sie wieder zu Hause gewesen sein.«

»Wann ist denn bei uns noch mal der Ruf reingekommen?«

»Hm, so gegen fünfzehn Uhr dreißig. Das heißt, sie könnte Luisa im Garten gesehen und spontan einen Racheakt ersonnen haben. Nachdem sie gesehen hatte, dass Maja in ihren Videocall versunken war und dann die Vorhänge schloss, hat sie Luisa in ihr Auto gelockt. Dann hat sie das Kind in ein Versteck gebracht und den Anruf durchgeführt.«

Julia fuhr sich durchs Haar und schüttelte den Kopf. »Und weil das so spontan war, hatte sie ein Versteck parat und ein Wegwerfhandy? Im Leben nicht, Carsten.«

Er nickte. »So ein Mist hier. Das würde auch nicht mit der Fährte der Hunde zusammenpassen. Die verliert sich am Ende der Straße und das spricht meines Erachtens eindeutig dafür, dass sie dort in ein Auto gezerrt wurde. Aber wie ist sie dahin gekommen? Ist sie allein aus dem Garten getürmt, um an Haustüren zu klingeln und nach Süßigkeiten zu fragen? Mit fünf Jahren ist das mehr als unwahrscheinlich. Außerdem war sie doch draußen in ihr Spiel vertieft, mit ihrem Pferd, dem Sand und dem Wasser. So kann es nicht gewesen sein, Julia.«

Julia ging zu der Wand mit den Fotos aller Beteiligten und potenziell Verdächtigen. »Und selbst wenn wir das erklärt bekommen, was hat es mit der Notiz von Ellen auf sich? Die ausgerechnet auf den Herbst des letzten Jahres datiert ist. Irgendetwas muss sie mit dem ganzen Schlamassel zu tun haben. Aber was?«

Mahrenholz trat neben sie an die Tafel und pinnte das Bild von Jens Behrendt neben das von Ellen Maaßen. »Die beiden hatten also eine Affäre, aus der Jacob entstanden ist. Jens, Jacob und Henning ahnen nichts davon, weil Ellen das so beschlossen hat.«

»Richtig«, stimmte Julia zu. »Der Jahrestag von Jolines Verschwinden rückt näher, der Druck auf Ellen, welcher auch immer das genau ist, wird unerträglich und sie nimmt sich das Leben. Aber warum hat sie nicht reinen Tisch gemacht? Wir sind wieder an demselben Punkt wie gestern Abend. Warum hat sie in ihrem Abschiedsbrief nicht ihr Gewissen erleichtert? ›Meine Schuld wird nie vergehen.‹ Der Satz ist ein bisschen heftig dafür, einmal im Leben fremdgegangen zu sein.«

Mahrenholz' Augen leuchteten auf. »Julia, weißt du, was eins der wichtigsten Dinge bei einer Vernehmung ist? Und das soll jetzt keine Belehrung werden, nur ein Tipp.«

Sie legte den Kopf schief und grinste. »Dann sag schon.«

»Am meisten muss man bei einer Vernehmung auf die Worte achten, die nicht gesagt werden. Auf das, was weggelassen wird.«

Julia sah ihn interessiert an. »Was meinst du damit genau?«

»Rein hypothetisch angenommen, du forderst eine Beschuldigte auf: Erzählen Sie mir, wie Sie von A nach B gekommen sind. Die Beschuldigte fängt an: Ich bin in die Küche gegangen und habe mir ein Brot geschmiert. Das hört sich von der Informationslage vollständig an, nicht wahr?«

Julia nickte.

Er fuhr fort: »Dann fragst du eine zweite Beschuldigte und sie erklärt: Ich bin in die Küche gegangen und ja, dann habe ich mir ein Brot geschmiert. Bemerkst du, was das Wörtchen ›ja‹ ausmacht? Ein Füllwort, das eine weitere Handlung oder Überlegung verschleiern oder zusammenfassen soll. Vielleicht passierte Folgendes: Ich bin in die Küche gegangen, habe meinen Mann mit dem Messer erstochen und dann habe ich mir ein Brot geschmiert.« Mahrenholz holte Luft. »Monolog Ende.«

»Alles okay. Das ist doch superspannend! Davon höre ich zum ersten Mal.«

»Psycholinguistik. Die Wissenschaft von den psychischen Vorgängen beim Erlernen der Sprache und bei ihrem Gebrauch. Das habe ich während meiner Zeit in den USA gelernt. Wenn du willst, kann ich dir ein paar Bücher leihen.«

»Du warst mal in den USA?« Julia klang überrascht. Davon hatte er ihr noch nie erzählt. *Komisch*, dachte sie. Carsten gab sich manchmal unnötig geheimnisvoll. Gut, ein Gespräch darüber hatte sich bislang vielleicht einfach nicht ergeben.

»Ja, einige Jahre. Das erzähle ich dir bei Gelegenheit mal. Zurück zu Ellen Maaßen: Ihr Abschiedsbrief enthält zwar ein Schuldgeständnis, aber ohne Gegenstand oder konkreten Bezug. Sie lässt auch jede Menge weg, aber aus einer anderen Motivlage.« Erwartungsvoll blickte er sie an.

Julia schloss kurz die Augen, wie um sich besser konzentrieren zu können. Dann schien es ihr klar zu werden. »Sie will ihren Sohn schützen. Sie will Jacob beschützen!«

»Das sehe ich auch so. Bitte fahr noch mal zu ihm, Julia. Dir vertraut er und mit etwas Glück ist sein Vater noch nicht zu Hause.«

Sie warf sich die Daunenjacke über. »Und wir sollten Henning observieren. Am besten ab jetzt sofort. Das LKA hat uns alle Hilfe zugesichert und die sollten wir jetzt einfordern. Wer weiß, wozu er fähig ist. Fakt ist, auch wenn mir die

Motivlage noch nicht klar ist, dass die Maaßens oder einzelne Mitglieder eine Rolle beim Verschwinden von Joline spielen. Und vielleicht möchte Henning etwas wiederholen. Wir werden sehen, aber das bekommen wir vor der Staatsanwältin verargumentiert.«

»Um das LKA und die Staatsanwaltschaft kümmere ich mich in der Zwischenzeit. Nicole muss ich wieder gehen lassen, so will es das Gesetz.«

Julia zog ihre Handschuhe aus der Schreibtischschublade und verstaute sie in ihrer Umhängetasche. »Ist ja nicht so, dass ich nicht lernfähig wäre.«

Mahrenholz lächelte sie an. Seine Kollegin war eine von den Guten.

KAPITEL NEUNUNDVIERZIG

Luisa Verstaad

Uhrzeit unbekannt

Der Erwachsene hatte gemacht, dass es in dem Raum ganz warm war. Vielleicht war auch schon Sommer geworden und die Sonne hatte alles warm gemacht. Es roch immer noch nach Rauch und ein bisschen wie im Wald. Manchmal ging sie am Wochenende mit Mama spazieren und da war der Geruch auch immer da. Aber sie durfte jetzt nicht wieder an Mama denken, denn dann musste sie weinen. Die Tränen kamen ganz von allein und sie konnte nichts dagegen tun. Beim letzten Mal, als sie nach Mama geschrien hatte, hatte der Erwachsene ihr die Hand auf den Mund gelegt und ihr auf den Hals gedrückt. Das hatte so doll wehgetan. Dann hatte er ihr Wasser gegeben, das leicht sauer geschmeckt hatte. Danach hatte sie geschlafen und jetzt war sie wieder wach. Aber warum hatte sie nichts mehr an? Sie fühlte keinen Stoff mehr auf den Armen, den Beinen oder dem Bauch. Keine Hose und keinen Pullover. Auch keine Socken. Vielleicht sollte sie baden gehen, weil sie schon so lange hier war und es komisch roch? Bei Mama badete sie fast jeden Abend und das machte ihr Spaß mit dem ganzen Schaum und Spirit, ihrem kleinen Pferd. Aber hier war es bestimmt nicht so, dachte sie traurig. Vielleicht würde der Erwachsene sie auch wieder hauen, wenn sie etwas falsch machte. Dabei wusste sie doch gar nicht, was richtig oder falsch war für ihn. Irgendwie war hier alles anders als bei Mama. *Nicht weinen. Denk an Blinki. Blinki wird dich retten.*

Kapitel fünfzig

Maja Verstaad

15:00 Uhr

In Maja brannte die Überzeugung, es nicht eine Sekunde länger in ihrem Haus auszuhalten. Ihre Tochter war irgendwo da draußen, in den Fängen eines Spinners, und sie saß hilflos und untätig auf ihrem Designersessel. Sie konnte nach wie vor alle Annehmlichkeiten des Lebens genießen, Wärme, Essen, Trinken, während ihr kleiner Engel Gott weiß wo war. Ihr Herzschlag beschleunigte sich und sie versuchte, ruhig und tief durchzuatmen. Sie konnte sich jetzt keinen Herzinfarkt leisten, denn ihr musste dringend einfallen, wie sie dem Entführer irgendeine Antwort präsentieren konnte, wenn er sich wieder meldete. Bislang war das noch nicht passiert, aber die Polizei rechnete stündlich damit. Und was sollte sie dann sagen? Sie wusste nicht, wo Joline war. Weder jetzt noch damals. Nun hatte sich auch noch Ellen umgebracht. Fragen, Fragen, nichts als Fragen. *Und niemand hat eine Antwort für mich.* In ihrem ganzen Leben war sie sich noch nie so hilflos vorgekommen.

Sie war eine Frau der Tat, eine Macherin, wie sie ihre Chefin manchmal nannte, aber die letzten vier Tage hatten ihre Welt auf den Kopf gestellt. Nein, sie würde jetzt zu den Maaßens rübergehen und Henning ihr Beileid aussprechen. Vielleicht kam sie so an mehr Informationen. Sie schnappte sich ihr Handy und eilte ins Schlafzimmer. Schnell zog sie sich eine Jeans an und warf sich eine Bluse über. Ihre Haare sahen grauenhaft aus und sie angelte nach einem Haargummi, das sie auf ihrem Nachtschrank abgelegt hatte. So ging es einigermaßen, befand sie. Gerade schlüpfte sie in ihre Turnschuhe, als ein lautes Geräusch aus dem Wohnzimmer ertönte. Was konnte das sein? Es klang rhythmisch und irgendwie dumpf. Sie versuchte es zu lokalisieren und ging zum Küchentisch. Es kam aus ihrem Laptop. Das musste ein Videocall sein. Oh Gott, der Entführer! Wieso rief er hier an und nicht auf ihrem Handy? Wie war das alles möglich? Hektisch klickte sie auf den grünen Button auf ihrem Monitor. Der Bildschirm blieb schwarz und zeigte nur einen runden Kreis mit der Aufschrift »Unbekannt«. Auf der Gegenseite war keine Kamera aktiviert.

»Hallo?« Ihre Stimme zitterte wie verrückt. *Konzentrier dich jetzt.* Sie beugte sich so weit wie möglich zum Laptop, um Mikro und Lautsprecher möglichst nahe zu sein.

»Joline ist tot. Du musst jetzt Luisa finden. Beeil dich, bevor es zu spät ist.«

Zitternd sah sie auf den Monitor. Das Gespräch war schon wieder beendet. Eine Nummer oder ein Name waren nicht eingeblendet worden. Die Spielregeln hatten sich offensichtlich geändert. Das konnte niemals der Entführer vom ersten Mal sein. An der Stimme konnte sie es natürlich nicht festmachen, aber die Forderung war jetzt eine ganz andere. Und was hieß Forderung? Der Anrufer forderte nichts für sich, sondern forderte sie dazu auf, ihre Tochter zu retten. *Bevor es zu spät ist.* Sie zwang sich zu ruhigen Atemzügen. Wusste der Anrufer, wer Joline entführt hatte? Gab es vielleicht zwei Täter? Oder hatte sich jemand einen grausamen Scherz erlaubt? Irgendetwas war besonders an der Stimme gewesen. Ein Geräusch ganz zu Beginn des Gesprächs. Maja setzte sich an den Küchentisch und schloss die Augen. Woran hatte sie das Geräusch erinnert? Sie zog einen Notizblock und einen Kugelschreiber hervor. Eilig begann sie alles zu notieren, was ihr in den Sinn kam. Eine quietschende Tür, ein Quietscheentchen, eine Gummifigur, ein Luftballon, aus dem man leise die Luft entweichen ließ, das Fiepen eines Hundes. Mehr fiel ihr vorerst nicht ein. Vielleicht würde das Mahrenholz und Meißner weiterhelfen. Sie griff zum Handy und wählte die Nummer des Kommissariats.

KAPITEL EINUNDFÜNFZIG

Julia Meißner

15:10 Uhr

Die A-Klasse von Henning Maaßen war nach wie vor ausgeflogen. Julia Meißner bemerkte, dass Licht in Jacobs Zimmer brannte. Sie klingelte und schon nach kurzer Zeit öffnete er die Tür. Sofort fiel ihr der Blutfleck auf der Unterseite seines Hoodies auf. Klar, heute war ein besonders schlimmer Tag für ihn. Wenn nicht *der* schlimmste Tag in seinem bisherigen Leben. »Haben Sie ... äh, hast du was vergessen, Julia?«

Sie lächelte ihm freundlich zu. »Ich würde gern noch mal mit dir reden. Hast du ein paar Minuten für mich?«

»Na klar.« Er zog die gewaltige Tür weiter auf und sie trat ein.

»Mein Vater hat mir eine Nachricht gesendet. Er kommt heute erst sehr spät. Arbeit und so.«

Julia sah ihn vielsagend an. »Ausgerechnet heute, oder?«

247

Jacob zuckte nur mit den Schultern. »Dafür bist du ja jetzt da.« Er stieg vor ihr die breite Treppe hoch, die ins Obergeschoss führte. Julia folgte ihm in sein Zimmer und ließ sich wieder auf den Schreibtischstuhl fallen. »Ist das okay, wenn ich hier sitze?«

»Klar.« Auch er nahm seinen alten Platz auf dem Bett ein.

»Jacob, kannst du mir noch mal erzählen, wie das an dem Abend war, als Joline verschwunden ist? Hast du damals etwas davon mitbekommen?«

Der Junge blieb stumm und fuhr sich mit der Hand über die Nase.

»Jacob, es ist mir total wichtig, dass wir uns vertrauen, okay? Meinst du, das bekommen wir hin?«

Er nickte langsam. »Jeder hier hat das mitbekommen. Wir haben nachmittags zusammen Fotos in unseren Kostümen gemacht. Ich hatte dieses bescheuerte Aladin-Kostüm an und wollte damit nicht vor die Tür. Joline war als diese Eisprinzessin verkleidet, sie wollte unbedingt raus und durch die Nachbarschaft ziehen. Ich wäre auch sogar mitgekommen, in einem anderen Kostüm, das ich noch hatte. Aber mein Vater hat es mir eh verboten. Also bin ich zu Hause geblieben. Und das ist alles, was ich weiß. Später hat Nicole bei uns geklingelt und wir haben ihr versprochen, alles bei uns abzusuchen. Aber Joline war natürlich nicht bei uns. Warum auch.«

»Ich weiß nicht?« Julia betonte den ganzen Satz, so als ob das nicht doch eine Möglichkeit gewesen wäre.

»Auf jeden Fall war sie nicht bei uns.«

Während sie mit Jacob sprach, hatte er unaufhörlich an seinem Unterarm gekratzt. Blut begann auf seinen hellen Teppich zu tropfen.

»Oh!« Hastig schlang er sich den Pulloverärmel fester um die Wunde. »Ich bin mal eben schnell im Bad, okay?«

»Okay.« Julia stand auf und ging zum Zeichentisch. Sie erwartete, das Bild von dem kleinen Pferd zu sehen, doch ihr fiel etwas anderes ins Auge. Sie schaute genauer hin und las etwas, das ihr das Blut in den Schläfen pulsieren ließ. Dieser Tag nahm einfach kein Ende.

Kapitel zweiundfünfzig

15:30 Uhr

Die A-Klasse verließ die Weseraue und bog in den Thüringer Weg ein. Danach setzte sie ihren Weg über die Nordstraße fort und fuhr Richtung Ortsausgang Boffzen. Sie nahmen den Weg, der nach Fohlenplacken führte, und kurz vor einer besonders scharfen und engen Kurve blinkte die Limousine und bog auf den Parkplatz des Naturschutzparks Solling-Vogler-Region ein. Das Auto, das ihr folgte, blieb in angemessenem Abstand hinter dem Zielobjekt und parkte unauffällig am Straßenrand. Von hier ging es nur noch zu Fuß weiter. Die beiden Kollegen des LKA folgten dem sportlichen Mann in einiger Entfernung. Nach etwa zwei Kilometern nahm er eine kleine Anhöhe und bevor die Dämmerung seine Silhouette vollständig verschlucken konnte, trat eine blonde, große Frau aus einer Holzhütte und kam ihm freudig entgegen. Sie umarmten und küssten sich. Die beiden Beamten warfen sich einen vielsagenden Blick zu und traten den Heimweg an. Hier war auf jeden Fall kein Kind zu finden.

KAPITEL DREIUNDFÜNFZIG

Carsten Mahrenholz

18:30 Uhr

Mahrenholz stand immer noch vor der Magnetwand mit den Fotos der gesamten Nachbarschaft im Brombeerweg. Er konnte weiterhin kaum fassen, dass Ellen ausgerechnet mit Jens Behrendt ein Verhältnis begonnen hatte. Wahrscheinlich war er einfach für sie da gewesen: ein treu sorgender Mann, der mal ein Abenteuer jenseits von Kriegsgebieten erleben wollte. Mahrenholz hasste solche Typen, die immer mehr sein wollten, als sie waren. Nichts gegen Kriegsreporter im Allgemeinen, aber einige wären auch gerne unter den Kämpfern gewesen, wenn sich die Gelegenheit ergeben hätte oder wenn sie mutig genug gewesen wären. Für eine Frau wie Ellen Maaßen reichte es wohl, so auszusehen, wie sie aussah. Sie musste nicht gerade Überzeugungsarbeit leisten. Jetzt war sie tot, weil so viele Dinge in ihrem Leben gewaltig schiefgelaufen waren. Er sah zu Nicoles Foto. Hätte Julia nicht Ellens Tagebücher gefunden, so hätte Nicole in seinen Augen das stärkste Motiv gehabt: Sie vermisste ihre Tochter, nahm Maja ihre Einschränkung nicht so richtig ab und wollte sich möglicherweise rächen. Dagegen sprach für Mahrenholz in erster Linie ihr Alkoholismus. Die meiste Zeit des Tages war sie so stark alkoholisiert, dass sie sich nur noch auf das Sofa legen konnte. Wie sollte sie die Logistik mit einem entführten Kind organisiert bekommen? Das traute er ihr schlicht nicht zu. Entweder half ihr Jens dabei oder sie konnte es nicht gewesen sein. Henning Maaßen schied auch so gut wie aus. Die Kollegen vom LKA hatten vor ein paar Minuten angerufen. Das gepflegte kleine Haus war seit Jahrzehnten im Familienbesitz. Das musste final nichts ausschließen, aber warum sollte ausgerechnet Henning Majas Kind entführen? Und warum sollte er ein vitales Interesse daran haben, Joline wiederzufinden? Ein Menschenfreund war er weiß Gott nicht. Nein, mit dem aktuellen Fall konnte Maaßen nichts zu tun haben. Ebenso wenig Ellen. Beide hatten Alibis für den Freitagnachmittag, an dem Luisa verschwunden war. Henning war in seiner Firma gewesen und Ellen zu Hause, gemeinsam mit Jacob. Wenngleich das nicht das stärkste Alibi war. Die Frage war, welche Rolle Jacob in dem ganzen Reigen spielte. Joline war seine beste Freundin gewesen und auch für Luisa schien er etwas übriggehabt zu haben. Warum sonst hätte er sich in den Verstaad-Garten stehlen und ihr das kleine Pferd schenken sollen? Dass er psychische Probleme hatte, war durch seine Selbstverletzungen unübersehbar. Mal sehen, was Julia noch aus dem Jungen herauskitzeln konnte. Sie hatte einen guten Draht zu Kindern und Jugendlichen. Als Nächstes nahm Mahrenholz das Bild von Maja Verstaad in die Hand. Ihre Lüge über die Operation hatte nicht viel für ihre Glaubwürdigkeit getan. Andererseits auch nicht viel dagegen. Es gab keinerlei Anhaltspunkte, dass sie ihr Kind selbst versteckt oder sogar umgebracht hatte. Und warum sollte sie diese Anrufe inszenieren? Das ergab keinen Sinn. Die Lage war nach wie vor schwer zu durchschauen. Morgen würde er sich um eine richterliche Anordnung für eine DNA-Probe von Jens, Henning und Jacob kümmern. Dann würde endlich die Wahrheit ausgesprochen werden. Diese ewigen Lügen mussten doch mal ein Ende haben, Mahrenholz hasste so was. Aber bevor er dieses wichtige Wissen herausgab, wollte er sich noch einmal mit seiner Kollegin besprechen. Wenn die Informationen einmal im Umlauf waren, konnte sie sich auch ein möglicher dritter Täter zunutze machen. Und das würde er zu verhindern wissen. Gerade wollte er sich auf den Weg zu Jens Behrendt machen, als er laute und schnelle Schritte die Treppe hochkommen hörte. Das konnte nur Julia sein.

Mit rotem Gesicht und weit aufgerissenen Augen fiel sie ihm fast entgegen. »Wenn du das hörst, Carsten. Das wirft all unsere Thesen über den Haufen!« Sie wickelte sich den gelben Wollschal vom Hals, nahm die gleichfarbige Mütze vom Kopf und warf beides über ihren Schreibtischstuhl. Dann zog sie ihren voluminösen Daunenparka aus. »Also. Jacob wollte mit mir nicht so richtig über den Abend sprechen, an dem Joline verschwand. Er hat die bekannten Fakten wiedergegeben und nichts Neues oder Persönliches. Nun gut. Du weißt, dass ich glaube, dass die ganze Familie irgendwie involviert ist. Ich weiß noch nicht, in welcher Form und in welchen Rollen, aber ich werde alles tun, um das herauszufinden.« Sie hielt kurz inne und legte sich die rechte Hand aufs Herz.

»Julia, bitte hör auf, mich zu quälen. Was hast du herausgefunden?« Manchmal war sie wie eine Naturgewalt. Ihre Dynamik, ihre Lautstärke, ihre Art zu berichten. Er konnte sie trotzdem gut leiden.

»Als Jacob kurz das Zimmer verließ, fand ich einen Brief auf seinem Zeichentisch. Und jetzt rate mal, wer den geschrieben hat?«

Mahrenholz fuhr sich durch das kurze Haar. »Bitte sag es mir einfach.«

»Der Brief ist von Joline. Das ist natürlich nicht die Neuigkeit. Aber der Inhalt ist interessant und vor allem grausam: Sie berichtet von sexuellem Missbrauch durch Jens Behrendt, ihren Stiefvater.«

»Sag mir, dass das nicht wahr ist.« Er sprang auf. »Meinst du, der Brief ist echt?«

»Ja. Ich glaube im Übrigen auch nicht, dass Kinder sich so was ausdenken. Schrecklich.«

Mahrenholz konnte das Gehörte nur schwer fassen. Wenn das stimmte, kamen ganz andere Szenarien infrage. »Hast du den Brief mitgenommen?«

»Natürlich nicht. Ich wollte unbedingt vermeiden, dass Jacob mitbekommt, dass ich ihn gelesen habe. Aber ich habe ihn abfotografiert. Ich schicke dir die Bilder gleich als Mail.«

»Danke, Julia. Sehr gute Arbeit. Und morgen laden wir uns Jens Behrendt ein. Ich bin sehr gespannt auf seine Einlassungen.«

Sie nickte. »Ich mag den Typen nicht.« Verächtlich reckte sie das Kinn nach oben. »Nichts geht so richtig voran. Tausend Puzzleteile und kein großes Bild. Ich glaube, ich bleibe hier und gehe noch mal alles durch. Kann doch alles nicht wahr sein.« Sie ging zur Kaffeemaschine und ließ eine neue Kapsel in die vorgesehene Öffnung fallen. Dann drückte sie auf eine Taste, um das Wasser im Tank zu erwärmen. »Morgen ist der fünfte Tag, Carsten.«

»Ich weiß«, gab er unter einem schweren Seufzen von sich. »Ich weiß. Dieser Countdown sitzt uns allen im Nacken.«

Das Telefon auf seinem Schreibtisch schrillte und er nahm den Hörer ab. »Mahrenholz. Frau Verstaad, hallo.« Sofort schaltete er den Lautsprecher ein und legte den Telefonhörer daneben auf die Tischplatte. »Frau Meißner hört mit, in Ordnung?«

»In Ordnung«, dröhnte es aus dem kleinen Kunststoffapparat. »Der Entführer hat gerade angerufen und behauptet, dass Joline tot ist und ich Luisa finden soll, bevor es zu spät ist.« Sie stockte kurz. »Was soll ich denn davon halten? Ich weiß nicht, was ich denken soll.«

»Moment, Frau Verstaad.« Julia unterbrach die aufgeregte Frau. »Unter welcher Rufnummer hat Sie der Anrufer denn erreicht? Nicht über Ihr Handy, oder? Das hätten die Kollegen hier aus der Technik mitbekommen und sie hätten uns sofort informiert.«

»Der Entführer hat mich über Teams angerufen. Ich weiß auch nicht, wie ihm das technisch gelungen ist. Ich wäre ja nie an mein Handy gegangen. Das haben wir doch verabredet.«

Julia Meißner kratzte sich am Kopf. »Richtig. So ein Mist, jetzt können wir den Anruf wieder nicht zurückverfolgen.«

»Tut mir leid.« Maja Verstaad klang verzweifelt.

»Das ist ja nicht Ihre Schuld.« Mahrenholz versuchte, besonders freundlich zu klingen. Diese Frau musste durch die Hölle gehen.

»Nach dem Anruf habe ich mir Notizen gemacht, weil mir eine Sache aufgefallen ist. Der Anrufer oder die Anruferin hat den ersten Buchstaben oder den ersten Teil des Satzes, ich kann es nicht genau eingrenzen, extrem anders betont als den Rest. Spontan musste ich an ein Quietscheentchen denken, so albern es sich anhört. Vielleicht hilft uns das weiter.«

Mahrenholz verzog das Gesicht und nickte Julia zu.

Die ergriff das Wort. »Danke, Frau Verstaad. Das war sehr klug und umsichtig von Ihnen. Halten Sie die Ohren auf nach diesem Geräusch in Ihrer Umgebung, sofern es Ihnen möglich ist. Jeder Hinweis ist unter Umständen wertvoll für uns.«

»Danke.« Majas Stimme hörte sich niedergeschlagen an.

»Und, Frau Verstaad: Wir setzen Himmel und Hölle in Bewegung, um Ihre kleine Luisa zu finden.«

Sie verabschiedeten sich und setzten sich auf die grüne Ledercouch, die sie sich vor einigen Monaten selbst für ihr Büro gekauft hatten. »Klingelt bei dir da was?«, fragte Mahrenholz.

»Kennen wir jemanden mit einer Sprachmarotte aus dem Brombeerweg?«

Sie schien nachzudenken. »Spontan fällt mir niemand ein, aber vielleicht bin ich heute auch einfach zu müde.«

»Dito«, gab er lapidar zurück. »Meine Gehirnzellen scheinen gerade im Streik zu sein.«

Julia rieb sich die brennenden Augen, schlug sich energisch auf die Schenkel und sprang vom Sofa auf. »Cola?« Sie sah Carsten fragend an.

»Auf keinen Fall. Aber gerne einen Kaffee.«

Scherzhaft verdrehte sie die Augen. »Ausnahmsweise koche ich dir einen.«

KAPITEL VIERUNDFÜNFZIG

Julia Meißner

Dienstag, 04.11., 10:40 Uhr

Sie konnte Henning Maaßen schon von Weitem toben hören. Dazwischen erklang Carstens ruhige Stimme, doch Maaßen schien nichts beruhigen zu können. Julia blieb auf Abstand zu den beiden, die im Flur des Kommissariats standen. Diese Befragung würde Mahrenholz allein übernehmen.

»Erst haben Sie die Unverfrorenheit, meinen Sohn zu vernehmen, obwohl ich nicht dabei bin, und dann soll ich Ihnen noch mal erläutern, wo ich vor über einem Jahr war, als Joline entführt wurde?«

»Wenn es sich für Sie einrichten lassen würde, wären wir Ihnen dankbar, Herr Maaßen. Hier geht es um ein kleines Mädchen, das nach wie vor vermisst wird. Es ist auch nicht irgendein kleines Mädchen, sondern Luisa Verstaad, die Tochter Ihrer direkten Nachbarin. Das kann Ihnen doch nicht vollkommen gleichgültig sein, oder? Da hätte ich Sie anders eingeschätzt.« Mahrenholz versuchte, ihn bei der Ehre zu packen.

Maaßen strich sich über die Stirn und schien sich zu sammeln. »Selbstverständlich ist mir Luisa nicht egal. Das ist doch klar.«

»Gut, dann habe ich mich nicht in Ihnen geirrt«, fuhr Carsten unbeeindruckt fort. »Dann werden Sie sich ja ab sofort kooperativ zeigen. Folgen Sie mir bitte in mein Büro.« Mahrenholz ging voran und Maaßen folgte ihm ohne Murren oder jeglichen Kommentar. Julia steuerte die Kaffeeküche an, von wo sie in Ruhe mithören konnte. Im Büro nahmen die Männer an einem runden Tisch Platz. »Ich wiederhole meine Frage«, sagte Mahrenholz ruhig. »Bei wem waren Sie am Abend des 31. Oktobers 2021?«

»Bei Anna-Lena. Anna-Lena Harbort. Sie war zu diesem Zeitpunkt die Leiterin unserer Disposition. Wir haben die Nacht gemeinsam in ihrer Wohnung im Luisenweg verbracht. Ich bin erst in den frühen Morgenstunden nach Hause gekommen. Vielleicht so gegen fünf, wenn ich mich richtig erinnere. In einem Jahr passiert so viel.«

Julia verdrehte genervt die Augen. Das war so ein unangenehmer Typ. Sie machte sich an der Kaffeemaschine zu schaffen und war froh, dass Carsten diese Befragung übernommen hatte. Sie hatte ihm erzählt, wie Maaßen sie bei ihrem letzten Besuch behandelt hatte.

»Nächste Frage: Mit welchen drei Worten würden Sie Ihre Ehe mit Ellen beschreiben? Es tut mir leid, dass ich in dieser Wunde herumstochern muss, aber wir versuchen nach wie vor, uns ein Bild zu machen.« Mahrenholz tat es nicht leid, das hörte sie ihm an. Typen wie Maaßen konnten weder lieben noch trauern und vor drei Sätzen hatte er noch locker von seinem außerehelichen One-Night-Stand erzählt. Nahezu geprahlt.

»Drei Worte, ja, also: Loyalität, Augenhöhe und Respekt, würde ich sagen.«

Mahrenholz machte sich eine Notiz.

»Letzte Frage für heute: Mit welchen drei Worten würden Sie das Verhältnis zu Ihrem Sohn Jacob beschreiben?«

Maaßen wurde hörbar ungeduldig. »Was soll das mit diesen drei Wörtern? Ich habe ein ganz normales Verhältnis zu meinem Sohn. Wie jeder andere normale Vater auch. Ganz normal.«

Auch hier schrieb Mahrenholz etwas auf das Blatt und verabschiedete Henning Maaßen, ohne ihm zu erläutern, wie es weitergehen würde. Danach ging er zu Rainer und bat ihn, die Alibipartnerin von Maaßen zu überprüfen. Sichtlich müde schlurfte er schließlich zu Julia in die Kaffeeküche.

Sie stellte ihm eine dampfende Tasse vor die Nase. »Danke, dass du dieses Ekelpaket übernommen hast.«

»Gern geschehen.«

»Das hast du aber geschickt gelöst mit ihm«, schob sie bewundernd nach.

»Zu viel der Ehre.« Er grinste. »Am besten hat mir seine Antwort nach dem Verhältnis zu Jacob gefallen. Wie oft hat er das Wort ›normal‹ benutzt? Dreimal? Viermal? Ich bin kein Psychologe und will keine Ferndiagnosen stellen, auch nicht hobbypsychologisch. Aber wenn es für mich einen Indikator gibt in Richtung psychopathische Tendenzen, dann ist es das inflationäre Nutzen des Wortes ›normal‹.«

»Darüber musst du mir bei Gelegenheit unbedingt mehr erzählen, Carsten.«

»Sehr gerne.« Er schenkte sich heißen Kaffee nach. »Wir überprüfen das Alibi von Jens Behrendt. Ich will wissen, wann er am vergangenen Freitag nach Hause gekommen ist und wann er seinen Mietwagen wo abgegeben hat.«

»Über Jens habe ich auch noch mal nachgedacht. Was, wenn er Luisa entführt hat, weil er Maja insgeheim die Schuld am Scheitern seiner Ehe gibt? Die ging ja massiv bergab, seit Joline nicht mehr da war.«

Mahrenholz öffnete den kleinen Kühlschrank und holte eine Milchflasche heraus. »Dazu kommt jetzt dieser Brief mit dem sexuellen Missbrauch, den Joline ihm vorwirft.«

»Vorwürfe«, überlegte Julia laut. »Ellen hat sich auch Vorwürfe gemacht. ›Meine Schuld wird nie vergehen.‹ Und das hat sie vermutlich getan, um jemanden zu schützen. Sicherlich nicht Henning, aber ihren Sohn, Jacob.« Nachdenklich strich sie sich über den Arm. »Wer hat eigentlich gewusst, dass Luisa wegen Majas Operation einige Tage bei Nicole und Jens verbringen würde?«

Mahrenholz stutzte. »Nicole natürlich. Und Jens. Nicole hatte ihn darüber informiert, dass sie Luisa kurzfristig für ein paar Tage aufnehmen würden. Als sie ihm das sagte, war er noch im Ausland unterwegs.«

»Und wer ist auch immer Gast des Hauses?« Sie wartete seine Antwort nicht ab. »Jacob.«

»Worauf willst du hinaus?«

Julia ließ sich nur ungerne unterbrechen. »Jacob weiß aus Jolines Brief, dass Jens sie seit ihrem fünften Lebensjahr missbraucht und wie sehr sie darunter gelitten hat. Vielleicht hat er sie sogar gedrängt, es der Polizei oder einer Lehrerin zu erzählen. Aber das hat sie nicht getan.«

Jetzt wirkte Mahrenholz wie frisch erwacht. »Und nun ist die kleine Luisa an der gleichen Schwelle. Sie ist fünf Jahre alt und soll einige Tage mit Jens unter einem Dach verbringen. Jacob bekommt das mit und wird panisch. Er will nicht, dass ihr das gleiche Schicksal wie seiner besten Freundin widerfährt. Daheim hat er niemanden, dem er sich anvertrauen kann, und er denkt, dass er die Situation selbst in die Hand nehmen muss. Er überlegt sich in einer Kurzschlusssituation, dass er Luisa in die Familienhütte im Wald bringt.«

»Er weiß, dass Luisa häufig allein draußen spielt, während Maja in ihre Arbeit vertieft ist. Durch die Ligusterhecke kommt er bequem in ihren Garten. Er spricht sie an und lockt sie weg. Sie vertraut ihm, weil er ihr vor einigen Wochen ihr Lieblingspferd geschenkt hat. Dann laufen sie im Schutz von Halloweenkostümen und der Dämmerung bis zur Straßenecke, an der die Hunde die Fährte verloren haben. Dort hat er das Zweitauto seiner Mutter geparkt, einen Audi. Jacob kann bereits Auto fahren, denn sein Vater hat es ihm früh erklärt und es ist natürlich auch eine leicht zu bedienende Automatikschaltung. Er bringt Luisa in den Wald in die gemütliche Hütte. Dem Mädchen erklärt er, dass das nur ein Spiel ist und sie in ein paar Tagen wieder bei ihrer Mama sein wird. Auf die Idee, einfach mit Maja zu sprechen, kommt er gar nicht.«

»Einiges an dieser Spekulation könnte sogar zutreffen.« Seufzend sah Mahrenholz sie an. »Aber das mit der Hütte passt nicht, sonst hätten sich Henning und Luisa schon längst begegnen müssen. Aber was soll's.« Mahrenholz hob die Stimme und schrie über den Flur nach Rainer.

Der kam sogleich in die Küche geeilt. »Was ist los, Chef? Habt ihr was?«

»Nimm dir ein paar Leute mit und fahrt hoch zur Frühstückseiche. Da steht auf halbem Weg links eine grün-braune, gepflegte Hütte. Durchsucht alles. Vielleicht ist Luisa da. Und Rainer, durchsucht auch alle anderen Hütten, die es dort möglicherweise gibt. Dreht da jeden Stein um.«

»Machen wir. Ich melde mich später.« Rainer setzte sich eilig in Bewegung.

»Und wir fahren jetzt zu Jacob. Der sitzt doch unter Garantie noch zu Hause, weil er vorerst vom Unterricht befreit ist. Er soll endlich reinen Tisch machen. Einer in der Familie muss das Schweigen brechen. Schnell, Julia, wir wissen nicht, in welchem Zustand sich das Kind befindet.«

KAPITEL FÜNFUNDFÜNFZIG

Luisa Verstaad

Uhrzeit unbekannt

Der Erwachsene hatte sie doch gebadet. Aber er war ganz grob gewesen und seine Hände hatten sich rau angefühlt. Er hatte sie in irgendwas reingehoben. Keine Badewanne und kein Planschbecken, sondern irgendwas ganz Enges. Das Wasser war nur mittelwarm gewesen und sie hatte Angst gehabt. Vielleicht waren in dem Wasser Fische oder kleine Frösche, so wie im Teich in ihrem Kindergarten. Aber jedes Mal, wenn sie zu zappeln angefangen hatte, hatte der Erwachsene ihr einen Schlag in den Nacken gegeben und das war schlimm gewesen. Danach war sie ganz still gewesen. Dann hatte er sie abgetrocknet, aber das hatte ihr auch wieder wehgetan, weil das Handtuch gar nicht weich gewesen war. Angezogen hatte er sie auch nicht wieder. Jetzt lag sie weiterhin ohne alles auf dem Bett und ihr war ganz schön kalt. Ein paarmal hatte sie ihn gefragt, warum sie ihre Hose und ihren Pullover nicht mehr anziehen durfte, aber er hatte nicht geantwortet. Sie hatte ihn gefragt, ob er ihre Sachen vielleicht in die Waschmaschine gestopft hatte, doch auch dazu hatte er nichts gesagt. Dann war er gegangen und hatte sie wieder allein gelassen. *Aber du bist ja gar nicht mehr allein, Lulu.* Blinki tauchte vor ihrer Augenbinde auf und Spirit. Sie lächelte. Mit den beiden würde sie das Warten auf Mami schon schaffen.

KAPITEL SECHSUNDFÜNFZIG

Julia Meißner

12:15 Uhr

Mahrenholz jagte mit dem BMW den Sparenberg hoch und ignorierte jegliche Verkehrszeichen. Julia saß angespannt neben ihm und fragte sich, wie sie gleich am besten vorgehen konnten. Sie war sich unsicher, ob Jacob sich in der Gegenwart von Mahrenholz öffnen würde. *Was soll's*, dachte sie. Jacob schien ihr einigermaßen verständig zu sein und wenn ihm der Ernst der Lage nicht langsam bewusst wurde, hatten sie eh ganz neue Probleme. Zur Not konnte Mahrenholz immer noch das Zimmer verlassen. Sie erreichten den Brombeerweg und parkten direkt vor der Hausnummer 10.

»Julia, wir müssen so viele Infos wie möglich aus ihm rausbekommen. Luisa muss überleben.« An seiner Stirn pulsierte eine Ader.

Sie hatte Carsten noch nie so erlebt, so angespannt und hoch konzentriert. Wenn der Entführer seine Drohungen ernst meinte – und davon war auszugehen –, ging es hier auch um

Zeit. Wenn Jens wirklich derjenige war, der Luisa gefangen hielt, traute Julia ihm vieles zu. Vielleicht erfüllte er sich gerade seine ultimative Fantasie. Bei dem Gedanken wurde ihr schlecht. Sie stiegen aus und eilten zur Haustür, um zu klingeln, doch Jacob musste sie bereits bemerkt haben und öffnete die Tür.

»Jacob, du musst uns dringend helfen. Ohne dich werden wir Luisa nicht finden können.« Julia sah ihn flehentlich an und er ließ beide eintreten. Diesmal blieben sie unten und er führte sie in die Küche. Sie setzten sich an den Küchentresen. Julia ergriff erneut das Wort. »Jacob, weißt du, wo Luisa ist? Falls du etwas weißt, musst du es uns jetzt sagen, damit wir sie da rausholen können. Du willst sie vor Jens beschützen, nicht wahr?«

Der Junge war wie erstarrt und zuckte mit keiner Wimper.

Julia musste sich stark zusammenreißen, um ihn nicht einfach anzuschreien. »Jacob, bitte hilf mir. Ich weiß nicht, wen ich sonst fragen könnte.«

»Du hast den Brief gelesen, oder?« Jacob sah sie kurz an, um gleich wieder auf die Tischplatte zu starren.

»Wir haben uns gestern versprochen, ehrlich auf Fragen zu antworten und deswegen sage ich dir: Ja. Der Inhalt hat mich sehr schockiert und traurig gemacht. Du willst Luisa das ersparen, sie vor ihm beschützen, richtig?«

Der Junge nickte langsam.

»Weißt du, wo sie jetzt ist?«

»Nein, wirklich nicht.« Seine Stimme kiekste bei der Betonung der ersten Silbe.

»Dann erzähl uns jetzt bitte, was letzten Freitag passiert ist, damit wir ihre Spur finden können. Das ist wirklich sehr wichtig und auch dringend!«

Jacob zögerte, dann atmete er tief durch. »Nicole hatte mir erzählt, dass Frau Verstaad operiert werden sollte, weil sie diese spezielle Krankheit hat. Und dass sie und Jens während dieser Zeit auf Luisa aufpassen würden. Nicole hat sich sehr darauf gefreut, aber ich bin panisch geworden. Was, wenn Jens auch Luisa so wehtun würde, wie er es mit Joline gemacht hatte? Das durfte ich doch nicht zulassen. Ich habe dann eine Zeit lang Frau Verstaads Garten beobachtet, weil er ja mit einer kleinen Ecke direkt an unseren angrenzt. Wenn meine Mutter ihre Tabletten genommen hatte, bedeutete das immer mindestens drei Stunden Tiefschlaf.« Er begann, sich an einer verschorften Wunde zu kratzen, und Julia konnte fast selbst fühlen, was für eine Erleichterung ihm das verschaffte.

»Wie ging es weiter, Jacob? Hast du das Auto deiner Mutter genommen?«

»Auto? Nein. Ich kann doch gar kein Auto fahren. Mein Vater hat es mir nie gezeigt und meine Mutter hat eh nie etwas mit mir unternommen. Nein, ich habe ein Lastenfahrrad genommen. Das habe ich mir vor Kurzem gebaut. Ich habe Luisa gesagt, dass wir ein Spiel mit ihrem kleinen Pferd spielen, da ist sie ganz einfach mitgekommen. Ich habe sie in den großen Lastenkorb gesetzt und bin den Himbeerbusch runtergefahren. Bis zur Kreuzung.«

»Und dann?« Mahrenholz bemühte sich hörbar, seine Ungeduld in Schach zu halten.

»Dann ist die Kiste, in der Luisa saß, auseinandergebrochen. Zum Glück hat sie sich nicht wehgetan, aber wir konnten nicht weiterfahren.«

»Wo wolltest du sie überhaupt hinbringen?«

»Nur zur Gartenkolonie. Dort ist im März noch nicht viel los und ich habe eine Parzelle gefunden, die abseits liegt. Da wohnt keiner drin und da wollte ich sie bis Dienstag einquartieren. Vielleicht eine dumme Idee, ich weiß.«

»Ist Luisa jetzt in dieser Parzelle?« Mahrenholz stand von dem unbequemen Barhocker auf und sah Jacob drängend an.

Der kratzte wieder an seiner Wunde. »Leider nein.«

»Jetzt lass dir doch nicht alles aus der Nase ziehen, mein Gott noch mal!« Mahrenholz schrie halb.

»Carsten! Reiß dich zusammen.« Julias Ausruf ließ ihn wieder ruhiger werden. Sie wandte sich Jacob zu. »Du hast Jens an der Straßenecke getroffen, richtig?«

»Genau.« Der Junge senkte den Blick. »Er kam mit einem Kombi um die Ecke, ein Mietwagen, glaube ich. So eine Firma mit einem gelben Zeichen. Dann sah er uns und sagte, wir sollen einsteigen. Er würde uns zurück nach Hause bringen. Auch das kaputte Fahrrad. Also sind wir eingestiegen und er hat mich bis vor die Haustür gefahren und mein Rad ausgeladen. Luisa war mittlerweile auf dem Rücksitz eingeschlafen, weil das alles so aufregend für sie war. Sie trug ein Fledermauskostüm, wie fast alle in ihrem Alter. Meine Eltern haben davon nichts mitbekommen. Mein Vater war in der Firma und meine Mutter schlief. Dann wollte ich Luisa aus dem Auto holen und sie schnell ihrer Mutter übergeben. Ich hatte mir schon eine Ausrede überlegt.« Jetzt zog er sich die Kapuze seines Pullovers fast über das ganze Gesicht. »Aber er hat mich nicht gelassen. Er hat blitzschnell alles verriegelt und ist mit ihr weggefahren.«

»Und du bist nicht auf die Idee gekommen, deiner Mutter und vor allen Dingen Frau Verstaad etwas zu sagen?«, fragte Mahrenholz scharf.

Jacob starrte nur wortlos Julia an.

»Er hat dich erpresst, richtig?«, sagte sie so ruhig wie möglich. »Es gibt irgendein riesiges Geheimnis, das er kennt und mit dem er dich erpressen kann. Das musst du beenden. Willst du dich dein ganzes Leben lang zum Hampelmann von diesem Typen machen lassen? Das kann es doch nicht sein.«

Der Junge blieb stumm und sie hatte das Gefühl, dass er am liebsten im Erdboden versunken wäre. »Egal, worum es sich handelt, Jacob, es ist sicher nicht deine Schuld.«

»Doch, Julia. Leider schon.«

Im Flur wurde die große Haustür geöffnet und es dauerte keine zwei Sekunden, bis Henning Maaßen in der Küche stand. »Halt sofort den Mund, Jacob. Mit dir ist alles in Ordnung und die Kommissare wollten sowieso gerade wieder aufbrechen, nicht wahr?«

Mahrenholz und Meißner tauschten einen vielsagenden Blick.

Jacob griff nach der Wasserflasche, die bislang auf dem eleganten Küchentresen gestanden hatte, und zog sich die Kapuze vom Kopf. Zornig starrte er seinen Vater an. »Alles in Ordnung? Das nennst du ›alles in Ordnung‹?« Er hielt ihm seinen Arm mit den blutverkrusteten und entzündeten Wunden entgegen und Henning Maaßen trat angewidert einen Schritt zurück. »Hier war doch noch nie irgendwas in Ordnung!« Wutentbrannt schleuderte er die Flasche gegen ein riesiges Bild an der Wand. Ein Meer aus Scherben glitzerte auf dem Fliesenboden.

Maaßen schüttelte abwertend den Kopf. »Du bist ein Dummkopf, ein Narr. Schau dich um, dir fehlt es an nichts und du willst alles riskieren. Manchmal kann ich kaum glauben, dass du mein Sohn bist.«

Jacob ignorierte diese Beleidigung. »Selbst Mamas Selbstmord ändert nichts bei dir. Aber mir reicht es jetzt.« Er wandte sich direkt an Julia. »Letztes Jahr habe ich mich an Halloween mit Joline getroffen. Sie hatte ein neues Zimmer bekommen und konnte einfach durch die Terrassentür nach draußen kommen. Ich hatte versprochen, Süßigkeiten mitzubringen, und wir wollten uns heimlich in unserem Gartenhaus treffen. Das war letztes Jahr ganz neu, weil wir auch den Pool bauen wollten. Und dann haben wir uns gestritten. Ich wollte, dass sie ihrer Mutter endlich die Sache mit Jens sagt, damit es ihr besser geht und er ausziehen muss. Aber sie wollte einfach nicht. Dann ist sie aus dem Gartenhaus gelaufen und wollte nach Hause. Ich habe sie festgehalten und …«

»Jacob, halt die Klappe!«, fauchte Henning Maaßen.

»Nein!«, schrie Jacob zurück und sprach aufgeregt weiter. Seine Stimme überschlug sich jetzt fast. »Ich habe Joline festgehalten und sie hat sich losgerissen. Dann ist sie gestolpert und hingefallen. Ihr Kopf hat geblutet und geblutet. Was sollte ich nur machen? Ich hab Papa und Mama im Haus gesucht. Das hat aber einfach ein paar Minuten gedauert. Papa ist dann mit mir raus und hat Joline untersucht. Dann hat er den Kopf geschüttelt und hat mich ins Haus geschickt.« Er schluchzte laut auf. »Danach habe ich Joline nie wiedergesehen. Papa sagte, er habe das erledigt, aber es wäre wichtig, dass wir in der Familie zusammenhalten. Nur dann könnten wir das überstehen. Aber das geht doch nicht! Ich habe Nicole so oft eine Lügengeschichte erzählt, so oft. Wie schlimm.« Er schluchzte auf.

Julia reichte ihm eine Serviette, die auf dem Tisch lag. »Nur, warum konnte euch Jens erpressen? Womit denn, wenn nur deine Eltern und du davon wussten?«

»Jens hat mir gesagt, er hätte alles beobachtet. Er wollte Joline begrüßen, nachdem er vom Flughafen wiedergekommen war. Aber sie war nicht in ihrem Bett und sie hatte schon mal Ärger bekommen, weil sie heimlich zu mir gekommen war. Deswegen wusste er sofort, wo sie war.« Jacob holte tief Luft. »Und was sollte ich da machen? Meine Eltern verraten, damit ich Luisa retten kann?«

Julia dröhnte der Kopf. In was für eine unfassbare Misere waren sie nur geraten. Sie mussten jetzt dringend handeln. Sie nickte Mahrenholz zu, der zu seinem Handy griff. »Rainer? Carsten hier. Schick uns eine Streife in den Brombeerweg 12. Wir haben hier einen Verdächtigen. Und dann brauchen wir schweres Gerät, um einen Pool auseinanderzunehmen. Besser gesagt, dessen Betonfundament.« Er atmete tief ein und aus.

Kurz darauf erklangen die Sirenen des Streifenwagens und Mahrenholz öffnete den Kollegen die Tür. Henning Maaßen ließ sich ohne Widerstand festnehmen, was Julia überraschte. Vielleicht hatte er endlich begriffen, dass er im Leben nicht immer das letzte Wort hatte.

»Kann ich bitte mit Ihnen mitkommen? Bitte!« Jacob saß aufrecht am Tresen und sah Mahrenholz flehend an.

»Dann kommst du jetzt ausnahmsweise mit zur Dienststelle. Und wir müssen Luisa finden.« Mahrenholz startete gerade den BMW, als ihn Rainer anrief. »Was gibt's Neues?«

»Die Hütte bei der Frühstückseiche war negativ. Das ist nur ein Liebesnest. Alle anderen Hütten und Verschläge auf dem Rundwanderweg oder solche, die Kollegen und ich noch aus Kindertagen kennen, sind auch negativ.«

»Und wo ist Behrendt? Habt ihr ihn zu Hause angetroffen?«

»Negativ.« Rainer musste niesen. »Aber seine Frau war da. Die war ziemlich hinüber und hat nur wirres Zeug geredet. Von wegen: Den Jens, den sollte man am besten in einen Bunker sperren und den Schlüssel wegschmeißen, damit er der Welt nichts Schlechtes mehr antun kann. Sie konnte gar nicht mehr aufhören, sich über ihn aufzuregen. Kann es sein, dass die ein Alkoholproblem hat?«

Messerscharf kombiniert, dachte Julia Meißner. Dann stutzte sie. »Was hast du gerade gesagt, Rainer? Wo sollte man ihn wegsperren?«

»In einen Bunker. Wieso?«

»Erzähle ich dir später, Rainer, wir müssen jetzt erst mal weiter. Danke.«

Mahrenholz nickte. »Das ist es, Julia! Was läge für einen Kriegsreporter näher, als sich in einem Bunker zu verkriechen?«

»So viele gibt es in der Gegend ja nicht, aber ich kenne einen, auf den ich jetzt setzen würde. Ein Luftschutzbunker, der sehr versteckt am Rande des Solling-Vogler-Gebiets liegt. Da fahren wir jetzt hin. Alle anderen sind zu weit weg und die Zeit kann er täglich nicht aufbringen, um hin- und zurückzufahren.« Mahrenholz beschleunigte und Julia starrte angespannt auf die Straße. Hoffentlich kamen sie nicht zu spät.

KAPITEL SIEBENUNDFÜNFZIG

Julia Meißner

14:20 Uhr

Sie hatten das Waldstück erreicht und Julia Meißner hoffte inständig, sich noch an den genauen Ort des Luftschutzbunkers erinnern zu können. Das alles schien Jahrhunderte zurückzuliegen. Sie führte die Gruppe an, Jacob ging in der Mitte und hinten sicherte Mahrenholz. »Du hörst auf die Anweisungen, die wir dir geben, haben wir uns da verstanden?«, hatte Carsten ihm noch im Auto eingebläut. Der Junge hatte energisch bejaht.

»Was glaubst du, wie weit das noch ist, Julia?«

»Um die dreihundert Meter, schätze ich. Wir sollten gleich leiser werden. Nicht dass der Spinner irgendwo im Gang herumlungert und wir ihn aufschrecken.«

Schweigend schritten sie durch das Herbstlaub, dann blieb Julia stehen und hob die Hand zu einem Stoppzeichen. Sie zeigte nach links. Hier tat sich hügelförmig der Eingang der Bunkeranlage auf. Er war stark überwuchert von Efeu und Moos. Mahrenholz hob zustimmend den Daumen. Sie wies die Gruppe an, sich zu sammeln. »Carsten, du gehst vor und sicherst. Ich folge dir dann. Und du, Jacob, kommst auf keinen Fall mit in den Bunker, sondern bleibst direkt oberhalb. Raus aus der Schusslinie, verstehst du? Die Kollegen vom SEK sind bereits im Anmarsch und die sind nicht gerade zimperlich. Also sieh dich vor. Verstanden?«

Er nickte eilig und kletterte auf die Anlage.

Mahrenholz tastete sich an der feuchten Betonwand entlang und trat durch tiefe Pfützen. Die Wassertropfen, die von der Decke fielen, hallten unwirklich laut. Er nahm die erste Abzweigung und signalisierte Julia erneut ein Okay. So arbeiteten sie sich eine Zeit lang mit ihren Taschenlampen vor. Sie waren gerade zwei- oder dreihundert Meter gegangen, als das jämmerliche Weinen eines Kindes durch den Tunnel wehte. Sie stoppten und drückten sich tiefer in die Schatten. Das Weinen hielt an und wurde lauter. Julia Meißner lauschte angespannt in die Dunkelheit.

»Ich will das aber nicht! Das tut weh!«

Sie hielt es nicht mehr aus und gab Carsten ein Zeichen. Links von ihnen war eine Luftschutztür und dahinter spielte sich das Grauen ab. Sie standen jetzt beide links von der Tür, eng an die Wand gedrückt. »Auf drei.«

Julia hörte das Blut in ihren Ohren rauschen.

»Eins, zwei, drei!«

Mahrenholz riss die Tür so schnell wie möglich auf und Julia sprang mit gezogener Waffe in den Raum. »Kind loslassen und Waffe runter!«, schrie sie.

Jens Behrendt stand nackt im Raum und Luisa lag ebenso nackt auf einem Bett. Behrendt hatte seinerseits blitzschnell nach seiner Waffe gegriffen, die auf einem kleinen Schemel lag.

»Waffe runter!« Auch Mahrenholz stand jetzt nur einen Meter entfernt.

Behrendt zog ungerührt an Luisas kleinem Bein und zerrte sie über das Bett an sich. Er hielt ihr die Pistole an die Schläfe. Julia sah genau, wie sehr das Mädchen zitterte.

»Waffe runter, Behrendt! Die Waffe runter!«

Er grinste. »Ich denk gar nicht dran. Aber das war mir der Spaß wert, mit dieser kleinen …«

Ein Schuss krachte atemberaubend laut durch den Raum und Jens Behrendt sackte leblos in sich zusammen. Luisa fiel auf das Bett zurück und wimmerte.

Mahrenholz stürzte zu dem Mädchen, legte ihr schnell seinen Mantel um und nahm sie auf den Arm. Er war heilfroh, dass sich ihre Augenbinde noch nicht gelöst hatte. »Sch, sch, es wird alles wieder gut. Wir fahren jetzt zu deiner Mami, okay?« Der Albtraum war vorbei. Sein Blick fand Julias, die auf den Boden gesunken an der Wand lehnte. Ihre Wangen brannten und sie starrte auf die Waffe in ihrer Hand.

»Julia.« Mahrenholz klang besorgt. Natürlich. In der Realität einen Menschen zu erschießen, hatte nichts mit den Routineübungen zu tun.

»Keine Ratschläge, Carsten, jetzt nicht«, brachte sie leise hervor. »Sag mir einfach, dass ich das Richtige getan habe.« Mahrenholz schenkte ihr ein kleines Lächeln. »Du hast das einzig Richtige getan.«

Kapitel achtundfünfzig

Carsten Mahrenholz

16:10 Uhr

Carsten saß mit Julia allein im Wagen. Im Wald war nach wie vor die Hölle los. Maja Verstaad, die neben ihrer kleinen Tochter auf der Laderampe eines Krankenwagens kauerte und sie immer wieder zärtlich an sich drückte, die Spurensicherung, ein paar Kollegen aus dem Innendienst und irgendwo hatte er auch einige Pressevertreter entdeckt. Seufzend lehnte er sich im Sitz zurück und schloss kurz die Augen.

»Dann lief es also so ab«, resümierte seine Kollegin. Sie wirkte hellwach, aber Mahrenholz hielt das für eine Nachwirkung des Adrenalinschubs. Er brummelte zustimmend zurück, damit sie fortfuhr.

»Jens Behrendt kam vor einem Jahr am Abend des 31.10. nach Hause zurück. Er bemerkte, dass seine Adoptivtochter nicht in ihrem Bett war. Weil es in der Vergangenheit schon einmal passiert war, dass Joline ihre Zeit mit Jacob verbringen wollte, ging er wütend zu den Maaßens rüber. Er sah die beiden

275

Kinder streiten. Vor allen Dingen *hörte* er sie. Jacob drängte Joline dazu, Nicole von Jens' Taten zu erzählen. Er wollte so sehr, dass sie nicht mehr leiden musste. Aber Joline zögerte noch und dann kam es zu dem Gerangel zwischen den beiden, bei dem Joline schwer am Kopf verletzt wurde. Woran sie genau gestorben ist, wissen wir heute noch nicht. Die Kollegen werden die Überreste des Mädchens sicher bald im Fundament des Pools finden.« Sie rieb sich mit den Händen über die Schultern, so als ob sie sich wärmen wollte. »Vielleicht hat Joline nach ihrem Sturz sogar noch gelebt und war nur bewusstlos. Und vielleicht hat Jens sie erwürgt, damit sie nicht ihr Geheimnis preisgibt. Wir werden hören, was die Forensik noch rekonstruieren kann.«

»Geheimnis«, presste Mahrenholz durch die Zähne. »Dieser Teufel Jens Behrendt.«

»Für ihn war es vermutlich auch eine günstige Gelegenheit. Und er konnte für immer darauf vertrauen, dass Jacob ihn nicht verraten würde, weil es umgekehrt genau so war.« Julia seufzte. »Ich meine, Jacob ist sein leiblicher Sohn, Ellens und sein Kind. Stell dir vor, er hätte das zu diesem Zeitpunkt gewusst. Ob er dann eine andere Entscheidung getroffen hätte?«

»Da bin ich mir nicht mehr sicher, Julia. Diese rotblonden Locken waren, wenn vielleicht auch erst spät, doch sehr markant. Und er hatte doch immer mit einkalkulieren müssen, dass Ellen während ihrer Affäre schwanger werden konnte. Dazu kommt der Zeitpunkt. Behrendt ist zwar ein Monster, aber kein totaler Idiot. Nein, nein, ich bleibe dabei: Er hat gewusst, dass Jacob sein Sohn ist.«

»Widerlich«, entfuhr es Julia voller Abscheu und sie strich sich erschöpft eine Haarsträhne aus dem Gesicht. »Aber das passt zu ihm. Henning wollte nur seinen Ruf nicht beschädigt wissen, und so kam er auf die Idee, Joline einzubetonieren und Jacob einzubläuen, bloß nichts zu sagen. Ellen wiederum musste dann den Anruf bei Nicole inszenieren, als sie sicher war, dass niemand außer Maja im Haus war. Das war nicht weiter schwierig, weil Nicole das Haus verließ, um draußen nach ihrem Kind zu suchen, und Maja die Einzige im Haus war und ans Telefon gehen konnte.«

Mahrenholz öffnete das Handschuhfach und zog eine kleine Wasserflasche heraus. Ohne sie aufzuschrauben, verharrte er in seiner Position. »Und der zweite Anruf? Wer war das?«

»Das war Jens. Er hatte Jacob und Luisa ja von der Straße aufgelesen, als der Fahrradanhänger kaputtging. Jacob wollte sie ursprünglich nur einige Tage in der Gartenkolonie verstecken, damit sie nicht mit Jens allein war, während ihre Mutter im Krankenhaus war. Ganz offensichtlich hatte er immense Angst, dass Jens Luisa missbraucht. Wie wir jetzt leider wissen, vollkommen zu Recht.«

Betroffen nahm Mahrenholz einen großen Schluck aus der Wasserflasche. »Er wollte sie beschützen. Aber Jens fuhr einfach mit ihr davon, nachdem er Jacob zu Hause abgesetzt hatte. Der wiederum konnte nichts sagen, da Jens dann verraten hätte, was sich Interessantes unter dem Pool der Maaßens befindet. Herrgott, was ist das nur für eine Welt.«

Julia lehnte ihren Kopf gegen die Autoscheibe und hauchte gegen die Fläche. Die kleine weiße Wolke wischte sie schnell wieder weg. »Auf jeden Fall eine mit zu vielen Geheimnissen.«

Mahrenholz nickte ihr zustimmend zu, als sie den Motor startete.

EPILOG

Es schneite seit einer Woche und es war beste Wetterlage im Sauerland. Mahrenholz hatte sich zum Langlauf angemeldet, damit er Tuuli mitnehmen konnte. Sie liebte Schnee, wie er festgestellt hatte. Aber heute genossen sie erst einmal Käsefondue und Raclette in ihrer urigen Schneehütte.

Rainer stellte eine Flasche Obstler auf den Tisch. »Selbst gebrannt. Na, wer will?«

Mahrenholz bedankte sich, winkte aber ab.

»Also, ich probiere gern mal einen.« Julia Meißner streckte ihm frech die Zunge raus und legte freundschaftlich einen Arm um Rainer. Dann ließ sie sich auf den Boden zu Tuuli auf ein Kissen sinken. »Wir Mädels halten zusammen, oder?« Wie zur Bestätigung rollte sich die Hündin in ihrem Schneidersitz ein.

»Ich möchte unsere Stimmung jetzt gar nicht zerstören«, begann Rainer, »aber so zwei, drei Fragen hätte ich noch zu unserem letzten Fall.«

»Ach, stört doch gar nicht.« Julia streichelte Tuulis lange Ohren und die Hündin gab ein zufriedenes Seufzen von sich.

Mahrenholz nickte. »Wir können ja nicht den ganzen Tag über Hunde, Obstler und Sport reden.« Die beiden stimmten in sein Lachen mit ein.

»Was ist denn aus dem Jungen geworden? Wie hat er das alles verkraftet?«

»Tja, er hat auf einen Schlag seine ganze Familie verloren«, meinte Julia. »Seine Mutter hat sich umgebracht, sein sozialer Vater sitzt für die nächsten fünfzehn Jahre in der JVA Braunschweig und sein leiblicher Vater ist ein Monster. Findet ihr das nicht auch alles ein bisschen sehr viel für einen Vierzehnjährigen?«

Die Männer nickten.

»Aber was soll ich euch sagen, er rappelt sich auf. Er wird durch das Jugendamt betreut und ist in einer Wohngruppe untergekommen. Unten am Markt. Ich will ihn demnächst einmal besuchen. Wünschen wir ihm das Beste.«

»Auf jeden Fall«, stimmte Rainer zu. »Und ist das arme kleine Mädchen oder genauer gesagt das, was von ihr noch übrig geblieben ist, unter dem Pool von diesem Unternehmer gefunden worden?«

Julia nickte. »Leider. Das muss der Mutter das Herz zum zweiten Mal gebrochen haben. Sie ist aus Holzminden weggezogen, nach Berlin zu ihrer Cousine. Maja Verstaad ist die Einzige, die noch dort wohnt. Sie geht mit Luisa zur Therapie und es geht bergauf mit ihnen. Sie versuchen, nach vorne zu sehen.«

Alle schwiegen betroffen und lauschten der weihnachtlichen Musik, die im Hintergrund spielte.

»Und du, Carsten? Hast du für Tuuli und dich schon eine neue Bleibe gefunden?«

Mahrenholz schüttelte den Kopf. »Ich bin mir gar nicht mehr so sicher, ob ich das Haus wirklich aufgeben sollte. Wenigstens kenne ich die Nachbarn.«

Julia und Rainer schnitten ihm eine Grimasse.

Er stand auf und legte beiden einen Arm um die Schultern. »Und jetzt lasst uns das Leben genießen. Schön, wieder zurück zu sein.«

DANKSAGUNG

Dieses Buch entstand zu einer Zeit in meinem Leben, in der ich mich fragte, inwiefern es möglich wäre, ein Geheimnis für viele Jahre (vielleicht für immer – nein, nicht, wie Sie jetzt denken mögen, bis zum letzten Atemzug, sondern auch über das Schließen des Sargdeckels hinaus) zu bewahren und wie laut der Zeitzünder dieses Päckchens Dynamit in uns tickt. Dieser unbekannte Countdown, der da läuft und jeden Moment die Bombe zum Explodieren bringen kann – gleichsam durch unseren Mund, aus dem auf einmal alles heraussprudeln, oder durch unsere Hand, die plötzlich alles fieberhaft zu Papier bringen könnte. Diese Explosion, die unsere Welt ins Wanken bringen oder sie wie ein Tornado verwüsten könnte.

Ein Geheimnis ist keine Lüge, aber es kann eine sein. Eine Lüge für uns selbst (die ist die schlimmste, nicht wahr?) oder für die, die wir lieben. Gemeinhin wird behauptet, dass die Wahrheit der einzige Weg zur Freiheit und auch zur Liebe sei. Vielleicht stimmt das sogar. Jede und jeder von Ihnen, meine lieben Leserinnen und Leser, wird dazu eine Meinung haben.

Ich danke von Herzen meinem lieben Mann für unsere Gespräche über das Leben und menschliche Abgründe (wobei Menschen wie Jens Behrendt oder Henning Maaßen eher

»flach« sind; nichts brodelt dort an tiefen Emotionen unter der Oberfläche, da herrscht finstere Leere). Danke für dein warmes Herz und deine klugen Gedanken.

Danke an meine Geschwister Rebecca, Patricia und Christopher, dass ihr mir immer zur Seite steht. Danke an meine zauberhaften Nichten für die Inspiration. Ich liebe euch alle so sehr. Mama und Papa, euch aller Dank der Welt für euer Mitfiebern und den Spaß, den ihr in mein Leben bringt.

Danke an Angela Kuepper, meine einfühlsame und kluge Lektorin, die sich voller Hingabe meinem Buch gewidmet hat. Liebe Angela, danke für deine Menschlichkeit und deine Geduld.

Danke an Fabian Knecht, meinen genialen Lektor. Danke, dass du an mich glaubst.

Danke an meine Agentin Sabine Langohr für dein gutes Zureden und deine Unerschütterlichkeit. Ich bin so dankbar, dass es dich gibt.

Ein herzliches Dankeschön für meine Lektorin Sabrina Železný für Ihre Genauigkeit und die hilfreichen Hinweise.

Danke an Prof. Dr. med. Katharina von Kriegstein von der Technischen Universität Dresden, die mich über das sehr seltene Krankheitsbild der Phonagnosie informierte. Danke, dass Sie den Betroffenen Mut und die Krankheit öffentlich machen.

Stellvertretend für alle meine lieben Freunde, die mich auf meiner Schreibreise so sehr unterstützen, danke ich meiner besten Freundin Vanessa R., Monja W., Michael S., Katja und Mirko H., Klaus G., Steffi, Dominike S. und Katharina. Ihr und alle anderen seid die Besten.

Ein herzliches Dankeschön an Sie, meine lieben Leserinnen und Leser, dass Sie sich (vielleicht schon erneut) von meinem Buch haben verführen lassen. Ihnen eine vergnügliche Lesezeit zu bescheren bedeutet mir alles. Danke!

Folge der Autorin auf Amazon

Wenn dir dieses Buch gefallen hat, folge Jessica Potthast auf Amazon. Dann erhältst du eine Benachrichtigung, wenn die Autorin ihr nächstes Buch veröffentlicht. Um der Autorin zu folgen, gehe bitte folgendermaßen vor:

Desktop:

1) Suche auf Amazon.de oder in der Amazon-App nach dem Namen der Autorin.
2) Klicke auf den Namen der Autorin, um auf die Autorenseite zu gelangen.
3) Klicke auf den »Folgen«-Button.

Smartphone und Tablet:

1) Suche auf Amazon.de oder in der Amazon-App nach dem Namen der Autorin.
2) Klicke auf einen Titel der Autorin.
3) Klicke auf den Namen der Autorin, um auf die Autorenseite zu gelangen.
4) Klicke auf den »Folgen«-Button.

Kindle eReader und Kindle-App:

Wenn du dieses Buch auf einem Kindle eReader oder in der Kindle-App liest, wird dir automatisch angeboten, der Autorin zu folgen, nachdem du die letzte Seite des Buches gelesen hast.

Zeitfracht Medien GmbH
Ferdinand-Jühlke-Straße 7
99095 Erfurt, Deutschland
produktsicherheit@kolibri360.de

Druck:
CPI Druckdienstleistungen GmbH
im Auftrag der
Zeitfracht Medien GmbH
Ein Unternehmen der Zeitfracht - Gruppe
Ferdinand-Jühlke-Str. 7
99095 Erfurt